支持单位

成都市文学艺术界联合会

出品单位

四川师范大学文学院

成都市李劼人研究学会

四川新文学大系

散文编 ·第三卷·

总　　编　　王嘉陵　刘　敏

副 总 编　　张义奇　曾智中

本编主编　　曾智中

副 主 编　　吴媛媛

四川文艺出版社

图书在版编目（CIP）数据

四川新文学大系. 散文编：共五卷 / 王嘉陵，刘敏总编；张义奇，曾智中副总编；曾智中主编；吴媛媛副主编. — 成都：四川文艺出版社，2024.8
ISBN 978-7-5411-6546-7

Ⅰ. ①四… Ⅱ. ①王… ②刘… ③张… ④曾… ⑤吴… Ⅲ. ①中国文学—现代文学—作品综合集—四川②散文集—中国—现代 Ⅳ. ①I218.71

中国国家版本馆 CIP 数据核字（2023）第 216413 号

SICHUAN XINWENXUE DAXI · SANWENBIAN（DISANJUAN）

四川新文学大系·散文编（第三卷）

总编　王嘉陵　刘　敏　副总编　张义奇　曾智中
本编主编　曾智中　副主编　吴媛媛

出 品 人　冯　静
策划组稿　张庆宁
书稿统筹　宋　玥　罗月婷
责任编辑　张亮亮　李小敏
封面设计　魏晓舸
版式设计　史小燕
责任校对　段　敏　付淑敏
责任印制　桑　蓉　崔　娜

出版发行　四川文艺出版社（成都市锦江区三色路 238 号）
网　　址　www.scwys.com
电　　话　028-86361802（发行部）　　028-86361781（编辑部）

邮购地址　成都市锦江区三色路 238 号四川文艺出版社邮购部　610023
排　　版　四川胜翔数码印务设计有限公司
印　　刷　成都东江印务有限公司
成品尺寸　148mm×210mm　　　　　开　本　32 开
印　　张　50.875　　　　　　　　　字　数　1350 千
版　　次　2024 年 8 月第一版　　　印　次　2024 年 8 月第一次印刷
书　　号　ISBN 978-7-5411-6546-7
定　　价　276.00 元（共五卷）

编选凡例

一、本编所收作品时间跨度起止为 20 世纪初年至 40 年代晚期。

二、注意到四川新文学中散文作品体裁的丰富性，本编涵盖政论、史传、游记、书信、日记、小品、序跋等各体散文。

三、尽量采用早期版本，除将原版的繁体、竖排改为简体、横排外，不做其他变动。一时找不到早期版本的，采用后期比较权威可靠的版本。

四、先列四川（含当时重庆）本土作家作品；次列流寓作家作品，即其在四川创作的作品，或以四川为题材的作品，或与四川有密切关联的作品。

五、所有作品以作家出生时间排序，早者为先。出生年份相同者，按月份排序。出生月份资料不全者，以卒年之先后排序。

六、整理时忠实其原貌，辨识不清者不臆断，或以"□"示之，或加注释。

七、作者对其用法特别加以强调但又与今日相异的字、词，均依原字、原词。如"那""哪"不分,"的""地""底""得"用法与如今不同,"他""她"不分,"牠""它"间有使用,等等,均依原版,不照当前现代汉语标准修订。

八、标点与今日相异者,一如其旧。

九、外语词汇翻译与今译不合者,一律保留原貌,以存其真。

十、原版有误,以注释加以说明;原版明显排误处,径直改正。

十一、作者自己所加注释,称作者注;原版编者所加注释,称原编者注;本编编者所加注释,称编者注。

十二、作者行文广征博引,对先前文献往往以己意略事删节以突出本意,又其时所用版本与今本之通行者也容有不同,故整理时略有说明,但不以今本绳墨之。

十三、每一作者先列小传;在作品篇名下注明相关事由;在作品后标明出处。

十四、所收作品,系当时时代产物,为存真计,均保留文献原貌;其中与今日语境有别者,读者当能明鉴。

目录

本 土 作 家

蒋兆和

|作者简介| 蒋兆和（1904—1986），四川泸县人，现代国画大师，代表作为《流民图》。

自序一

　　知我者不多，爱我者尤少，识吾画者皆天下之穷人，惟我所同情者，乃道旁之饿殍。嗟夫，处于荒灾混乱之际，穷乡僻壤之区，兼之家无余荫，幼失教养，既无严父，又无慈母；幼而不学，长亦无能，至今百事不会，惟性喜美术，时时涂抹，渐渐成技，于今十余年来，靠此糊口，东驰西奔，遍列江湖，见闻虽寡，而吃苦可当；茫茫的前途，走不尽的沙漠，给予我漂泊的生活中，借此一枝秃笔描写我心灵中一点感慨：不管它是怎样，事实与环境均能告诉我些真实的情感，则喜，则悲，听其自然，观其形色，体其表曲，从不掩饰，盖吾之所以为作画而作画也。

　　当春光明媚，或秋高气爽，晚风和畅，或皎月当空，此皆良辰美景，使人陶醉于大自然之中，而给予我之所感者为何？恕吾不敏，无超人逸兴之思想，无幽闲风雅之情趣，往往于斯之际，倍觉凄凉，天地之大，似不容我，万物之众，我何孤零，不知所以生其生，焉知死以死其所，于是无可奈何地生活于渺渺茫茫的人群之中，不得已而挣扎于社会之上。随着光阴的进展，不管过去的岁月，不惜青春的消磨，不怜自身的苦痛，不怕风吹雨打的环境，不羡优柔自得的幸福，不憎弱肉强食的王霸，不嫉和蔼可亲的君子，不拜观音，不念弥陀，不知鬼神之可以作祟，不解因果报应的循环，不迷于妖精，不惑于党派，惟我之所以崇信者，为天地之中心，万物之生灵，浩然之气，自然之理，光明之真，仁人之爱，热烈之情。吾人共同生存于世界之上，而朝夕所追求之幸福者为何？抑或为佛为道，为国为家，为子孙作牛马，为金钱作奴隶欤？然而事实固非如此之简单，路有高低，人亦各有幸运，拥百万之家私，居高楼之大厦，美食娇妻，尚有何求？而所求者，或为五世通堂，百世其昌，不管土地堂之建筑于何时也！人之不幸者，灾黎遍野，亡命流离，老弱无依，贫病交集，嗷嗷待哺的大众，求一衣一食而尚有不得，岂知人间之有天堂与幸福之寻求哉！但不知我们为艺术而艺术的同志们，又将作何以感？作何所求？

素性孤高，亦乃自惭，因为明白天高地厚，既无可登天之路，又无入地之能，生而不慧，学亦不敏，无将相之才，无英雄之概，无鸿鹄之志，无君子之风，庸庸碌碌，渺渺小小，有我不多，无我不少，只得混迹于茫茫的沙漠之中，看看慢慢奔走的骆驼，听听人生交响的音乐。当炎威烈日的时候，好像不可忍受的残酷如苦蝉之哀哀的情调，又当月白风清的时候，又是怎样的一个悠扬婉转的歌曲，狂风暴雨的时候，又如怒潮一样的节奏，这些都是人生的音乐，更是万物中心弦所发出来的情调，于是我知道有些人是需要一杯人生的美酒，而有些人是需要一碗苦茶来减渴。

我不知道艺术之为事，是否可以当一杯人生的美酒？或是一碗苦茶？如果其然，我当竭诚来烹一碗苦茶，敬献与大众之前，共茗此盏，并劝与君更进一杯人生的美酒，怎样？如果艺术的园地许可我这样的要求，我将起始栽种一根生命的种子，纵然不开花，不结实，而不得到人们的欣赏和爱护，我的精神，仍是永远的埋藏于这个艺术的园里。

所以多少年来，对于作画的动机仅仅如此，所表现的也仅仅是如此，不摹古人，不学时尚，师我者万物之形体，惠我者世间之人情，感于中，形于外，笔尖毫底自然成技，独立一格，不类中西，且画之旨，在乎有画面的情趣，中西一理，本无区别，所别之为工具之不同，民族个性之各异，当然在其作品之表现上，有性质与意趣之相差。倘吾人研画，苟拘成见，重中而轻西，或崇西而忽中，皆为抹杀画之本旨，且中西绘画各有特长，中画之重六法，讲气韵，有超然之精神，怡然的情绪，西画之重形色，感光暗，奕奕如生，夺造化之功能，此皆工具之不同，养成在技巧上不同的发展，所以我对中西绘画，略知其所以长，且察其所以短。盖西画少气韵，如中画之用笔用墨，中画乏真实精神，如西画之油画色彩与质地等，二者之间，深有研求之必要，且中国画经历代之变迁，渐渐向于意趣而忽视形体，不重客观之同情，任其自己之逸兴，富于幻想，近于抽象，超于自然物象之精神以外。所谓画中有诗，诗中有画，实则因诗而作画，非为作画而吟诗也。

拙作之采取"中国纸笔墨"而施以西画之技巧者，乃求其二者之精，取长补短之意，并非敢言有以改良国画，更不敢以创造新途。不过时代之日进，思想之变迁，凡事总不能老守陈规，总得适时渡境，况艺事之精神，是建筑于时代与情感之上，方能有生命与灵魂的所在。今人之画，虽不如古，而古人之画，又未必能如今画之生，所以艺术之情趣，是全在于实际的感情，绝非考字典玩古董可同日而语。

拙作不称佳构，毫无可谈之价值，尤恐贻笑大方。不过仅仅一点己见，小小一点动机，不惭愚陋，不揣冒昧。十余年来，虔修苦练，折骨抽筋，登毛坑，坐土炕，傍砖倚石，皆可随地作画，不必当其窗明几净，才挥纸吮毫，以增雅兴，故满纸穷相，不得以登大雅之堂，更不当君子所齿，但得小人之同情，余则更饮美酒一杯以慰！

选自蒋兆和：《蒋兆和画册》，自费出版，民国三十年（1941）

艾 芜

| 作者简介 |　　艾芜（1904—1992），原名汤道耕，四川新繁（今四川成都新都区）人，现代著名小说家，代表作为短篇小说集《南行记》，有《艾芜全集》行世。

漂泊杂记

川行回忆

从成都出发，搭乘岷江的下水船，直到犍为，才登岸去住宿息客店子。大约是侠义小说太读多了的缘故吧，晚上一进那略带阴湿的房间，便疑虑床下有地洞，会在半夜之际，有提泼风刀的汉子，钻了出来。其实犍为是个很热闹的城市，哪里会存在古时候那样的黑店呢？这，在自家的心上，也是很明白的。但我和同行的黄君，却还是照着侠义小说上得来的常识去做了，一手掌着昏黄的油灯，一手揭开被盖和席子，看看床下的泥土，有没有什么可疑的地方。如今想来，这确实是太孩子气了。

本来要由水路去到叙府①的，但因岷江下游，匪太多了，船不敢下去，才把货物和旅客通留在犍为，而我们也只好由水上移到陆地去住。然而城里却在我们到后的第二天，便给另一地方溃下来的兵士挤满了，我们又只好从城里退了出来，在靠着江边，寻个茅草店子住着。白天看一船一船的兵士，从山那边渡过江来，看船夫子和邻近的乡民，在一张白木桌上打麻将。晚间睡在干稻草铺就的床上，听夏天的急雨，和远处低沉的炮声。旅人的日子，是过得极不舒服的。我和黄君都富有急躁的性子，简直是住不下去，便决定放弃了船，沿着江滨的路，用足走到叙府去。然而实际上到底有没有大路，路又好走不好走，我们都一概不管，各人只是把包袱往背上一放，凭着一股懵懂的勇气，便开步走了。刚走到半里路，便有几个荷着土枪的便衣汉子，拦着我们的去路，盘问我们要到什么地方去。我们便把目的地回答出来。他们说，去是可以的，但须把衣袋和包袱通通加以检查。我们有点疑心他们是匪（后来问人才知道他们是川边镇守使陈遐龄的士兵），而且沿江走下去的心情，也并不怎样成熟，便回头就走。他们也不赶来，只是像先前一样仍旧倒在大树根边，懒懒地睡下去。不知我们那时天真烂漫的孩子气，使他们不曾动疑，还是他们随便将事，不愿克尽厥职呢？总之，现在回忆起来，他们那些诚实而愚拙的乡民面孔，实在是很可爱的。

后来打听出一条大路，须经过好些镇市，才能绕到叙府去的，我们便又动身走了。一路上倒还清静，只是在钱上吃了好些的亏。不知四川现在的币制是怎样的，我在那个时候，的确可以说是太糟糕了。除正币是银元而外，辅币却只有三种铜元：当二百文的、一百文的、五十文的。一般小城市和乡场上的东西，卖得比较便宜，这样高率的辅币，怎能适用呢？于是，犍为便自行造出当十的锡

---

① 叙府即宜宾。——原编者注

钱，百花场、孝儿场，便自行造出当十的纸币。这在当地的人民，算是暂时得着便利了，但在我们这批旅人呢，可就受了活天冤枉。因为这个乡场换来的纸币，到另一个乡场的时候，却又不合用了，而且完全变成废纸。

在岷江的这面，一望见对岸烟火攒簇的叙府，黄君便高兴地喊道：这下子可好了！那边城里我有朋友，现在把钱吃光再说吧。好的，我回应了一声，便一齐走进一家饭店去了。结果，只吃了七百多钱，当时我们身上一共剩了一千二百文，饭账给了还要余下些的。不料店老板接着我们的钱，便马上退还我们道：客人，请换一换，我们这里不能用当二百文的。

但是我们除了六个当二百铜元而外，全是些无用的当十纸币了，一时想不出钱的办法，只有面对面地望着。如果要用文字来描写的话，那就正合于《史记·蔺相如传》上的一句话："相对而嘻。"因为嘻字下面的按语，便是哭不得，笑不得。结果，由旁人说好话，交出六个当二百的，而且连所有的当十的纸币。

旅人的武装，倘若说是钱，那我们便算完全缴械的败兵了。不过大家心里并不绝望，因为对岸的城里，还有着我们的熟人。然而走到江边码头上时，却又使我们叫苦了：怎么办呢？渡江是需要船钱的。

"不管，不管，索性今天再同人吵架好了！"

我们两人走到船上去坐着时，一股无赖之气，便笼罩在两人的脸上。然而到底还是富有孩子气的缘故吧，看见对岸渐渐移近，船夫子要收钱的时候，两人的额上就都冒出不安的毛毛汗了。

大佛岩

岷江与大渡河汇流在一块儿的地方，屹然挺出一堵庞大的岩石，将汹涌直冲的水势，猛地刹住，硬叫它另转了一个方向。船经过这里的时候，偶不小心，就有一下子碰破的危险。但人是顶聪明的，便在岩石的嘴尖，刻出一尊大佛来，请他终年尽着保险的义务。即使万一不能保全旅人的生命，大约也可在舟子变色之际，叫老太婆之流的船客，暂时感到一些心安吧。

地名叫大佛岩，上面林木荫翳。从水势较缓处，可以驾小船登上岩去。当着一通苔痕润湿的阶形山道爬完之后，照例像一些名山胜地似的，什么凉亭哪，古碑哪，寺院哪，便在树丛中现了出来。风景呢，的确是清幽得很：江声隐没在脚下边了，镇日唯闻深林中不知名的小鸟，在清清润润地低唤着。骚人墨客，一定是中意这个地方的。据说，庙宇之一的乌尤寺，从前苏东坡就曾经在里面住过，读过书。又闻在寺后有一池，产鱼，作黑色，为苏氏洗砚的墨水所致。一般人都喜欢附庸风雅吧，仿佛不制造一点古之名人的风流余韵，就值不得游玩似的。由岩上的树疏处，放怀远瞩，便望见岷江与大渡河紧紧挟着的嘉定①城市，仿佛摇摇不定，临水欲飞，向人做出劈面奔来的光景。而游人呢，在这个时候便不知不觉地会伸起腰挺起胸来，好像周遭雄伟的气魄，在暗自袭人一样。倘欲说名山大川，确能移人气质的话，则游历的意义，当在此而不在彼也。

我由成都赴云南的那一年，舟次嘉定城下，为江上之临时浮桥所阻，不能通过，滞留数日，便乘机去玩了一天。但不凑巧得很，偏遇着大佛寺乌尤寺内，都有军官一类的阔人，在里面大作饮宴，使人在苍松笑佛间，看见了挂盒子炮的，极为不快，什么游兴也没有了。在中国大抵如是吧，一切名山胜地，都逐渐由诗人名士的手中，化为武人的地盘。所以今日的苏东坡之流，只有躲在"寒斋"吃"苦茶"了。

---

① 嘉定即乐山。——原编者注

滇东旅迹

一

像病了的水牛，一条条躺在荒漠的天野里——这就是云南东部的山呵，可怕的山呵。

人家不多，到处都是荒凉的，萧条的。商人须得成群结队地走，并且还少不了武装队伍。本地的山村人，在赶街的日子，荷着土枪去，荷着土枪回来。

你以为坡边割草的汉子，驯良得如同一条牲口吗？他只要认得你是个单身出门人，衣袋又是沉钿钿的，那说不定会来抢你啰……

过路的小贩，当他在树下息脚，向你讨洋火吸烟的时候，就会这样告诉你的。

山路也实在荒芜得不成路，何况有些路边的黑松林子，看起来，的确有点使人感到心悸呢。然而，尾着保商队走，却又是愉快的。一路上，小石块抛了上去，野梨子、野栗子，那样的果实，便从树头纷纷坠落，全没谁来照管。

二

保商队的弟兄，穿着蓝色的军服，也学起大兵的威风，把山里人拉来挑行李，走三十里，四十里，不给半文钱，却一路上奉以拳和腿。种山地的男子，遇着这批英雄们过路，便偷偷地溜开。

他们拉不着夫子，就破口大骂，对着远处丛草中闪现的人影，生气地乱放枪。太古一样沉寂的山中，噪起了野鸟之群。

同样，山家屋里，现在英雄们眼里的，便全是女人和孩子了。

"走到女儿国了。"

"好做驸马呀!"

"野男人哪里去了?"

"一定是躲在婆娘们的裤裆里!"

"搜呵!搜呵!"

保商队的弟兄,涎着眼睛看女人,吹着口哨子打趣,而他们表面上却是在说找寻做挑夫的男子哪。

三

正午,人和马散在坡上,生起煮饭的野火,几条蓝烟的尾巴,袅袅地腾上树梢。

保商队的弟兄,攻进坡下的旱地(倘如遇有旱地的时候),随意俘获挂着红须的玉蜀黍,投在火中烧来"打尖"。

女人赶忙丢下怀中的孩子,敞着胸前的奶头,拐着长条的镰刀足,四下里乱跑,发疯地喊着,像是找谁救命。老太婆捶着心口,急得叫天念佛。

缠着黑布套头的队长,麻烦不过她们的诉苦,便跳起来,扬着拳头呼喝。

"这算什么?这算什么?一点点包谷,你们要土匪来抢才好!"

女人终于吓退,啼哭地走开。

四

晚上,到息夜的地方,弟兄提着枪,朝人家户里乱钻,粗暴地吩咐屋主,借铺陈,借席子,借稻草。

主人卑怯可怜地回答着,说是有,就拿着走;说是没有,便不客气——搜。

灯光下晃着许多外乡人的容颜，屋里屋外洋溢着各种的气息，人的兼马的，和大说大笑的声音。

女人、小孩、老婆子、老头子，躲在屋角落里，悄悄地，交闪着忧郁的眼光。

次日，人马又欢跃地前进着了，悲哀和苦痛却留在后面，长久地。

强壮的汉子忍耐不下了，便向深山入伙去，或是单独装成割草的在路边等候孤单的过客。

于是，保商队的需要便越发成为不可少的了，而云南东部的山，大约也就由此更见荒凉，更见萧条了吧。

滇东小景

一

在一天的路程上，可以看不见一所人家，只是黑郁郁的松林，或是茅草的荒山，整天做你的伴，一路陪着你。

有时也会在半路现出幺店子那样的小茅屋，但里面什么东西也没有，只见主人从板凳上翻爬起来，揉着饱带瞌睡的眼睛。

你把包袱从肩上放了下来，拭拭额上的汗，客气地喊道：

"卖点东西来吃哪？老板。"

"什么东西也没有呵。"

他挥挥手，摇摇头，现出非常穷的可怜样子。

等你把钱从衣袋里摸了出来，朝他的鼻子尖一晃。

"给钱哪，给钱哪！"

他望望你的脸，看看你手上的钱，再瞧瞧你的装束，相信了，点点头。于是糖食哪，糕饼哪，煮熟的鸡蛋哪，便从另一间屋里端了出来。先前沉着的脸，现在是浮着笑了。

如果，你爱讲话的话，他会搔着头把前一年遭劫的情形也告诉你的，自然不止最近的一次。

二

晚上，走到有人家的地方，不论哪一家，你都可以一直走进去，把包袱放在地上，随便地坐着，就和主人搭讪，讲天气，讲收成，或说点当天在路上的见闻。如果你有烟卷，散给出来，那和善喜悦的脸子，便会围在你的周遭，把你一天的疲倦和寂寞，通通扫去了的。

"老板，你家卖饭吗?"

"不，老板。"他也用老板来回敬你，"有米有菜，你买去，自己煮吧!"

你起初是要感到吃苦的，长途之后，还要自作饮食，但一到一二十天之后，你便会成为一个第三四等的厨子了。

炒菜的时候，什么都有，只是找不着盐，抱着孩子的女主人，看见你东张西望的脸色，懂得了，便问:

"客人，你没带盐么?"

惯在这些山间走路的小贩，他们的竹筐内，包袱内，背篼内，都少不了盐这样东西的。

女主人知道你是一位来自远方的过路人，不明白当地的情形，便把自家的盐拿出来。那盐是像砖一样，用火烧过的，平常用细索子拴着，挂在壁上，取下用时，先用大碗一只，内装一点水，然后把盐砖放进去，像在砚里磨墨那样地磨着。磨咸了的水，就可以用来调和味道。至于打湿了的盐砖呢，赶紧放在火旁烘干，随后又拿去挂着。

吃饭时，才看见主人家吃的并不是饭，而是黄色的糠一样的东西，玉蜀黍的粉子。

"我要吃白米饭呵！我要吃白米饭呵！"

听见孩子在妈身边这么哭喊着，做客的你，要硬着心肠才吃得下的。

在昭通的时候

在闷热的小屋子里，想着不能到海滨或湖畔去旅行，自是恨事，然而饭后躺在椅子上，静静地回味着从前夏天到过的那些城市，却也是不无兴趣的。

首先想到了九年前住过的昭通，那是在云南迤东的一个大城市。当时我还是以一个学生的身份，出现于那儿的街道上和客栈间的，虽然离开我最后一次进的学校，已经二三千里路了。

在一家旧书铺子里，胡乱地翻翻书，偶然遇见了一位宣道中学的教员，谈起话来，知道他曾在我所住过四年的成都，读过好几年书的，学校便是外国人办的华西大学。邀我到他城外的学校去玩时，经过城门洞看见贴在墙上的一些传单，立刻使他摇摇头，现出鄙夷的气色，那情形，至今我还记得很分明。

传单上是激动着五卅事件的浪潮，声言要用武力驱逐驻在当地的英美烟公司经理人，下面署名："昭通学生会"。

学校正放暑假了，挂着爬壁虎的走廊下，缀着树荫的草地上，都没有着白制服的少年的踪影。我和他的脚步声，便在静寂的过道间，特别大声地响着。伏在玻璃窗边的一只花猫，原是打着盹的，就惊得咪呜地叫了一声躲开了。走进一间有着耶稣画像的客堂时，他还气忿未息地谈着城里学生不明事理只是胡闹的话：

"你看，多笑话呵，这些中学生！人家英美烟公司，原是英国人和美国人合办的，他们偏要说是英国人单独办的，硬要拼命地反对，现在更不得了，为什么还要反对美国人呢？……你吸烟吗？"

一面就递一支香烟给我，我推辞不会，他便略略变了脸色，悄声说道：

"这不完全是英国人造的呵！"

接着又说到他本人曾经问过那些学生："真是狡辩极了，他们硬说'所谓英美烟者，是英国最美的烟的意思'。哈哈！"（用一通笑声，鄙视学生们的糊涂。）

最后，他要我批评他的意见，我没有回答，只用话岔到另外的事情上去，因为在他这聪明人的面前，我是愿意保持沉默的。

也许我自己也有不对的地方吧，在昭通学生的排外声中，我却还不时到福音堂去，这并非去听牧师的传道，而是在阅书报处，寻觅精神的粮食。因为当时几乎算是困在那里了，要想动身到别处去，却惧于沿途皆匪，无法展开脚步。可以暂时闲谈的人，就只有萍水相逢的这位宣道中学教员，而他却又太过于聪明了，令人开口不得。街上呢，简直没有一处阅书报的地方，到处只看见在街边摆设摊子零卖鸦片的人，鸦片的气味，全洋溢在各条街巷。至今我一想起了昭通，便马上觉得又嗅到了这令人头昏的气味。甚或偶然嗅到了那里在熬鸦片的烟味，也会立刻想起了躺在暑天底下那些旧污街巷来的。大概在我这一生，鸦片和昭通的连带回忆，是永远不会分开的吧。

这样一个沉闷的地方，只要有书报可看，便非去不可了，谁还管得着别人的非难呢？文化不发达的地方，文化的侵略毕竟是很难抵御的。全中国都需要尽力发展自己的文化，昭通只是可举的一例。

江底之夜

走下十里多路的山坡，阻挡在面前的，正是一条水势汹汹的江流，和排列在江边的一列街屋，都在暮色中渐渐朦胧起来。街口吐出一大群回到远山去的村人，荷着土枪洋炮和带着红缨子的长矛，倘不看见另一只手还提有竹筐及布口袋，都会把他们这些赶街的人，疑为土匪的。

"真是幸运呵！"

这样想着，心上泛着感谢。因为从昭通动身，只是一个人，又没有带着武器，结果却是安然地走到了一个可以暂时住宿的地方，并且在一天的路程上，全不曾想到一点儿，会在路的转角，林的深处，碰到危险的。

这儿名叫江底，看地势正是名副其实的，对面陡险的山岩，带着森林的夜影壁立着，绕着暮霭的峰尖，简直可以说是插入云际了。这面呢，山坡虽不像那样的高耸着，但倾斜的长度，也就够人爬着流汗了，而且从江底的街口，仰着望上去，那给晚烟封住的岭头，已是和着入夜的天色混而为一了，令人分认不出来。江上软软地横卧着一长条铁索桥，是联系着东川和昭通的交通血管的，白天驮货的马队经过时，一定是摇摆抖动得很厉害，这时却只有二三归去的村人踏着，发出柔和的轻微的吱咖声音。水势极其凶猛，不停地在嶙峋的岩峡间，碰爆出宏大的声响，有时几乎使人觉得小石挺露的街道，瓦脊杂乱的屋子，都在震得微微抖动的一般。

我住在一家临江的马店里面，江风时从后门猛急地扫入，烧来暖暖手的火堆，也给它卷走了一点点的红星。店里空空洞洞的，在火光附近现出的松木柱头，略带倾斜的样子。潮湿和马粪的气味，在周遭暗暗地发出。

兼做店老板和小伙计的，只是一位三十来岁的粗女人，衣衫已经补了好些块不配色的疤，但喂孩子奶奶的时候，仍旧无须乎解开衣纽，只从胸襟的破裂处抓出奶头来就可以了。她有一双大的足，走在屋里时，便发出男子那样重的足声。三个高矮不齐的孩子和一个尚未满周岁的婴儿，时常吵闹着她，但她一点也现不出倦怠的样子，总很有精神地叱责那些幼小的人。

我的装有书和衣衫的包袱，因为里面没有什么值钱的东西，就由她拿去放着。等我和她的一个叫作小猪的大孩子，一块坐在火堆旁边用心烧吃包谷的时候，她便走进她那间小屋子，把房门紧关着，倘若没有她的第二个孩子，在屋门口用小手急拍着，嚷着"妈妈，妈妈"的话，我是不会掉回头去发现她已关着了房门的。

"来来来，这一包烧黄的，先给你。"

我一面把刚从火堆里取出来的包谷，撕去一层层的皮，一面招呼着那个快要扁起小嘴巴哭的孩子。这时便听见，里面有几本书那样的东西，突地跌落在地上的光景。马上又听见她在里面大声地叫道：

"鬼东西，等死了么？我就来！我把妹妹放睡了就来！"

语调中杂着惊慌的成分，仿佛故意如此嚷叫，会把东西失手落下去的声音遮掩着一样。这样一来，我就猜疑到她是在屋里检查我的包袱了。该没有一样使她看上的东西吧？她那样健壮的人，不会把我从后门掀下江去吗？量来她的丈夫也一定是像《水浒传》上说的那些赤着粗膊子，耍弄泼风刀的吧？一面这样地胡猜乱想着，一面问问叫做小猪的大孩子：

"你的爸爸到哪里去了？"

他抬起头，望着我，睁大一只小眼睛，现出莫名其妙的样子，等我再问一句之后，他才嘟起小嘴巴说道：

"没有爸爸，我只有个叔叔！"

"叔叔呢？"

因为晚上寂寞得太无聊了，便这样地问下去。

"叔叔没有住在这里，半夜才……。呵哟，烧焦了，你闻味道哪！"他赶忙用铁火钳拨开火堆，将一块冒着烟的包谷夹了出来，做着一副似乎更比我还懂事的嘴脸。

这时门突然呀的一声开了，房里油灯照着的微光也水泻似的射了出来，女主人生气地出现在门口，拉着站在门前的二儿子，叱骂着：

"看你一刻也离不开，鬼东西，要我死了才好哩！"

但望她那脸上，生气的样子，显然是做出来的。等到走拢火堆旁边把二儿子同大儿子安置在一块时，她很迅速地瞥视我一下，仿佛侦察我是否有发觉她偷看包袱的样子，我却连忙避开，取一枝干柴来架在火上。

"哇，哇，哇，"另一个孩子在屋里面，爆发似的哭起来了，这是先前她抱进屋里去的。她却没有管他，只把一个装满什么东西的瓦罐子，小小心心地煨在火堆里，同时做声做气地吩咐两个孩子说：

"留意哪！弄倒了，我要揪掉你们的耳朵的，鬼东西！"

好像也在向我示威一般，但我听见她总把孩子们喊成"鬼东西"，却觉得是很好笑的。

大约是因为她在做晚饭，接连地弯曲腰部的缘故吧，背在背上的婴儿也跟着哭了起来，带着不驯服的叫声。她这时才把拿在手里的水瓢，放在碎了一点边沿的水缸里，发出男子那样沉重的足声，跑进屋里去，把哭着的第三个小孩子，像提鸡鸭那么地提了出来，给他一个耳光之后，就用她那刚刚打过他的粗手，灵敏地替他拭着鼻涕，一把把地朝身边弹去。随即把大孩子手中啃了一半的包谷抓着，一面骂道：

"胀死你！"

马上又把这抢去的包谷，硬塞在小儿子的嘴上，将那张发出哭声的嘴洞，莽撞地堵住。同时恶狠狠地诅咒道：

"你再哭哪！你再哭哪！"

这第三的孩子，真的不哭了，但背上哭着的那一个顶小的，却更加哭得凶横了。她反过手去，向背后乱拍了好几下，才将他取了过来，抓开胸前的破衣洞，探出奶头来，放在孩子的小嘴里。于是，一切才归于平静了，只是屋后的江声，却又分明地宏大地送了进来。

被夺去了包谷的大孩子，先是翘起上嘴唇，用一枝酒杯粗的干柴，把火堆上燃着的小枝桠，故意挑散到旁边去，这时却忽然将他妈妈吩咐过不准碰倒的水罐子一下子敲翻了，盖子和水和四季豆马上都冲了出来，水气和烟浓重地上升着。

"天杀的呀，挨刀刀儿的呀，你这断嫩颠的呀，……"

女主人咆哮似的哭号起来，吃奶的婴儿也接着大声地啼哭着。

惹了祸事的大孩子，挨了妈妈一下拳头之后，躲在黑角落里小声地抽噎，不敢哭出来。

睡的时候，被引进店后一间小屋子（大概先前是给马夫们困觉的地方），里面发出一种久无人住的霉气。带着浮尘的蜘蛛网，借着菜油灯的淡黄光辉就像吊着许多流苏一样的，现在屋顶下边和四只角上。床是两条长凳上横放着三四块松木板子配搭成的。除此而外，既没有垫的草席，也没有盖的棉被。

"这样怎好睡呢？老板娘。"

我望了屋子之后这样说，刚刚走出门槛外的女主人，便掉身转来，将抱在怀里的婴儿，朝胸上一搂，板着面孔带着冷冰冰的神情说道：

“真没法呵，将就点吧，客人！”

假如她是和颜悦色的话，我也可以将就地和衣睡下了，但她却是那副不高兴的脸色，便使人极不愉快起来。

“怎能够将就？……谁愿意出钱睡这样的客店呢？”

“客人，到了我们这地方，是要受点委屈的哪。”

接着冷冷地笑着，好像在嘲弄来客是不懂事的样子。

“难道这地方会穷到这样子吗？”

大概我的脸上稍稍露出了讥刺的脸色了吧，她便吊下两只嘴角，气愤地说道：

“哪里穷？这样好的地方！……就是那些挨刀的，天杀的东西哪，接二连三地来抢。……还有你们那些保商队……哼，过一回，光一回……”

一只大足插进门来，似乎是要大骂一通的光景，我走了一天的路，已经非常疲倦，此刻瞌睡又来了，受不住她这样的吵闹，便连忙摇手道：

“算了，算了，就这样睡吧。”

光板的床上，很不好睡，加以壁板缝里，时常钻入江风，因此，约到半夜以后，就一直醒了，闭不拢眼睛。只听见江涛打岸，有时觉得宛如处在海船上面一样。

“笃笃笃……”店外接连地响着敲门的声音，起初小而低沉，渐渐便大了起来，“砰砰砰……”响着，直到屋内的小儿，都惊得突然哭了，才听见女主人喂喂地急应着，跑出去开门。

“睡死了！妈的！晚上走这样远来！”

“呵呵！这是你们山上种的南瓜吗？……小声点，小声点，今晚有人。”

“我晓得，我晓得，……”

男子带着愤怒和讥笑的声调。

"人家是过路的，……你这鬼东西！"

"包袱大吗？"

男子突然很小声地问，女人的回答却低微到听不见了，我便轻轻地坐了起来，偏着头凝神注意，略带着些微的恐怖。偶然从壁板缝里望到江上去，外面正是一天好月色，黑油油的江水，碰在江中突出的大石上，便溅射出无数灿然的银花。对岸的岩头，和挺出的岩腹，都给灰白的月光，画出一层层黛色的树梢，分外显得山中深夜的阴森和冷酷。一个远方的旅人，晚上来到这儿息宿，半夜被人推下江去，这是谁也不会发现出来的。呵，可怖的地方呵！不安地躺在板床上，直到天要微明时，才昏迷迷地睡去。在天光大亮醒来，觉得自己还在着，便非常喜悦地做着早上要吃的东西。

昨夜来的男子，活像神话上说的一样，天明时已不见了，只见女主人将一个壮大黄圆的南瓜，一刀一刀地连皮切在瓦罐内，三个高矮不齐的孩子围在妈妈的身边，睁大贪食的眼睛，舐着带有唾液的嘴唇。

在挨近水缸的桌上，取一只粗瓷饭碗，忽然看见壁上挂着一张小小的像片，就着窗外透进来的鲜朗的晨光，还可以从一层薄薄的尘灰上面，分辨出两个年轻军人的雄健姿影。侧边隐约有字，细看始明白：

民国八年与徐排长摄于四川之泸州，后徐君阵亡于成都龙泉驿一役，即将此仅存之遗影，敬赠君之夫人惠存。

陈长元谨赠

字迹粗劣，大概也是一个排老二之流写的罢。回头去看见孩子们和母亲还在那里热心地弄煮着南瓜，心里便禁不住黯然起来。

边地夜记

本该在"迤车汛"那个镇上宿夜了的，但怕山贼尾来袭击，保商队便又在暮色凄迷的小原野中，前进了十里。等到人马走近罄口的时候，深蓝色的晚空中，已经开满朵朵灿然的星花了。

罄口是个临着大路的小村子，居民全是些做庄稼的。当保商队的风雨灯，摇曳着长长的白光，缓缓走进去时，便处处闪现出了矮小的屋子，圆圆的稻草堆，黑郁郁的杂树。

村犬刚刚大声地吠着，猛扑过来，便又立刻发出长嚎的叫声，逃到伏在夜影中的屋后去了。接着到处起了骤然关门的声响，和孩子的啼哭。

在星空下静静伏着的村落，便一霎时惊醒起来，颤抖着了。人的汗，马的汗，就将先前浮散在空中的花草树脂的气味，完全冲洗干净。

差不多每一个人家里，都有保商队的弟兄走了进去，把枪架在屋角，就任意在板凳上，桌子上，坐着躺着起来。我不大高兴同他们在一道息宿，便打算寻找一处偏僻地方的矮屋子——保商队的弟兄不喜欢去的所在。结果，在村落的尽头找着了。门是关着的，屋里只有微明的灯火，从板壁缝里漏了出来。大约是听见了我的足声吧，屋里的灯骤然熄了，我却不管屋主人欢迎不欢迎，就一直上前去敲门。好一会，因为门敲得太厉害了，才听见一个老婆子的声音，颤抖抖地说：

"可怜我们吧！这里一点东西也没有了！……唉，大慈大悲的菩萨呵！"

"老妈妈，不要怕，我是来借宿的，……我是个好人！"

沉默了一阵，也许她正开始从门缝里端详我吧，才又发出气促的声音，只是比刚才略略镇静了些。

"那么，那么，客人你请到别家去吧……我这里怪窄呀！"

"老妈妈，别家都住满人了，请留我住一夜呵，我给钱的。"

我见她仍在怀疑我，便十分诚恳地请求着。她没有答话，只觉得她的足声，轻轻地响到里面去了。我立了一阵，打算要走，却忽然听见有人从里面出来，一个男子的声音在说这样的话：

"老妈妈，不要紧，一切看在菩萨面上，菩萨会照应你的！"

门开了，老婆子那张犹有惊怖的脸，便在昏黄的菜油灯光里面，带着可怜的气色，现了出来。刚才说话的男子却没有看见，单听他同老婆子说话的语气推测起来，他也只能算是一个陌生的客人罢了。随即想着，他是做什么的呢？

老婆子看我确实是个善良的人吧，便略略用手抚抚胸口，对着正壁上的一张画的观音大士神像，扬着感谢的眼色。

刚刚坐定，在木盆子内洗我的足，门尚未关好，便有一位保商队的弟兄钻了进来，后脑上挂着军帽，手里提着一支洋枪，开口就粗暴地喊道：

"老家伙，借一床被单来用用，快点快点！"

老婆子惊吓得说不出话来，就将身子退后紧依靠在泥壁上面。

这位不客气的弟兄，便在屋里乱找东西，放在观音菩萨面前的一盘苦荞巴，也统给他抓去塞进嘴里。

"呵呀，那是献菩萨的呀！"

老婆子气促地叫了一声，一双枯藤似的老手，举起来乱搔着头发。

"献菩萨的？好，让我这位活菩萨吃吧！"

他一面吃着苦荞巴，一面向老婆子打趣，同时足不停地在屋里走着，眼珠子向屋角落里直是溜。

不知怎的，忽然他在里面的屋内，同人吵闹起来了，对手的口音，是属于刚才我在门口听见的那个男子的。

我坐着不动。只是洗我的足，听见那个男子在里面说，似乎还在跌足的光景。

"人家老妈妈只有这一块哪，只有这一块哪！"

"老家伙，你要动手么？好——来！"

啪，响了一声尖脆的耳光，接着那男子大声地嚎叫起来。

"哪，你敢乱打人吗？认清楚！认清楚！我不是乡坝佬！……"

"呵呀，天爷爷，天爷爷！"

同时，老婆子也在沙声沙气哭叫着。

我赶紧胡乱地把带水的足穿进草鞋去，还没有系好绊结，就连忙跑进去看，想尽可能地做做劝解的义务。

这时，那男子已经同保商队的弟兄扭着出来了，他的年纪不上四十岁，但胡须却已留得很长了，连耳边的头发也作为胡子的一部分地保存着，因此，他的样子，就更显得庄严，假若穿上法衣，那是很像一个老道的。他气得像在吹胡子似的叫着：

"去见队长，去见队长！"

保商队的弟兄，鼓大眼睛，作出拖人的姿势。

"好，好，好，我们的队长，正要拿你这个土匪！"

留胡子的男子，更加气汹汹地直朝外面碰。

"你吓哪个？吓哪个？就是×督军的公馆，我也进去过，他的太太还是……"

"什么督军不督军，管不到那么多！你的眼睛瞎了吗？看看呀，这里是我们的天下！"

保商队的弟兄把枪放在背上背着，也特别加快足步，打断胡子的话，高声嚷着出去了。老婆子倚在门口，急得哭了起来。

"呵呀，兵爷爷饶了我们吧。……老师，老师，算了哪，算了哪！"

"你不要怕！你不要怕！什么大官我也都见过了！"

在门外的黑暗中，送回来这样有生气的声音，似乎老婆子的脸上都现出了相信的神气，但我却为之不安，替胡子胆怯起来。因为队长的脾气，一路上我们是看得很清楚的。记得在一处山里人家息歇，小弟兄们攻下旱地，将人家一地的包谷，掠取一大半，投在火堆中，烧来打尖。老太婆和媳妇和孙儿便一齐跑来，跪在队长面前喊冤，要求赔偿。队长一面喝着瓶子里的酒，吃着干牛肉，一面张着醉红了的眼睛，乱骂起来。

"一点包谷算什么？哼，你们只配给土匪来抢的，滚开吧！"

老婆子看见我在沉思，便问我道：

"客人，你是看见过队长的，他该不会打我们的老师吧！"

我不愿意使她受着惊恐，便说队长也是很公平的，随即谈到她的老师身上来了。因为她这么大年纪的老人家，还有如此奇怪的老师，是很使我感到诧异的。她略略理一理她那花白的头发，才慢慢地说道：

"唉，什么事都要老师的，没有老师指点，就是向哪条路上走也算是瞎碰的。这，我哪里懂得呢？后来，王婆婆告诉我，张大妈，你这样怎行呢？吃一辈子的长素，敬一辈子的菩萨，也是白白的呀。你得拜个老师来，教教你哪。……呵，客人你饿了吧？我只顾说话了。你自家到厨下去煮饭吧！"

我说：

"让我息一息，待会儿再去煮。"

她自己取出一小篮四季豆来，微微偏着她的头，一面撕着四季豆的筋，一面继续说下去。

"我想想，她老人家的话真对呀，先前我两个儿子为什么会死在火线上？就是菩萨不晓得我在行善哪，行的善也不算数哩！……哪，你坐坐吧，我自家撕就够了，你不要帮我。……现在拜老师，多花一点钱，我也心甘愿意！……"

说到最后的时候，嘴唇上便浮出愉悦的微笑，同时眼睛朝着纸画的观音像，又扬一扬高兴的眼色。我这时才渐渐明白那位胡子，大概是什么善堂一类的斋公，出来四乡传道说教的，便随口问道：

"老妈妈，拜老师要花多少钱呢？"

"呃，这个我不能告诉别人的！"

老婆子很严肃地低下了头，忽然发现了一根有虫的四季豆。

"呀，你看，外面看着还是好好的呀……人也是这样的！"

摇摇她的头，马上抬起一张忧郁的脸，睁着乞求似的眼睛，又朝壁上的神像望去。我却仍旧追问下去。

"为什么不能告诉人呢？"

她稍稍现出为难的样子，尖起手指来搔一会脑袋，才说道：

"老师说，世上的人是靠不住的，什么话都不能向他们讲。……"

刚好这时，胡子回来了，带着满脸得意的喜色，把一块砖一样的东西，扔在桌子上面。老婆子连忙抓在手里，喜得像得了宝贝那么似的喊了一声：

"呀，你还拿回来了么？"

我便好奇地问道：

"这是什么呀！"

"喂，还不知道吗？这是盐哪。"

胡子回答着，同时像忍不住快乐那么似的说道：

"吓，什么队长，真是！一进去，他很威风，简直要吃人了。哪知道我一提起胡师长张师长，他就一下变了脸色，哈哈，今晚上真有趣味！"

老婆子也欢喜得气喘喘地说道：

"今晚实在是菩萨有眼睛哪！"

“是的呀，全靠诸神在上！”

胡子接着嘴，立刻把手拱在胸前，脑袋仰起，嘴里发出喃喃不清的声音，仿佛在念咒一样。随即叫老婆子到观音像前去跪着喊道：

“一叩首……再叩首……三叩首……”

一面献着香。屋外面是静静的一夜，只在稍远处有着马嘶的声音。

进了天国

大概由于衣服太脏了一点的缘故吧，在礼拜堂前拉客去听《圣经》的男女，就并不拖我，但我却偏要进去，雍容不迫地走了进去。然而，我不是要去接受福音的，也不是要去叨求恩惠的，只想在温暖的屋宇下面，倚着有背靠的长椅，安安静静地打坐一会儿罢了。因为好几夜的街头露宿，已经使我感到微微病了。那时是在远离故乡的昆明地方，正当着秋风白露来临的晚上。

有谁曾在夜深凄凉的街头，彷徨无依的时候，突然能在灯光灿然，热气温暾的屋子里，坐过的么？要他才能领略我那时的快乐了。当我把身子挨在一个老人的旁边之后，便觉得人是在云里雾里的，如同进了天国一样，又好像敌视我的世界，也忽然与我变好起来了。

“……上帝对待一切人都是平等的……”

三十多岁的一个牧师站在讲台上大声地说着，似乎这话还很熨帖人的心窝，但我却无意细听下去，只把头掉来掉去，好奇地四处望望。在不远的旁边，倚着壁，立着一个职员模样的青年，睁着冷冷静静的眼睛，严厉地射着我。我明白，这是监视我的，防范我的。大约因为我的衣衫，我的头发，我的面容，都在说明着我来这儿是另有所图的吧。我不管他的，只是规规矩矩地坐着，装成仿佛真在听着那样诚心的样子。

男的下了讲台，另换上一个女的，声音和姿态，立刻使大家动容起来，虽然说的话语，播的福音，还是仍旧一样的。我偷看监视我的那位，目光也渐渐掉了方向，射到女宣教师那儿去了。那女宣教师的确说得很动人，讲到上帝怜悯穷人的时候，就把她那两条细眉竖成八字那样的形式，手抚在丰满的胸口上面，发出同情的微喟的声音，使人仿佛觉得倘如世间真有这么一位女上帝，那么，人们大概会要变得更规矩些听话些吧。

偶尔可以看见她那水也似的黑眼睛，向我的旁边很迅速地投以温柔的一瞥，便看得这个职员模样的青年简直呆住了，涌在嘴角上的唾沫，也将圆圆的露珠那样的形式，拉长了，牵丝往下滴了。如果基督突然瞧着有这么一位信徒是如此诚心诚意地在听取他遗留下的福音，那一定是很喜欢的哪。

另一个职员模样的青年过来了，用手肘碰碰他，又把嘴巴尖着向我这边递了一下，意思当然是叫他注意监视的责任的，同时又讥讽地发着低微的笑声。他马上脸红筋涨的，窘迫着了。而我也在不知不觉地想笑起来。他立刻把发怒的眼光，凝在我的脸上，随即走到我的面前，用低沉的声音说：

"请你出去！"

"为什么？"

我冷冷地反问。

"为什么？……你得出去就是了。"

他简直气得周身发颤起来，话声虽是仍旧低小，但却像从牙齿里磨出来的一样。听着那女的吐着清朗的媚人的声音，又说到穷人苦人最受上帝爱怜那一句的时候，我便被人推出门外，走到秋风扫着的街头去了。

舍资之夜

残缺的碉楼，顶上张着一些遮风雨的黄篾席，立在金黄夕阳照着的镇口，极仿佛一个头缠绷带的伤兵，颓唐乏力地站在那里，勉尽守护的责任一样。

在远远的田间道上，望见这幅夕照中的风景画时，我知道在旅途上所说的舍资已经在旅人的面前出现了。于是，在没人烟的荒野里，在黑郁郁的松岭上，在冷浸浸的山峡中，所怀抱着的懔栗心情，至此，便全然从胸间一下子滑脱掉了。

铺着麦苗油菜和蚕豆苗的镇外小原野，先前抹上的金黄夕晖，随着通红落日的下坠，逐渐褪色了，暗暗换上着春天的向暮的薄雾。人在夜色迷濛中，叱着归去的牛群。袅起晚烟的村屋下，送来几声懒懒的犬吠。周遭人家的灯火都在眨着怡人的眼睛。

这是旅人应该找寻归宿的时候了。

大约由于单身一人，没带货物，又是说的外乡方言吧，我被镇上的好几个住户摇手拒绝了，于是带着一个小包袱和一点点哀愁，就在钉着鹅卵石的街道上踯躅起来。

一条街上没有灯，只是松明子的火焰，带着黑色的浓烟尾巴，在壁上的小铁盘中，随着檐头滚下来的晚风，惊惶地跳跃着。穿便衣捐土枪的团丁，常常从肩上偏过脸来，闪着两只锋利的眼睛。

天涯的旅愁，人间的冷酷，像两条蛇似的，偷偷逡进我的心头。

只有在土阶边摆摊子、卖烧酒和小吃的人，在对我举着欢迎的脸色。那么，喝一杯吧，这样想着，就将疲倦极了的身子蹲了下去，风从松明子上吹过，挟着多量的浓烟，一阵阵地直从脸上冲来，也不用管得了。我这时是需要一点温暖的人情和暂时的安息的。

"呵！"

只说是买几个铜板的，但递在我手上的酒，却是满满的一饭碗，便不得不令我着惊了，因为我是不会喝这么多的酒的。

"这里的酒很好呵！"

旁边蹲着一个微带醉意的人一面剥着落花生，一面喝着酒，举着温和的眼光，望我一下，就这样说着，好像在赞美着酒，又好像在劝我畅饮的样子。

"味道还好！"

我把酒碗放在唇边，无意地说出这一句，他就提高嗓子接着道：

"是的呀！一吃就晓得不错了。"

世界上嗜好相同的人，大概总容易熟识起来吧，于是我和他便很自然地谈东谈西，而这个仇视陌生人的镇市，也似乎慢慢地在我面前变好了。等我把只饮了一点子的酒，全部倒在他的碗里时，他那只粘着猪肠子油的手，也高兴地朝我的肩头拍起来了，竟然说着这样亲切的话：

"我们是喜欢客人的，为啥不到我家去敲门呢？"

临走的时候他对着卖酒的伸出三个指头来，朝空中比了一比，喃喃不清地说道："几着，几着，连上一次，一共山百哪。"（记着记着，连上一次，一共三百哪。）

卖酒的人搔着盘有辫子的头，做出极其为难的脸色。

"多少给一点吧，——明天，嗯，看，没货了。"

将他的一双手，朝松明照耀着的小摊子上，用力地摆了两摆。随即说道：

"你叫他先把住夜的钱给你吧！"

又掉过眼光来望着我，很亲切地拉了我一把。

"一样的，你先给他好了！"

我便答允了，因为他是这个镇上唯一能够给我以温暖的人，即使不该出住夜的钱，也应该加以慷慨援助的。

一路由我扶着他偏偏倒倒地走了回去。街上松明子的火光，已在开始微弱了，黑暗的影子，大胆地从天空落了下来。远处起着敲梆梆的声音，镇市的喧嚣和热闹，好像早已偷偷地溜开了。在一家人的木板门上，我由他的吩咐，轻轻地敲着。

"哪个呀？"

一个女孩子尖声地问，我将他的手肘拖了一下，问他道：

"是你的女儿吗？"

"唔唔。"他点点头，我就对里面应声说：

"是你的爸爸回来了哪。"

"哪一个东西？哪一个东西？"

一个女人突然生气地大叫起来了。他连忙拉着我就走，小声急说道：

"快走，快走，糟糕，糟糕，弄错了，弄错了。"

他在街上跌了几下，踉踉跄跄地走着，后面送来一连串骂人的粗声。

"挨刀刀儿的，挨棒棒儿的。……"

他简直醉糊涂了，家也找不着，同时给猛烈的冷风陡然一吹，酒性越加发作了。倘若没有我来扶着他走，他定会软倒在街头的。我问他到底住在什么地方，他只会唔唔地回答着，嘴边冒出一点点白色的泡沫。

幸好遇着一个团丁，才终于问着他的家了，但拍了半天的门，却只听见里面一两声咒骂的回应。

"酒鬼，哪个叫你回来的？你怎么不醉死在外面哪！"

后来一个小女儿的声音，在低沉地诉说：

"妈妈！妈妈！"

"什么？你想替他开门吗？看我捶死你！"

我知道没有进去的希望了，转身来看他，这个可怜的酒徒，他已像草人一样，软软地倒在阶下睡着了，鼻里正起着不疾不徐的鼾声。

"唉，老中国人呵！"

静静的夜，围绕在我俩的周遭。敲梆梆的声音息了之后，远远的原野中（也许山那面），便隐隐约约地送来了一下两下土枪的鸣响。

滇曲掇拾

在云南西部的五六月间，大约可以说是最有浪漫气氛的季节吧。倘若走在田野阡陌间，准会不时听见歌声的。而且陌生男女互相唱和的曲子，总是比较来得多些。比如一听见女的在唱："白布帐子花枕头，问你小哥睡哪头？"就有男的接下去："小哥路程来得远，就与小妹睡一头。"据说，一对青年男女，因为一时唱高兴，以至相爱起来，便挽着手，走到山后林中去的事情，也是往往有的。

不过在这里，我倒不要抄出这些情歌，却高兴把彼此戏谑的调子写点来看看："吃菜要吃白菜心，养女要嫁唐督军。走在人前多好看，喊声太太又好听。"女的向男子唱这个，与其说是表现她的虚荣心，倒不如说故意使村汉一类的对手，感到些微难堪吧。男的呢，便马上讽刺过来："吃菜要吃苦菜心，养女莫嫁唐督军。走在人前倒好看，喊声奴婢怪难听。"

至于男的唱："三位大嫂过河溪，中间那位是我妻。头上金簪是哥打，肚中娃娃是哥哩。"（哩，的也。）倘把这变成说白，那会不止大挨臭骂的，然而却因其是在唱歌，藉艺术表现出来，所以女的听着了，不但不生气，反而会很聪明地回答过去："三位大嫂过河来，中间那位是你奶。头上金簪是爷打，肚中娃娃你投胎。"

旅途杂话

在荒山旷野中行走，有时是需要一点懵懂的：如果太常常敏感了，倒反而更要痛苦些。这不是偶然心血来潮的感想，却是我先前旅行于高黎贡山中，留下来的经验。

记得那一天的山路，是沿着一条曲折的山涧的。涧边路旁，树木丛生，抬头望望，天光云影，颇不容易窥出。沿途只见奔流的溪水，常从转折的丛莽处，迎面钻了出来，碰在岣嶙的石上，溅着珠花，孩子似的笑着跳着，打我身边冲下坡去。有些时候，山路却又蜿蜒到溪沟那面，便不得不踏着水中挺露的大石，走了过去。甚至这样的情形，也是有的：突然间山路涧水，仿佛全没了，立在前面的，只有高耸的危岩和稠密的林丛；然而，从岩上的小径，爬了过去，转眼之际，先前的景象，又都展露出来。这样的旅途，就是整天地走着，我想，大约谁也不会感到一些厌倦吧？

约莫将近走完这条山路的时候，蓦地遇见对面来了一人，手里是提着一把长刀的，便把我马上吓呆了，一路吹着的口哨儿，立即停止，静静地屏着呼吸。但他却是神色惊惶地走了过来，瞧我一眼，又匆匆地走了过去。我大大喘了一口气，细看他系在背上的小竹筐，装着的原是一些马铃薯和果实，才知道他并非"贼爷爷"，不过一个过路的农人罢了，捉刀而行，目的仅在保卫自己。到这时我始明白，这条山路大概是不甚安全的。然而也可说，许是那人太神经过敏了吧？总之，我一开始就不曾敏感着"会碰见贼爷爷"，而只是懵里懵懂地前进着，无论如何，这算是有福的了。即使中途被人突然一刀断送性命，也要比一路胆战心惊而遭不幸的来得舒适痛快些。

因此，倘若在人生的旅程上，坦然前进，而要少受些苦痛的话，那么，我也应该像走在荒山旷野一样，有时是必须一点懵懂的。

潞江坝

在滇西的旅途上，瘴气最毒的地方，大概要算潞江坝吧。据一般的传说，倘若要经过那里，必须清晨一早，嘴里吸着草烟，迅速地走过；其余的时候，瘴气便出来了，如果不知道，冒险走去，嗅着糯米饭似的香味时，那就极其危险。明杨升庵谪居永昌时，作《宝井篇》一诗，曾有"潞江八湾瘴气多"，"哑瘴须臾无救药"等句子，可见潞江地方的令人害怕，也是自古已然的。不过这只限于夏秋两季，冬天春天却不甚要紧。我走到那里的时候，幸好是在三月，所以既不必选定时间，也无须嘴里衔着烟草，而且还在江边住一夜哩。

潞江坝必是一个沿着潞江（亦作怒江）的狭长原野，两面镶着又高又陡的山峰，外面的天风，极不容易吹入，终年通是很热的。坝里生长的茅草，均较他处坚韧，这大约就是气候有毒的证明吧。江上有铁索桥一条，联系着永昌腾越间的商旅，白天人马经过时，也许是热闹的，但在夜里却是寂寞地横卧着，江流在下面奔腾怒吼，向南面的山峡急急冲去。桥头的匾额上，藉着月光的照耀，显出了"泸水"两个大字，及一行李根源书的小楷。

"难道'五月渡泸，深入不毛'的泸水，便是这条江么？"

怀着阴郁的疑虑，拖着疲倦的腿子，便赶快踏入桥下的灯火人家了。但带着惊诧的眼光，迎接我的屋里男女，却并非如我们的汉人。女的短衣齐腹，长裙及踝，通做黑色。说话时，露出漆黑的牙齿，但面容却是美好的。头部用黑绸缠着，堆高至尺许，仿佛顶了一只小桶似的。我一看见，便禁不住联想起故乡城隍庙里的地方鬼来了。而且，从竹壁缝中溜进的风，时时把灯光吹得闪闪不定的，夹着他们在屋里赤足走来走去的影子，总使人不免有些胆怯。同他们一桌晚餐，饭是全冷的。蕨叶和野菌煮成的汤以及炒的干笋，又都只是微温而已（原因是他们不喜欢热的食物，这由于天气炎热使然）。如果把这一夜的经历，作为到了幽冥世界一样，也许更要恰当些吧。这便是我在云南西部第一次遇见的傣族人。

西洋人带给中国的东西，最普遍最深入内地的，大概要算鸦片烟吧，在这里的傣族人早已接受着这种礼物了。当女主人把我领进另一间屋子去安息时，一个躺在竹床上吸烟的傣族少年，就略略抬起头来，举枪欢迎着我。看他清秀的面孔，只不过十五六岁罢了，令人微微感到黯然。

"今晚有个老汉人到我们老摆夷家来了。"

听见女的在隔屋笑着，低声讲说生硬的云南话，而且又特别加了两个不必要的"老"字，我一面脱衣，一面轻轻地笑了起来，心里觉着：

"这是和平善良的民族呵！"

走夷方

男走夷方，
女多居孀。
生还发疫，
死弃道旁。

听着暂时聚会的旅伴，拖起漫长的声音，在唱镇南州人唱的歌谣时，轻烟也似的忧郁，便悄悄地绕在我的心上了。跟着他拐下山坡的那一阵，简直是缺乏了走路人应有的力气。

坡脚下，正躺着湿雾凄迷的狭长的原野，延长到灰暗的天尽头，这就是我要走去的夷方呵，蛮烟瘴雨的夷方呵。

高山，黑郁郁的高山，头上包着帕子也似的白雾，绵亘在原野的两侧，现出蛮狠凶恶的样子。山头上，那些白茫茫的雾里，就正躲藏着野人之家。他们的生活，据说便是下山来抢掠原野中的傣族和过路的旅客的。

那时大约清明已过了，汉人地方还是和煦的春天，可在这儿呢（云南人呼为夷方坝，元史则书为干岩），已像夏季似的，到处都是闷热：雾的热，雨的热，湿气的热。

我的旅伴（一个中年人）说，在清明以前直至去年的九月，这个期间，这里是不缺少晴天的，每天都是好太阳，雨吗，一滴也瞧不见。现在呢，可就倒霉了，每天总得淋几场雨。这里的雨，不像汉人地方的雨哪，又毒又可怕（很容易生病）的。还有那瘴气呵，瘴气！菩萨保佑！他说到这里，他的周身像突遭袭击一般，简直颤栗起来。随即好意地责备我，说是年轻人怎不在腊月间出来，现在来送死么？

我一面听着他的话，一面真见了路上的傣族妇女，多是眉清目秀的，而且有的农家姑娘，竟比汉族女子反要美丽些，便说道，这里的人，不是活得很好么？

这是夷人呀！他大声地驳斥我，随即举出许多汉人在这里中了瘴毒的可怕情形来。我无话可说了，只有用一句话来抵他，即是说，那么，你现在又来夷方做什么呢？

"天哪，这是为了要吃饭，为了要养家哪。"他愁苦地呻吟着。我因要在言语上战胜他，就微笑地答道："我不是也同你一样的吗?"其实,那时我没有家,也不只是为了一己的生活;多半的原因,是由于讨厌现实的环境,才像吉卜赛人似的,到处漂泊去。然而,为了要看看新奇的景物,便来到这么令人丧气的地方,自然心里也不免有些忧郁了。

"那么,你也做我一样的生意吗?"他闪着狡猾的眼睛。

"什么?你做什么生意?……"我倒问起他来。

"呃呃……"他不答复了,只是哼着他的镇南州人的歌谣。

后来走到八募原野,经缅甸的便衣巡警搜查时,才晓得他,我的老好的旅伴,是私贩鸦片烟的。倘如早知道,我便要装成他那么一副老成的面容,学他责备我一样,来贡献我的忠告的。但他却由那一次,连同禁物带到牢中去了,以后一直没有见过面。

干崖坝

在腾越,天气还很暖和,但南行三十多里后,便骤然异常炎热了。季候不过是旧历的二月,若在我的故乡,还应该穿着夹衣的,但因为意识着是在渐渐地走近热带之国,所以也就并不觉得诧异,只是旅人的好奇心,却充分地激发起来了。

大盈江带着狭长的原野,在两面低矮的山间,徐徐地向南流去。随着江走,不单气候全然变了,就是现在眼帘前的,也到处都流露出浓烈的异国情调。路上常常碰见打着花纸伞的赤足女人,笑语之际,总在她们淡红的唇间,半露出漆黑的牙齿来。小河中,男女一块儿在那里沐浴,彼此并不避忌,只是下身各围裙子做遮掩罢了。

平野里的村庄,静静地伏在暑天底下,没有鸡啼,没有犬吠,仿佛一切都被炎威征服了。人家屋门前的墙上,贴着一团一团的牛粪,让阳光热辣辣地烘烤着,好像做的烧饼一样。在我的家乡,牛粪是用来肥田的，这里却当作最好的燃料了。田野间，撒的牛粪，往往插有树枝一条，据说这是表明所有主的，别人不得随便取去。

路旁清泉侧边，设有雅洁的饮水器具，供给息足的旅人，暂时解渴。并立有乳白色的石碑，上刻横行的傣族文字，大约是讲着饮水者应该遵守的规矩吧。单就这一点看来，傣族人的文化，也并不显得怎样低，而在我所看见的一般少数民族当中，应该说是最高的了。并且，即在川滇道中，汉人也很少有这样良好的设备的。

市集在镇上，但也有在黄果树下的。那树，并不十分高，不过枝叶却多极了，张盖亩许，可以避日光，可以御急雨。大约到日中的时候，人们便到那树下去做生意。各种土杂货物，都摆在竹筐内或是泥地上面，看起来，纯粹是初民的朴拙气象。我曾经到这里的市集里，饮过几个铜子的酒的。酒是上好的傣族酒，大概是糯米酿的，味极纯正。酒坛放在竹筐内，坛口无盖，仅覆一只粗碗，客人欲饮时，就把酒装在这只碗内，递给与你。竹筐旁边的地上，摆着一条条烧好的芋头，这便是下酒之物了。倘若醉后，卧地一睡，黄昏时候醒来，看见市散人去，徒余阴森的绿荫，这大约很容易勾起一个人的梦幻吧。

同路的汉人，一经过这些地方，总要在谈话中，流露出许多神秘的传说来。如像说傣族女人都懂魔术，见着她所不喜欢的男子，在频频望她，便会使望她的人生病。又如，同她结了婚的汉人，说是想回家乡，也很不容易走脱的，即使蒙她准许回家一次，必须按时转去，否则她在你临走时暗中给你吃的药，会一下子发作了，使你死去，无可挽救的。这些，似乎不易令你相信，但讲说的人却一面说着，一面略带着警告初来者的脸色。傣族人历来是被汉人征服着的，这类传说，也许是他们特别用来抵御压迫的武器吧？当时只是有趣地听着，加以这样的想法，却是以后的事了。

乡　亲

"记着，请你一定给我带'草标'回来哪！"

忆起从前到过的地方——干崖土司的旧城，恍惚间仿佛又听见了这么一句托嘱的话语。那是在晴明的早上，乡下的傣族人，群集在街头（只有一条街，虽然名为旧城）摆着小菜和土产一类的东西，正做着买卖。已经走了十多里的我，就同傣族的男女挤擦着，寻觅打尖的饮食店子，但找来找去，终于一个也没有。只得走进一家汉人住的铺面，照例客气地喊声：

"对不起！老板。"

一个老婆子拐着小足，应声走了出来，对我从头到足打量了一会，才温和地问道：

"什么事呀？乡亲！"

我说明要借锅灶煮饭的事，她便毫不踟蹰地答允了。又赶快拐着小足进去，给我拿个买东西的竹篮和口袋出来。同时极热心地把当地的物价，一一告诉我，像两"别"钱一竹筒的米呀，三个"摆灿"一个的鸡蛋呀！……

干崖是土司管辖的地方，属于中国，但流行的货币，却全是缅甸钱，云南的已不通用了。两"别"钱，系印度币的两个 Anna，三个"摆灿"，即印度币的三个 Piceo 称呼的名，则已讹成缅甸音了。

提着竹篮走在街头，心里感着仿佛他乡遇故知那样的温暖，同时也联想起先前一个小贩对我说过的故事。他说的时候，先用大拇指点点他的胸口。

"看呀，小伙子，我就是穿这一身，和县知事老爷们在衙门里一块儿吃过饭，他坐在上面，我坐在侧边。你不要吃惊！知事老

爷的太太还是又穿又戴的，走了出来，笑眯眯地向我们点着头说
'各位乡亲，随便饮点哪！'这有什么吃惊头！在夷人地方，就是大
老爷也不能向我们摆架子的。你想想，那地方，除了我们五个做小
生意的，一个汉人鬼也没有。我们五个人约着去替知事做主，他哪
有不高兴的呢？"

煮饭的时候，她也来帮我的忙。我便说：

"老妈妈，让我自家来，不要费你老人家的心了！"

"不要紧！我晓得！"她张着很懂事的老眼睛，"你们不比别人，
在路上耽搁不得的。"

我想，奇怪了，这老婆子把我推测成什么人呀？

她接着又说：

"下次走过这里的时候，就来煮饭好了，以前小王也是来我家，
他多久不来了，现在做什么？"

我莫名其妙，刚要回答，说我不知道谁是小王。但她却一眼看
见了几只母鸡奔出后门，就马上跟着赶出去，一面喊道：

"啊哟，真讨厌！这几个没人管的野婆娘！"

等她把鸡赶回来时，我已经在吃饭了。她忘记了小王，只是问
我的姓，我老老实实地告诉了她，她就喊我道：

"小×哥，不是我夸奖你，看你不多说话，一看就知道你是个
老实人，你比小王靠得住。这回到新街①去，我要请你买点东
西……啊哟，我只是顾说话，快要散市了，你吃吧，待我去买
菜哪。"

我要动身时，她买菜回来了，拉着我的手腕嘱咐道：

"钱以后补给你，记着，请你一定给我带'草标'回来哪！"

我不知道什么是草标，同时也想说我是一去就不转来的，但看

---

① 新街即八募。——原编者注

见她是抱那么大的热忱，又不要说穿，使她骤然失望，便连连点头答允道：

"好的！好的！"

后来，在一个幺店子息足，遇见一位短衣草鞋的小伙子，身边放着一块小小的包袱。因为见他是从新街来的，便问他一些关于缅甸的事情。偶然谈到了草标，才知道那是缅甸人所叫的肥皂。最后问道：

"老兄，在新街有何贵干？"

"我么？没做什么？只是跑跑信。"

啊，啊，这下子，我才明白，那位多嘴的老婆子一定是把我当成 Post Boy 了。

大约以后，她提起买肥皂的事情，定要逢人就说道：

"啊哟，那位叫作小×的，我看他是个老实人，哪知才是一点也靠不住呀！幸好没有先给钱哪！"

回忆起这一件抱歉的事，总要使我有趣地微笑起来。

路边小店

——干崖回忆之一

檐前起着雨打纸伞的骤响，一个裹着黄布袈裟的光头僧人，便呵呵地叫着走了进来，立刻将刚刚打扫干净的土地，印起一串拖泥带浆的足印，和一线雨伞上落下的水滴了。他一面用着傣族话和汉人话混合的日常惯用语，招呼屋里的主人"比发，来一盒烟！"就把水湿的雨伞顺床脚一放，身子便一下子倒在放有烟灯的床上。我们羁留在这路边黄果树下的茅草店内，躲避着傣族地方初次降的瘴雨，心里已经感到沉重和不快了，现又看见一双酱满泥浆的大足，高高地跷在床沿边上，很触目地显在眼前，就使人更加烦躁和不安。

同行一个抬滑竿的，原是趁着落雨没人来，坐在篾笆的窗边，将一条抬人的竹竿，钻上小洞，打算灌进熬熟的鸦片烟，好在到了洗马河的时候，瞒过景颇族侦缉队的搜查。一看见了傣族和尚的忽然降临，便赶忙放开了正做着的东西，假装无事样地拢着手，不高兴的气色，却表露在翘起的嘴唇上，刚咕噜一句"和尚都要吃大烟，"恰巧又看见被傣族和尚叫作比发（大嫂）的女主人，正显出招待贵客的欢喜神情，佛爷佛爷地喊着，尽力柔声媚气讨好卖乖，就又使他喃喃不清地骂了一句：

"吓，那样儿……哼，老不正经！"

下层社会的人总是爱毫无忌惮地发挥情感，往往会惹起打架的事情来的，倘如这个狭小的路边店子，再有动武的事情出现，那就越加使人住不下去了，我便做出息事宁人的态度，拍了他的肩头一下。

"喂，小声点，看人家的儿子会听见哩！"马上另外两个人，他的伙伴和一个整天张口打哈欠的私烟贩子，都一齐抑不住地大笑起来了。同时被我认为女主人的儿子的，正把一张上了三十年纪的粗脸，从肩上掉转过来，激现出不好意思的神色，赶快又掉转回去，仍旧低着头坐在土灶旁边守着大气蓬勃的鸦片烟锅。大约因为看见他不好意思的缘故吧，我们这边的三个人更加笑得厉害了，一支抖颤在手上的短旱烟管，竟然跌落到地上。

"笑破了嘴巴，看怎么撒得成片片尿呢？"女主人跑过来，一手揪着一个人的耳朵，用力地一扯，恶毒地骂了这么一句，立刻掉转身去，嘿嘿地笑了。随即一把抓开床脚边的雨伞，叫道："呵呀，流这么一摊水了。"一直熬着鸦片烟的男子，这次并没有回过头来，只是在不安地乱搔着缠在头上的黑布包头，同时金属的小瓢在盛烟的铜锅边上敲得刺耳地发响。

"就像才十五岁哩！嘿嘿。"

被扯痛了耳朵的人，一面摸着发红的耳朵笑着嘲弄。

起先，我只觉得有点诧异，现在却给这句话，也惹得发笑了，因为由女主人起皱的脸和脱落了两三个牙齿的情形看来，她确实的年龄，倒仿佛正该把十五岁颠转来，说是五十岁哩。

"哪像十五岁哩！"她一面把雨伞提到门前，朝外洒落着上面的水滴，有口无心地接着说，同时偶有所触似的叹了口气，"那时候，哪一个不把我错认成李家的小姐呢？唉，又穿又戴的……"她的视线射着大陆对面混有烟雨的傣族村庄和春末的田野，沉默了一会儿。

大约我的三个同伴，都早已熟识了她的身世吧，并无兴趣提问她这句话内蕴藏着的故事，只是更加有味地打趣起来。

"嘻嘻，为何又抛了小姐不做呢？到如今，只落得……又怪谁……"

私烟贩子竟然用着从城里听来的京调，讥讽地唱着，但把太猥亵了的字眼，咽在喉咙管上，却不吐了出来。

她一下觉出是在嘲笑她了，马上掉转身来，将雨伞朝私烟贩子那里，向空处打了一下，板起面孔斥责似的反问道：

"要不是那个母老虎使烙铁烙人家的背，谁肯跑到夷方坝呢？"

大概又因为我是个生人吧，她不安地望了我一眼，又接着朝私烟贩，翘起两片围有皱纹的薄嘴皮。

"要是你，早就死在那个窝落里了！"

说这话的时候，她的声调里好像满含有骄傲和光荣似的。私烟贩子并不回答，只在拭着洒在脸庞的水点，骂道：

"他娘的，丢开你的伞哪！"

这时傣族僧人好像已经吹畅快两三口烟，过足一点瘾了，坐起来，将睡散了的袈裟，朝肩上重新搭了一下，一面朝煮烟的男子那里，高兴地招呼一声。

"者弄，好了吧？"

她便赶快走过去，小心地应酬。

"佛爷再要一盒吗？"

傣族僧人走了之后，她就躺了下去，抓着烟枪，朝煮烟的男子，柔声媚气地喊道：

"快来躺一躺，我烧一块好泡子给你！"

抬滑竿的就将身边的人拦腰一搂，挤眉丢眼地小声说道：

"你看多恩爱呵！"

私烟贩子却恢复了他的常态，打了一个呵欠，扁扁嘴低声道：

"呸，一条老母猪！"

这时我突然明白他们刚才对我的话加以哗然大笑的原因了，但心里却挂上了一脉神异的雾，仿佛笼在傣族地方的雨和烟一样。

男子并没有到床上去吃烟，而且也像没有答应，只是把倔强的背显示在浓浓上升的蒸汽里面。

年老的女主人，生气地把烟枪朝木盘里一投，叹了一声，就默默地睡着。

我们都不开腔了，一齐把无聊的眼光，朝门外望去，笼着烟雨的树林和茅屋，一会儿朦胧地现了出来，一会儿又隐了进去，变成天地一色，但檐头的雨滴，却一直没有停息地响着。

克钦山道中

由土司地方干崖坝的峦线街到缅甸八募平原的小田坝，其间一共三天的路程，都是在克钦山中。就山的名字看来，地图上和习惯上叫作野人山。的确有些吓人，似乎旅行到那里去，是多少含着些冒险性质的。然而当我在山中走着的时候，恐惧的心情，却并没有怎样起过。这并不是我的胆子大，也不是在旅途上先明白了一点儿山中的情形。实际上，可以说是沿途的山景太美好了，竟将我的好奇心，统统吸引住，来不及想到其他可怕的事情。——那时是在一九二七年的春天。

山带着杂乱的群峰，横躺在滇缅界间，气候和印度半岛的全然一样，长年都是很热的。五月到十月，整天落着雨，十月到次年的四月，终日出着太阳。我经过时，恰是干季，丰盛的树木，和强烈的阳光，正装扮出一条又光明又翠绿的迂回山道。缠在大树身上的藤子，修长地坠了下来，用它那柔嫩的叶尖，或是小花朵的瓣子，爱抚着旅人的头发。不知名的草木的清香，随着轻微的山风，替人殷勤地扫着夹在峰间的长路。从树疏处，远望去，遥峰拥着黛色的树层，在淡蓝的天幕上，绘着各样娟秀的姿影；近处则偶然可以看见一两只敞开花衣的孔雀，从绝绿的叶海里浮了出来，又很迅速地没落下去。山路是沿着南下的槟榔江的，但因岗峦起伏的原故，有时虽是看得见在峡中喷着白沫的江水，看得见在水中浴着的野象，却也有时隔得远远的，连怒吼着的声音，亦竟至听不见一些儿了。在中国领地内的一截路，显得荒凉些，野花会暗自抓人的裤脚。然而走了半天，到了古尔卡之后，却就完全大大改变，虽是仍旧弯曲，但弄得很平坦，缓行的汽车，我相信是可以通过的。倘若细察路旁的草中，啤酒瓶的软木塞，香烟的头子，大约是可以发现得出的。这即是说二十世纪文明的风已在此地吹着了。

整天走着，望不见一所烟火人家，但有时，却可以听见铃声远远地摇曳过来，等到峰折路转的时候，驮着洋线子洋油之类的马队，便汗流气喘地一匹匹现出，又带着铃声响到远山去。这时就会使独个走着的旅人，感到空山的寂寞和旅味的怆凉了。

走到黄昏时候，渴想遇着任何人了，便会在比山路稍为低下一点儿的小山谷中，瞧见几所杂着芭蕉芒果的灰色草屋顶，而那勾人饥肠的鲜蓝炊烟，也在入夜的迷濛天色中缕缕地升了起来，或是随着急性子的晚风，盘在屋上打旋子。

"呵，可好了！"

我想，不论谁到这里大概都要这么欢快地叫一声吧。走到竹篱笆的门前，也许你会碰见一两个克钦人的。那腰上挂着的长刀，那嚼着槟榔的血红嘴唇，那带着野性不驯的眸子，准会使你大吃一惊。然而，你马上就不心跳了，因为像你一样面孔的主人，已经立在边缘不大齐整的茅檐下面，对你打着招呼，现出微笑。如果主人更懂事一点，就会说："他们是下山来卖柴的。"那便使你更加宁静，而且高兴地转身去细看：克钦人正现着短衣包帕的矫健姿影，慢慢爬上山坡，没入夜影深深的林莽里去。

在木盆子里洗足时，会有从瓦城或是猛碛回到云南去的客人，站在旁边，同你搭白，开口老乡闭口老乡地问你米卖多少钱一斤，今年收成还好么一类的话，同时他的一只手，玩弄着吊在他那皮裤腰带上的许多钥匙和口哨子，仿佛在有意无意地表示他的富有。如果他同你还谈得上的话，这样的嘱咐，也会有的：

"怎么？你还带着长衣来穿么？人家会笑话你的……"

你由不得再看他一下：上面西装白汗衣，下面中国式的大脚统裤子。好漂亮的装束呵！

望到屋后的马场：汉人驮洋货的马，傣族人驮米的黄牛，都在那里息夜了，从竹窗外送进摇动尾巴和嚼干草的声音，好像夏夜的小雨洒在秧苗上那么似的轻响着。管牛和吆马的人，在空地上生起野火，开始煮着晚餐了。夜幕缓缓降落着，四山里的猴子，呼唤的嗓音，也在渐渐低微，旁边大盈江的江涛，却开始宏大起来。

夜饭后，傣族人拖长声音唱着，山谷和茅屋便在悲凉婉转的歌调中徐徐地睡去。半夜之际，有人动身走路了，带着手电筒，一股雪白的光芒，移向山坡去。——这是私烟贩子赶夜路躲开侦缉人员的。

次日一早醒来，猴子在峰上欢叫着，一望的绿叶上，都浮闪着晴美的阳光。山中真好睡呵，你一面揉着眼睛，就会这样想着的。像这样的店家，在这克钦山中，共有两处，一叫芭蕉寨，一叫茅草地，如今还使我深深怀念着。尤其是我在那里做过半年苦工的茅草地，我永远不会忘记它的。

古尔卡

古尔卡是滇缅交界的一个要地，位在克钦山的中部。由云南干崖坝的峦线街向南行，走半天山路便到了。在那儿，没有街市，没有村庄，只有一条小小的山沟，从绿树翠竹的山中流了出来，复向丛岩密箐流了进去。光绪末年的划界条约，便是藉着这条山沟把缅甸和中国划分开的。山沟上架着一座西式铁桥，耀眼地标出了二十世纪的文明风姿。而在山沟旁边，则伏着一间矮小的野人茅棚，一切原始时代的阴影，却还依旧遗留着哩。

在桥上凭栏观眺，南面蜿蜒着平整的山道，上铺白皑皑的细石，显出了雨后的净洁。路边排立着青灰色的铅柱，电线的铁丝横于上面，伸入远远的树丛，时为山风激动，发出营营的声音。想来走进南砍那些山中，现在旅人眼前的景色，大约也不外是这样的吧？同时回头来望望北面呢，山路既是崎岖的，复又积着雨后的泥泞，无论由谁看来，都难免不起着行路难那样的感叹了。接到中国城市去的电线，虽也不缺，但电线柱子却是粗大的竹竿作成，颇现寒伧的样子。好在那时我对中国已没多大的热望，所以在两两相形之下，应生的感怀，确是一点也不曾起过。只像一个道地的流浪人似的，欣欣然踏入新鲜的境地。

那年我到这儿的时候，正是微雨之后的正午，天突然晴明了，四周披满绿衣的山峰，都呈着浴后一般的清新。空气里到处浮荡着野草嫩枝的香味。溪水响着潺潺的声音，流到远处，便化入万山静寂的怀里。当时在桥侧小茅棚中，吃了一顿克钦人所做的饮食，至今回想起来，尚觉怪有趣味的。起初看见这座唯一的小茅棚，不管它是怎样的卑陋，总觉得在这举目都是山峰绿树的环境里面，无论如何都要减去旅人许多孤寂之感的。但后来低头钻进去，发现主人是那么样儿的时候，心便禁不住跳动起来，仿佛走进了卖人肉包子的黑店一般。因为主人的腰上悬着一把齐头的长刀（佩刀是克钦人的风俗，每个成年男子都必须带的。他们即使在当兵的时候，于荷枪之外，都不离这把祖传的长刀），脸儿又天然带着不驯之气。两片嘴唇，由于常嚼槟榔的缘故，露出仿佛刚才生咬过人血的光景。头上缠着的黑布帕子，余剩一节，笔直地竖在发上，活画出绿林好汉那样的风度。在这样一个主人的招待之下吃饭，而又在寂寥的万山丛中，谁还能够忘记呢？那一天吃的菜，除了一竹筒有着淡黄菜叶的汤外，便是一小包树叶包着的油炸知了（即蝉子）。起先我还不敢下箸（说是下箸罢了，其实是用手抓来吃的，因为根本就没有筷子），经同行的旅伴解说一通，才抓在嘴里尝尝，觉得那是异样的脆香，非常可口哩。吃的时候，没有桌子，没有凳子，只是像叫花子似的，蹲在地上罢了。这么地吃了一餐，便登上西式的桥头，向北挥一挥手，就同中国告别了，心下没有涌出一点儿惜别的情绪。

过桥去，不远的地方，在大路旁边，伸展着另一条小小的鸟道，这是通到近处军营地方去的，那里住得有印度的陆军，防守着缅甸的边疆。

克钦人之家

秋天一早上，同着两个山谷中长大的孩子，登上山顶，去访克钦人之家。

克钦人都是高兴住在山顶上那些清凉的地方的。山脚下的谷或是狭小的原野，因为有着多量的湿气和瘴气，便让给另外的民族住着。云南人叫他们做山头，原不是没有意义的。

房屋很矮小，茅檐的两翼，垂在地上，游牧民族所住的帐篷那样的形式，在这儿却还遗留着。门口挂着水牛头的骨骼，有的一个，有的三四个，据说是用来避邪的。

走进了这种挂着水牛头颅的门，便在一个熟识的克钦人家中，像客人一般地坐在地板上了。所谓地板，只是一根一根的茅竹铺成的。下面时时起着鸡群拍翅以及小猪嚎叫的声音，一种牲畜的难闻气味，亦常从竹子缝隙处透了上来。主人的年纪很老了，却还健康，因为常到山下卖柴便渐次和我们成了相识的。他手抖抖地把一个细刻花纹的银盒子，放在我的面前，叫我嚼一点放在里面的槟榔和石灰。我不会嚼槟榔，只是把银盒子取来观玩，因为在这样粗陋的茅屋中，而有这样精致的东西，是不能不使人感到诧异的。老人大约也很宝贵这个东西吧，话一开始，便对我很有兴味地讲起它的来历了。克钦话，我只懂得一点，经他比着手势，和两个孩子的翻译，才知道这银盒子是一个白人送给他的。因他在年轻的时候，终日跟着山寨的头目，做着服侍的事情。当时曾有白人来山游玩，送头目好些东西，因此他也得了一份，便是现在视为宝物的银盒子。后来翻看滇缅划界条文，见这个叫做"户董"的克钦山的地方：在清末都还是属于中国的。以老人的年龄看来，可知此地在未划入缅甸以前，白人就和他们很亲密地往还着了。

屋里光线很暗淡，久坐一阵，才望见一只角落里还挂有像片，一张是青年军人的雄姿，背有来福枪之外，腰间还挂有一把长刀。据老人说这是他的大儿子，现驻在很远的地方，细查上面写的英文，始明白那是从米索波大米亚王国寄回来的。另一张也是一个青年的摄影，只是眉宇缺少了英爽之气，而且已没有了武装，老人说这是跟随洋官的二儿子，大约便是西崽之类吧。

山寨里有木造的二层楼房，学校、教堂和邮局统统设在里面。在廊下，门间，窗口，洋修女的白大帽，和胖脸洋教士的络腮长胡，常是一闪闪地出现。孩子们高声诵读或是唱歌的声音，则从篱落间流溢出来。不知怎的，一出了老人之家，看见了这个学校，便觉得未来的 Soldier 和 Servant 是正在大量地制造着哩。

下山时，老人送我们几个庞大的牛肚子果，在路上吃了半个，其余的因为越拿越重，便投在深谷里了。

八募那城市

也许由于未到八募之前，全是看见一联串的古老城市吧，如今不拘什么时候，一忆起八募那城市，便马上有个新鲜活泼和富有生气的印象，连同浮入脑里。

八募古名蛮莫，杨升庵的诗"帕头漆齿号蛮莫"，即系指此；明朝的一个落难皇帝逃向阿瓦，改陆登舟之处，便是这个地方；现在的云南人却叫做新街。位在伊拉瓦底江的东岸。除了临江的一条汉人街是店铺密集现着老中国的气象而外，其余洋式和缅式的房屋，多半是疏疏朗朗的，陪衬着绿叶葱茏的树木，流露着强烈的异国情调。

大约出于应付炎热的缘故吧。缅甸人的门前屋后，种着花草树木。窗户听其洞开，有的则挂以珠帘。地板下距地面三四尺高，能够通风，避免湿气。地板上天天用水洗擦，干净发光，白昼可以坐，晚间可以躺，床和桌椅板凳，都不需要。客来拜访，未进门，得先把鞋子脱下，马路上的泥沙，便无法侵入。因此，虽是白热的阳光，常常照临大地，但缅甸人的住处，看起来还是十分清爽宜人的。

另外，到处都有椰荫笼着的水井，供人沐浴。井上面周围地方，敷以水泥，早晚停午，均有男女集在那里，一面笑语，一面汲水冲凉。惟沐浴的男女，都各围有笼基（缅式裙子），彼此只是袒胸露臂而已，但这一点，在中国人看来，也就尽够悬为厉禁之列的了。

晚间，街头或人家住屋，总有乐器的声音，将白日的繁嚣洗去，绝不像中国内地的城市，夜里现得冷冰冰，死沉沉，或者活气充溢在酒馆赌屋里。

中国内地人一些牢不可破的观念：如雄鸡在傍晚昏夜叫唤，便是大不吉利，该舀冷水泼它，但一到八募就完全摧毁了，因为那里的鸡，既不司晨，而且入夜高声乱啼，更是寻常已极的事情。一个人刚出边境，踏进异国的城市时，起先是对不经见的东西，感到诧异，或者幽默，随后也就回头把自家地方的一些神秘和尊严，很容易地加以怀疑和抛弃了。自然，以上所举的，只是一端而已，八募给人以怀疑本国传统观念的精神，实是很丰富而又极其泼辣的。

八募又是一个像是常常开着一种展览会的地方：穿白衣包白帕像孝子一样的加拉人，刚刚使你伫足看去，一个头上挽髻腰间佩着长刀的"山头"，又打你身边走了过来。著花笼基趿绒拖鞋的缅甸女人丛中，间或闪现着黑纱高包头的傣族少妇，露着漆黑的牙齿。傈僳人欧洲人比较少见，而中国人却是最多的了。本来这以前原是中国的领土，像天主教堂里面，尺许高"乾隆敕赐传教于此"的金字碑，现在还很完好地竖立着呢。

我们由印度洋航行去到缅甸，总须出钱买护照而且仅限于头二等搭客，才有上岸的资格的。但由陆地来八募，只消两肩抬一嘴就可以了。这并不是缅甸特对云南人的宽大，实是人烟稀少瘴气猛厉的上缅甸地方，还需要大批不怕死的苦力而已。何况作为一支吸血管口的商埠，正该向肥肉的地方努力伸进着呢！并且由邻近八募的中国边地人民，通用缅币反而拒绝本国钱的情形看来，八募当然是不用限制中国人的出入的。

八募是轮船往来的商埠，同时也是一个驮马会集的地方，因为洋货由伊拉瓦底江的轮船运来，又须驮马负著爬山越岭送到中国去。交通工具的差异正如出现在街市的民族一样，有二十世纪的欧洲人，也有原始的野人。至于我国人画的世界地图，往往把上缅甸的铁路，引到八募，这是错了的，因为由八募乘轮船还该走一天水程，才能到有铁路的格沙埠哩。

从八募到曼德里

一九二七年九月二十五日那一天，我还在八募，微明的早上醒来，屋上秋雨淋漓，便起了懒走的意思，依然软软地睡着，模糊地思起昨夜独坐在江边一家冷寂的咖啡馆里，依在窗上，睇视那月色朦朦的浩渺江水，喝着一滴一滴的牛奶茶，当作醺醺地在倾饮葡萄酒。店的对面住一家缅甸人，楼窗悬着红幔，在黑森森的椰树影里，投射出绯色的电光，织成一幅玫瑰般的彩缎，里面有人拉着胡琴，和着悠曼婉转的歌声。我是次殖民地的漂泊者，当此一个人零落在天涯，谁能堪这"商女不知亡国恨"的情调，虽然我也曾鼓励起乘长风破万里浪的壮怀，拿出前无古人后无来者的傲岸神气，却总不知不觉地——不知不觉地怆然涕下，那时候我就决然毅然要离开这使人愁恨的八募了，回忆至此，心里重又激起昨夜惆怅的余情，便再也不能安然地软软躺着了。同居的人，都起来出门去了。左右隔壁的邻家，一片骚然。足踏声，开门声，野蛮人的音乐一样杂响在一起，催着我迅速地翻身起来。下楼一望，伊拉瓦底江上，烟雨迷茫，皎洁秀丽的容光，已笼着轻纱也似的面幕，仿佛一个少女羞羞怯怯地，在清冷的早上，现出春眠微醒的样儿。隔岸浅浅的一痕淡淡山影，早给那白云卷藏了。天空呢，正低张着一副黯愁面容，好像车儿也载不尽，斗儿也量不尽的泪珠，还没有滴落下来。这显然是不便于旅行，我却一点也不能再迟延留住半点钟了，便携着行李，溅踏着马路上黑污的泥水，跑去觅船，趁着秋涨的江水，乘风南下。

踏上那行将开驶的船上，寻不着卖票的地方，便茫然地在人丛中立着，一个油肥肉满的缅人，挺起他商人式的肚皮，拿把剪子，向我要"奶妈"，我就给钱与他，他便顺手指着一处道：

"和马洗得。"（那里有）

以我几日道听途说学来的缅语，还懂得这句的意思，便买得了船票，给那查票的缅人，剪了一个半月形的小缺，随后就跟了众人，走上楼去，楼上坐满了的人，尽都是缅甸人，印度人，傣族人，克钦人，我便寻着一个座位，挨着包有红帕子的克钦人。他们在高兴地讲话，续续地吐出生硬莽壮的语言。距我不远睡着一个戴有桶形帽子的印度人，剃得光光的胖肚肚的脸腮，闭着眼正朝着我，使我忆起了迭更斯的《块肉余生述》里面，描写大卫的后父，剃光了满脸的胡髭，来会他年轻母亲的情节了。汽笛叫了，船就在向下流开驶，外面还是细雨飘飘地轻洒下来。岸上只有匆匆转去的马车，没有什么人在那里舞动他的手巾。我想在众人的眼中，怕制不成"离愁"的空气，因为他们略一回首，便坦然地笑语的笑语，密谈的密谈，仿佛没有"别"这么一回事。至于我呢，八募非我故乡，自然说不上惜别，又没有半个情人送行，更说不上依恋，我只轻松地笑微微地，瞥视着那两岸上烟雨中伏着的田野，点缀着的茅屋人家，亭亭立着的椰树！……

沿江的小埠，船都要停留片刻，好让旅客们上的上，下的下。船靠岸，便有许多穿红红绿绿衣裙的女人和小孩，顶着食物水果，跑来叫卖，或是争叫着接那登岸旅客的行李货物。到了瑞姑（Shwegu）一节，两岸峭立着险峻的山岩，横抹着浮动的白雾，雨却没有滴落。坐倦睡疲的人们，都立起来依在铁栏边上，仰着头顾盼青翠的山景。一会儿，便瞧着江边的水上浮着一只野象，鼻子立冲冲地直竖着，背上站个小象，鼻子俯伸着，好像正在吸水，一瞥，就离远了，转眼便小了下去，一会儿就消失，望不见了。

午后，太阳出来了，斜在西岸，投进短短的一片阳光，展在船面上，人们已登岸大半了，只有稀稀疏疏的旅客，东倒西歪地躺着，大家脸上都抹有一层薄薄的倦意，大概是被轧轧的轮声震着不能入睡的光景。仅有几个略有精神的人，还引起我的注意，一个距烟囱不远的印度人，真是伟丈夫，所有的旅客，都不及他高大，他是背着我坐着，头上包着大堆白帕，中间露出短短的一节红布，背上交叉勒着长帕子，仿佛一员大将，偶一回头，我看着他那炭团的脸，圆大的深眼，忽然觉得他好像是能使丈八蛇矛的燕人张翼德一样。他常常侧头凝视一个云南人的小孩，那孩子正在光滑的床板上，一抛一丢地玩着一个大大的梨子。小孩的母亲坐在睡着的男子侧边（他们是不久才从小埠上船的），提心吊胆地护视着小孩，宛如怕那孩子会从铁栏围着的船边，要扑通地滚下去一般。有一次，小孩的梨子，一滚就滚到张翼德的足边，他那注视小孩的眼睛，益发睁大了，小孩笑眯眯地跟着滚的梨子跑，一抬头就望见这个黑炭团，吓得梨子也不要了，连忙转身就跑回母亲的身边，头急急地塞在母亲怀里，又一面掉转来瞧，那黑炭团便哈哈地笑起来了。这时他的样子，越发像剧台上的张三爷。没有好久的时候，小孩子便在他母亲的怀里睡着了。那黑炭团呢，昂然地立在铁栏边，很有精神，好像正要同敌人相搏战一样。

大约下午五点半钟的时候，船便到 Katha 了。所有的旅客都纷纷地登岸，有许多的缅人及中国人，争着来替人搬运行李，我便感觉着弱小民族的劳动同胞的悲哀。上岸时，便有缅人来查我的行李，并盘问我从哪里来，到哪里去，幸喜道听途说得来的缅语，勉强应付了难关，岸上已经列着一排火车，我随着别人买了去曼德里的车票，急急忙忙地登上三等车。那着桶形帽子的印度人，恰好已先上了车，便向我点头。我把我的行李放在跟他的一堆。我那时很饿了，又跳下车去，买点食物，刚才买得两块小面包，汽笛便鸣了，又急急忙忙跑去。一跑便把木拖鞋的橡皮跌脱了，我便弃了鞋子，赤足跳上车去。转瞬，即向西驰去。Katha 市场的状况若何？无从望见。沿途夜幕便渐渐地沉落下来了。

约七点半钟时，抵 Laba。灯火辉煌的屋宇，拥挤的候车买物的人，立刻呈现在眼帘前。车停，即有男人儿童及妇人，跑来替旅客搬运行李，他们并不用手提或肩捐，都是用脑壳顶着，很引起我喜欢研究这种劳动的原因。登上火车时，车上的电灯未燃，里面漆黑，同行的印度人擦一根火柴，始觅得妥处。坐候许久，密支那的车才自远而至，车头两股电光，在夜的平原上展视着，仿佛巨蟒在探寻食物一般。车到了，由密支那来的客人，蜂拥登我坐的这一列车，少刻，车即开行。夜黑无月，只有稀疏的星光在夜幕上闪耀。路旁的森林，隐隐约约的可以望见。无际的平原，时常展现出来。那个戴桶形帽子的印度人，已就长椅上，铺了毡子呼呼地睡着。我依旧坐在窗边，浏览瞬息即逝的模糊景色，久亦感着疲倦，车又极其抖动，受其搔簸，宛如慈母抚拍婴孩一般，不知不觉地就睡在椅上，昏昏入梦了。

沿路小车站很多，车过即停站片刻，我便仿佛受惊一样地醒来；车行，又渐渐入睡。如是的睡了又醒，醒了又睡，直至半夜，我才鼓起精神，不再睡了，因为旅客上车下车的渐渐加多，怕打失了物件，故正襟危坐着。天亮时，窗外无垠的平原，四面没有山影，一若已回到了故乡一般。所不同的，便是矮丛丰草，满目弥望，与椰树下麋集着四足支撑的茅屋。耕出的田畴，那时正在栽秧子，秧苗的行列，栽的很密，与云南的栽法相差不多。我看平原中的沟渠很少，有些低窄的地方，便汇着雨水，不便开垦，并且已耕的田野，也因此不能疏通积水，于农作物妨害不浅。久坐车中，又不能看书，便思治此平原的方法，约得三项：

（一）组织大农业公司，购垦土耕田的机器；

（二）焚烧芜草矮丛，砍去平原中的森林；

（三）多开河道，以作放水储水之用。

在车中的妇女，有些纽子是缝在左边，颇引起我好奇的趣味。并且妇女在社交上的自由，也使我生极大的注意。我望见一个年轻的女人，头枕在男子的大腿上，沉沉入梦。别的女人，也同男子挤着坐在一堆，自然的谈笑。不久，我坐的位子，侧边也来个女人挤着，她坐着旁若无人的神气，使我佩服。到了一车站，旅客下去了些，她就趁势睡着，头部抵着我。反令我局促不安起来。下午四点钟，即望见曼德里，过江时，细雨又飘飘的洒下来了，东岸山上，白色的尖塔无数，衬着青绿矮丛的背景，非常的好看。在船上遇见一个在克钦山认识的傣族少年，才安然到了曼德里。

上缅甸车中

秋凉的九月，天野里，大约正是躺着已割或未割的金色稻田吧。但在缅甸却并不然了，只要将你的视线，从车窗外斜斜地射出去，铺着青嫩秧苗的田野，便在铁道的两旁，一幅一幅地展露出来。倘若再能听见几声布谷鸟或是杜鹃鸟的啼叫，那不会将使我们这一类的异国旅人，活生生地感到了故乡四月那样的情景吗？

是的呵，我的心上就曾经浮起过如是的感兴的。那时正是一九二七年的秋天，从伊拉瓦底江上游的杰沙埠，搭车到缅甸旧京曼德里去的途中。我一面凭靠着车窗，瞧着热带阳光泛滥着的青绿原野，一面悄悄地念着前人的田园诗章：

> 四月清和雨乍晴，
> 南山当户转分明；
> 更无柳絮因风起，
> 唯有葵花向日倾。

然而，车窗外的异国田园，却是没有柳絮，也没有葵花，只看见亭亭静立的椰树，像在撑起伞，遮蔽日光那么似的，在远处的庙宇旁边，人家屋角，疏疏落落地散缀着。乡村寺院的佛塔，则常从芒果荫中，伸出金光灿然的脸来，诧异地凝视着喷吐煤烟驰过平野的怪物。有着四只高脚的农家小屋子，站在水牛或是草堆的旁边，仿佛看见火车来了，就要举步奔逃的样子。

这是在四月的故乡所不能看见的。

我的故乡，曾经给古人誉为"沃野千里，天府之国"的，若就水利的发达，种植的精良说来，无论如何是要超过缅甸的农业。像积着雨水的黄色水洼，与乎蓬生着荆棘林丛的地方，在成都的原野里面，是寻也寻不出来，但在上缅甸的途中，却不时总会从车窗上一瞥地望见的。

旅居腾越的时候，一般较有头脑的青年，竟也有了这样的意见：不论就哪一方面看，缅甸都要比云南好些，进步些。这即是说，受外国人的统治，只是面子难过，实际上是有利益的。看了缅甸的城市，缅甸的道路，我是不能反驳他们的，但火车将我载着穿过一天一夜的上缅甸的原野后，便觉得我是振振有辞的了。因为资本主义的统治者，最大的目的，是在货物的推销，原料的收集。至于为一千二百万人口所赖以生存的农业，尚无暇加以改良和注意的。水利不修，荆棘未除，正是不足为怪的。

凭着车窗想着这类不愉快的事情，旅行的兴趣，也就全然消失了，只有暂时把一切都付之遗忘，漫不经心地吹着口哨儿，欣赏着车内车外的异国情调。

这里可以看见左衽衣衫的女人，这里可以看见椎发纹身的男子……

然而，心里总觉得环绕在车窗外的大地，总有一天会要冒着烟焰的。于今已有六七年了，留在心上的异国情调，许是早已消失，但冒着烟焰的事，似乎一想起，就仍旧确切地觉得，那是一定要来的呵。

由左衽引起的话

在上缅甸由密支那赴曼德里的火车中，一望的搭客，是缅甸人傣族人，不用说了。单以男子也像女人似的围着红红绿绿的裙子看来，就尽够在旅人的心上，勾起浓重的异国情调吧。女的呢，除了围有各色花裙之外，上身则全是雪白的纱衣，而有的衣纽，却又是做在左边的。如此异样的装束，直使人记起古代楚国的人民来了。因为据古书所载，楚国的人原是左衽的，孔老先生在赞美管仲伐楚胜利的当儿，就曾经这样地慨叹过："微管仲，吾其被发左衽矣。"如今楚国的旧地，湖南湖北想来早没有这样装束的踪影，但在上缅甸我却算是寻得了，看见了。

倘若把这些印象，作为一个假设的证明，而且加以种族语言的考据，则我暂时敢说古代楚国民族，并未消灭，而是逐渐南下了。不过他们并不是现今的缅甸人（缅甸人 Burmese 据《缅甸民族考》The Trides of Burma 一书说，是来自西藏高原的民族，与西藏人及克钦人同出一源），而是云南的傣族，缅甸的香人（据英人所称傣族为 Chinese Shan，香人为 Burmese Shan，云南人称香人为大耳朵傣族）和暹罗的人民。他们在云南居住的地方，系怒江、澜沧江、槟榔江（亦称大盈江、太平江等名）等流域。在缅甸则是萨尔温江一带的山间（萨尔温江系云南怒江的下流），和上缅甸的伊拉瓦底江两岸（云南的槟榔江，即由八募流入伊拉瓦底江）。在暹罗呢，差不多重要的城市，却都可以说全是他们的了。至于语言大都是相同的，不过小小差异的地方也有，如顶普通的名词，"吃饭"这两个字，暹罗人香人叫做"景考"，傣族则称为"景好"。而文字也是一样的。按谢彬所著《云南游记》，谓傣族系用缅文，这是错了，只能说用的是暹罗文字，因为他所根据的书，系云南普思沿边督办何树勋所编的《普思沿边志略》，而不知普思沿边一带正是接近香人所居的地方和暹罗的。

以上说明傣族香人暹罗人是一个民族，至于由中国长江迁去的证明呢？这要看暹罗的历史了。其起源一章，即引意大利一位语言学者的学说，谓暹罗民族是在西历纪元二三世纪由支那长江流域迁去的，因其语言还与今日长江以南中国人的语根，有相似的地方。据我所知道的，福建的漳泉话，广东潮州话、琼崖话，如一二三四五……的数目字，就有好几个，是与傣族所说的是一般无二的。又傣族叫"天亮"做"法亮"，这"亮"字的意义，便和我们一般的普通话是相同的。还有四川成都平原的方言，叫"酒糟"为"劳糟"，而傣族叫"吃酒"做"景劳"，正又是有着相似的地方。其余类似之例还很多。

因有语言上的证明，而又看见左衽的女衣，楚国人南下的假设，便浮在我的脑中了。此种臆说能否成立，自然还需详细的研究。

缅京杂记

一

在野蛮的地方，乡亲二字的确还有相当的作用；但在文明的城市，却并不然了。像在缅甸旧京曼德里，倘如你初去时不识街道，正在车辆交驰之间，举足彷徨之际，见一迎头来的中国人而有所问询的话，那么，多半是听着这样缅甸语的回答：

"南闷勒补。"

意思是不懂你的话！随即人也板着脸走了。大约认了乡亲，就更容易惹起另外的麻烦吧，如请临时帮忙，托找事做。因而，乡亲二字在这里，如同暑天腐烂的水果一样，是卖不起价钱的。

倒是一些开店子的回教印度人，略略懂点子中国话的，当你从他店铺门前经过时，反而会学着云南人的嘴巴，很亲切地招呼道：

"老乡，进来看看，买不买，不准账的。"

把这两相比较，人和人之间是可以意味出另外的东西来的。

二

缅甸，这椰子榴莲的国度，在旅途中，我是意味着它有多量的浪漫气息的；但一到曼德里，在伊拉瓦底江的轮渡上，望见东岸青山的一翼，正于细雨迷濛的景色中，送来无数白色的佛塔，和第二天早上，披衣楼头，看见黄衣托钵的僧人，在晨光泛滥的街头，一队队地现了出来时，却又给人以严肃之感了。

不过，也并不使人感到阴森，这大约由于他们不像我们中国人这样拘泥吧。像一般和尚，既可天天吃鱼吃肉，还得自由恋爱哩。因为，倘若爱上了一个年轻的信女，或是施主的女儿，便可将袈裟脱了，还俗去。这在他们，是自古已然的事情，谁也不来非难的。

因此，这个国度里的禁欲和纵欲，并不怎样冲突的，……只要在曼德里住上两三天，便会深深觉出这种风气了。

三

《腾越厅志》载先前曼德里的情形："周围有砖城，六十二里，立十二门，外设木栅，禁骤驰。"我看见的时候，木栅已经没有了，而且也并不禁止骤驰，因为已经有着发亮的两条铁轨，毫不客气地伸进城门洞去了。城楼上架着大炮，着黄斜纹军服的英国兵，镇日在侧边防守着。

城墙的样式，满带中国风，据说这是从前缅甸国王雇请中国工匠修造的。年程，看起来尚不久远，像一般古城应具的特色：残缺之外，且加藤蔓的点缀。那是一些也没有的。

城外"南为汉人街，多汉人贸易。西为洋人街，大小共七十二街"。这是光绪十一年的情形。倘如追溯到未有汉人街洋人街以前，我想那街市的状况，一定是很有趣的吧。《滇南杂志》记缅王以下："则有四大万，次则为万韬，其外则有七万。""各万无俸，令其做买卖，以取利为官资。"这样看来，做官和当老板，是成为分不开的事情，那么，官府和商店，不是合并为一，大约也是紧邻着的了。

仰光小景

住在 Maung Khine Street 的一家小茶馆楼上，没有什么事做，也少有人来闲谈，每天孤寂的时光，就多半是消磨在临窗闲眺和一本破的书上了。

书上说的什么，至今业已全然忘记，但从窗上看见的各样生活画图，却还明晰地留着深刻的轮廓和色彩。

每天一早和嫩黄的阳光一同出现在我的眼前的：是一个徐徐走在街头的缅甸僧人。他光着头，赤着足，披着黄衣，抱着一个漆黑的钵，来到茶馆前的街上时，便向我斜对面一家中国人的门口台阶走上去。

这是一家颇为阔气的中国人，单就进门的屋里陈设着的精致桌椅看来，就可以知道的。缅甸僧人并不站在台阶上化缘，却是像回家那么似的，走了进去，一屁股坐在椅上，不动也不说话，默默地，如同一尊不曾盘足而坐的佛像一般。屋里立即走出一个花衣花裙的女人，样子似华人非华人，似缅人非缅人的（这是中国父亲缅甸母亲生的女子）对着和尚，把穿在足上的拖鞋脱掉，跪下去，恭恭敬敬地叩个头，才把和尚的钵接着，然后穿上拖鞋，走进里面去。等一会儿，把装好饭菜的钵捧出来时，又将拖鞋脱去，再跪下叩个头。和尚呢，是始终不理地坐着，接了钵后，就一声不响地走了。

白天间或看见衣衫不整的同胞，垂着短发不洁的头，立在和尚去过的那家门前的台阶上，呢喃地说着大概是要求那家施舍的话语。门里便现出一个嘴角叼着香烟身穿华式短装的男人，举起肥大的手来，不高兴地摆摆，随即隐没进去，接着钻出一个瘦小的印度仆人来，连叱带吼地做出掀攘的姿势。于是，那位零落在异国的乞怜者，便一面颓丧地走下阶，一面回过头去，气急地向那印度人骂道：

"你这黑鬼！"

过旧历年的时候，这家人的门上，便由那瘦小的印度仆人，挂起一大张中华的国旗来，飘飘拂拂地展在檐下。发着电光似的火炮，也劈劈拨拨地放了许久，第二天早上起来看时，街上铺着了寸多厚的红色的纸花。先前由那两个印象上疑心他们大约是归化了缅甸的，到这时，才明白过来，的的确确他们还是中国人呢。

怀大金塔

在向仰光奔驰的火车上，首先看见高耸于绿荫丛中，远远就对旅人露出一脸微笑的，是你的姿影呵，大金塔！在离仰光驰往印度洋的轮船上，回头来大都市的轮廓已经消失了，却突然望见耸立蓝空，仿佛依依惜别的，也是你的姿影呵，大金塔！这些我都记得，但尤令我永远不会忘掉的，是当黄昏之际，落日挂在你的腰畔，群鸦都从菩提荫中噪起，散在晚红的西空，旋成点点的黑星，飞舞在你的身边，这时呵，遥见你那慵倦的样子，唉，怎样地使人起着兴亡的感慨！或是深夜散步于绿漪湖畔，望着你通身围着灿烂的珠光，湖水里也映着你柔和的金影，那满透出舞女要赴夜会似的神情，又怎样地令人感到高兴！

如今你的足下，大理石铺就的道上，那些献花献香的盛况，还是一如当年的么？那些著白衣花裙的善男信女，被我叫做拜金主义者的，还是当着晴美的节日，在你下边且歌且舞，兴趣不减于往昔的么？主张暴力革命绝食死在狱中的僧人巫威塞牙，在你身边举行火葬的悲壮日子，你还记得么？喊着 Simon go back^① 的行列，通过了繁华的都市，绕到你的足下，散成头颅的海波，作者祈祷和演讲的示威日子，你还记得么？五千印度码头工人的大罢工，弄到整个都市都成了死灭的凄愁景况，而你那里的香花，也显出了从来未有

---

① 原编者注：即西门滚回去。西门是英国政府派来视察缅甸的特使。

的黯淡样子，你还记得么？大金塔呵，这些我都记得的，而且令我很是怀念的。

请你抬头替我望望：那些点缀在金色稻田中的茅屋，是否还在冒出血红的火冠、乌黑的烟柱？那些闪现于绿色森林中的棕黄面影，是否还在把画有神和蛇的白旗，继续地树了起来？一别三年的大金塔呵，请你提起足尖，为我望一望吧。

缅变纪略

新缅王的宣言

一九三〇年十二月二十二日夜半，达拉瓦底县（Tharrawady 距仰光六十八英里）的农民三百多人，各携武器，进攻巴瑞江及勒兰姑等村，杀毙缅人村长及森林局局长英人。于是下缅甸的农民，由抗税而至暴动的事件，便从此开始了。随即在各城市的墙壁上，看见了新缅王的宣言。原文系缅文，英政府获得后，译登英文报。

龙皇都班那加，镇驻释迦皇城，特发谕令，布告各方周知：缅甸人民呵！我们此次与英帝国主义宣战，是纯为缅甸人及佛教徒的利益而争斗。中国人，印度人，克钦人（Kachins），暹人（Shans），吉仁人（Karens），都不是我们的仇敌。应认清我们唯一的仇敌，是压迫我们剥削我们的英国人。我们有色人种的各民族，应联合起来，站在同一的战线上，打倒白种的英人。若为英人服务者，能携其枪械来投降，和我们联合，我们都能宽宥他们。至于巴瑞江，勒兰姑及瑞荞坪等村被焚，是因三村的住民，违背信誓，曾帮助过仇敌的英人。

算命先生做皇帝

"龙皇都班那加"塞雅三（Saya zan）一名散沙，又名散助，在瑞波埠（Shwebo）第一光村生长的，父名哥朋温，母名妈妙。一九三〇年正五十岁。身材瘦削，高五尺四寸。是一位跑江湖的算命者和著名的医生。曾因开赌犯罪，入狱数次，又曾杀人逃亡。在过亡命生活的数年中，他便同"缅甸人联合会"和"爱族党"内的分子接触，开始奔走革命。兹将一九三一年一月九日英政府宣布塞雅三的罪状，译录于后，就更能明白他了。

政府现在查明达拉瓦底，永胜及竖磅等县的农民叛变，其计划均系如出一辙，目的则以武力推倒政府。叛党领袖塞雅三自称都班那加王，以神鹰为徽号。塞雅三曾发表宣言（见前）向英国宣战。他从前曾犯罪入狱，所以警局得知他的履历。塞雅三在一九二四年加入宇乞奈缅人联合分会。因发生意见退出，转入宇唆丁缅人联合会。去年（一九三〇年）十一月初，他到竖磅县所辖之礼低埠准备暴动。十一月中，又在永胜县岱枝埠和达拉瓦底县燕濑埠等地召集农民会议。十一月杪，又再到礼低，在竖磅县所辖之坦都村暴动领袖旺纳家夜间开秘密会议，讨论暴动计划。十二月十二日，在永胜县所辖之瑞那军埠召集最后会议，到会者有达拉瓦底、竖磅及永胜等县的农民代表，塞雅三即于席上将暴动计划详加说明，并言在阿兰堂山中已建有皇宫，他本人将做荜朗鹰皇。又议决分给灵符，刺画黥纹的办法……

竹篱茅舍的缅王宫

新缅王的皇宫，建筑在阿兰堂山顶，四周森林茂密，山路崎岖，人迹罕到。宫殿系用茅草盖的，围以竹篱。门前挂洋铁片一块，上书缅文的佛教王宫殿数字。屋上插有一支蓝十字的白布大旗。宫殿的外观虽极简陋，但里面的设备，却是很华丽的。当英军前去占领时，曾将所获的东西加以估价，总计约值一万卢比。宫中除塞雅三外，尚有一军师，精符咒术，为诸党人施符法，刺纹身上。所刺的黥纹，有一鹰鸟和入队的号码。加入的人须宣誓，严守秘密，被捕之后，不得供出同志的名字，或泄漏内部计划。加入者都是宇唆丁缅人联合会的会员及爱族党的分子。加入之后，编制亦如军队，计分二队，一为红，一为黑，黑队作备战之用，红队专备寻粮食。所著制服，系蓝色短衣，也有著白衣的，上面则加蓝色十字。头缠白布，身上佩有符咒，说是可避刀枪。作战时，多用妇女作侦探。所至村落，则劝村民不要惊慌，说是如果没有饭吃，就一同去抢村长和有钱人的米谷！因此，加入的农民极多，自发动以来，未及一月，便波及了许多县份。

逼着和尚去革命

像岑尾申县便是这样的。那里农民暴动的领袖缅僧宇德哈劳加被捕后，看他正月十日（一九三一年）和《仰光公报》访员的谈话，便可知道了。

访员问："你对于达拉瓦底叛变，表示同情吗?"

宇德哈劳加答："我同情他们的。"

问："你自何时起就准备此次叛变呢?"

答："去年（一九三○年）十月十八日在瑞门町开会后，我就马上做起煽动的工作了。"

问："在什么时候，你才决心发动此次的叛变呢？"

答："假若我有大批枪械，早就要干了！"

问："你既知道缺乏枪械，又为什么要这样早就起事呢？"

答："村里的农人饿得快要死了，要求我马上暴动，我只好顺群众的公意了。"

问："你以为率领小队的暴徒，就可以推翻这样强盛的英国吗？"

不答。

问："你这次做的事情，现在你觉得失悔吗？"

仍不答。

怪鸟扑蛇的旗帜

各县揭竿而起义的农民，所标的旗帜，都是一样的。即是在三角形的白布上面，绘一半鸟半人的像，嘴是尖的，手腕和足上，均生有羽翼。头戴尖塔形的帽子，手握利刃，足踏在一条毒蛇身上，做出扑杀的姿势。

按此半鸟半人的怪物，缅语叫作"荪朗"，中文译为"神鹰"。即印度古代传说的怪鸟，梵文叫作"迦楼罗"。《法苑珠林》谓金翅大鸟欲取龙食，龙怖惧，便怀热恼，惟阿耨达龙无此患，大约金翅大鸟就是缅人所呼的"荪朗"吧。

一般缅甸人看见了这样的旗帜之后，即将暴动的农民呼为"荪朗"了。

传单上的诗句

农民在乡村各地起事，一般都市的知识分子，也在间接地做着各种的援助。像英政府所在的仰光，在二月二十七日的清晨（一九三一年）也在各处的墙壁上，电杆上，发现了反英的传单。那是用英文排印在黄色的纸上的。开始便是一首诗：

> 当我们睡着的时候，
> 敌人便将镣铐加在我们的身上。
> 朋友呵，起来挣扎吧！
> 打破镣铐，是很寻常，
> 容易如同摇落花上的露水，
> 因为我们众多，他们少。

缅甸总督的演说

在末尾，我想说说缅变的根本原因，最好把缅甸总督查利印尼斯二月十二日（一九三一年）在缅甸立法会议席上的演说词，节录于后：

> ……现在的缅甸，已陷于艰难困苦的地位了，人民这样，政府也是这样……
>
> 以商务而言，货物跌价，营业失败，除煤油而外，其他各业，均受影响，铅、银、锡、米、树胶、紫梗、木料都跌价。而缅甸最大宗的农产品（米谷）也跌价。我们查阅缅甸铁路局运费收入报告，可知缅甸商务的升降。缅甸铁路局本年中之收

入与去年比较减少五万卢比，因各处银根紧缩，各界均受影响，政府也不能幸免。这种经济恐慌，为世界普遍的现象，尤其是缅甸和印度，有政治的纠纷，困难尤甚。并且缅甸民气，极为紧张，侨居此地的外人，殊感不安。此次达拉瓦底叛乱事件，原因恐怕不是经济所引起，但也足以藉此制造叛乱的空气……

农民多是无知识分子，他们不知道天然求供的公例，也不明白生产过剩，消费力薄的事实，只知谷价较前低落，生活困难，并散布谣言，谓米谷跌价，是仰光英人米谷公司操纵所致，实给叛乱者以特别的机会，和政府为难了……

从这里是可以看见一些根本原因的，只要没有达官贵人那样的眼光。

华缅人械斗记

一九三一年春天。

约在早晨十点钟的光景，仰光日报馆的手民（排字工），都突然一手拿着铅字盘，一手拿着稿子纸，争挤到临街的窗前，啊啊啊地惊叫着。我也来不及放下满蘸墨水的钢笔，便忙闯过去观看，原来是窗下街上（仰光的第十九条街）几个骂着"丢那妈"的广东汉子，和一个披黄袈裟袒露半臂的缅甸僧人故意为难，并把他落在地上的黑钵，像踢皮球那么似的乱踢着，钵盖和里面的饭及装鱼肉的小碗，滚得一街都是。旁边一个替和尚拿着雨伞的缅甸小孩，吓得哭了起来。同时，另外又有一个缅甸老婆子，和一个土生子（即中国男子和缅甸女人生的孩子）正抱一大块包袱，惊惊惶惶地跑了过来，打算转到河滨街去，样子像是逃难的光景。

"呵！真的打起来了！"

手民中有人用广东台山话，这么说着。我虽然知道昨夜中国人同缅甸人在广东大街打架的事情，一时不容易平息下去，但我总不高兴中国人像这么样地一见了缅甸人，就乱打起来，把两个民族间可以调和下去的冲突，竟至弄得异常糟糕。走回编辑室依然写我的文章，但外面访员投来的新闻，说到昨夜华缅人打架和今天正在扩大的情形，却一件一件地加多，使人觉得有点不好过起来。而且到报馆来的人，从他们口头传出来的消息，似乎更加可怕些。如说什么人，住在缅人区域的，已在昨夜全家被人打死了。在报馆内的工人，有些竟然放下了工作，跑回家去，看看家里的情形。

这时我走到报馆门前去望望，便看见河滨街上东一堆西一堆的华人，都带着紧张的神色，似在谈论着一些恐怖的事情。我就穿起脱下的外衣，走出报馆去，打算听一点真实的消息。刚走到揽勃陶街一看，好些缅人开设的银器铺，已经关闭了，只有印度人的店子，还照往日一样做着生意。同时有一辆没一辆的人力车，载着携箱提被的中国人，都从仰光附近的地方向中国人住的区域移来。他们的脸上，均现出不安的神色，好像在说大难来了一般的光景。

我住的地方是仰光第十五条街，正是华人和缅人住区分界的所在，而且是华人和华缅土生子共同混合居住的所在。揽勃陶街离我住的那一条街很近，便率性回家去看一看。街上平日就是十分冷清的，除了几家咖啡店、香烟店、裁缝铺、药铺而外，便完全是住家了。这一天，却反而要热闹些，一些做着事的，已经闲着手了，立在阶边街中，同人家兴奋地讲着话，比着手势，或是带着怆惶的眼光，望望街的两头，有人叱骂着不懂事的孩子赶快走进屋去。我的房主人（福建人）在外面办事，还未回来，他的女人（是华缅土生子）和孩子们，都焦急地拥在门前等候着。一眼看见我，大家现出惊喜的神情，说着：

"啊！回来了么？"

那话里的意思，好像正藏有我们以为你给人打死了哩。我站在门前的阶上，笑着说"不要紧哪，一会儿就没有事的。"来安慰他们。一面照往天一样，伸手去摸摸孩子们的下巴尖和脸庞，同他们开开玩笑。

"啊，你们都变了中国人么？"

平常孩子们都照着缅甸人的打扮，围着笼基（缅甸裙子）的，现在全穿上中国衣和中国裤子了。最小的一个男孩子，缅名叫哥儿的，还讲不来中国话，也扁起小嘴巴，用缅甸话说道："白马没刚补，德友刚得！"（缅甸人不好，中国人好）

这大约是大孩子刚才把他教会了的。我便把他抱了起来，用缅甸话指着他的妈妈笑着说："妈妈是缅甸人哪，她会不好么？"

他就把小嘴巴一尖，连连说道：

"白马没伙补！白马没伙补！"（不是缅甸人！不是缅甸人！）

他的妈妈仍旧穿着白纱上衣，红花绸笼基，做着苦笑，一面心神不定地用厦门话喃喃说道：

"爸爸怎么样了！爸爸怎么样了！"

女主人的弟弟，年纪十四五岁的，先前站在对面的街边，同人在谈着什么，现在突然大声喊道："来了！来了！"一面朝屋里奔跑，顺手也把我和哥儿拖了进去。同时在匆忙中听见好些人在喊："来了！来了！"并杂着一阵砰砰砰砰的关门声响，我们也把门关了，哥儿和他的小姐姐，吓得索索地抖着，女主人拉着孩子，一面仰着面孔不住地哀求：

"菩雅，菩雅，菩雅……"（佛祖哪……）

我和女主人的弟弟，像要保护他们似的堵站在门边，把眼珠子嵌在门缝里望了出去。街上静悄悄地，虽没有什么缅甸人到来，但心里总起疑惧，希望有印度警察来就好了，但什么也没有，街上只弥漫着莫名其妙的恐怖。大约是虚惊吧，这样想着，便打算把门开开，看看究竟情形。

"开不得，开不得！"

女主人和她的弟弟都连忙来阻止我，并说出一点钟以前，就曾经有一二十个缅甸汉子，拿着铁棍木棒，叫叫喊喊地从门前跑过。我自己呢，也没有什么把握，只得再等一阵，同时想着，倘若缅甸流氓跑来打门，难道不想一点抵抗的法子么？就在屋里东寻寻西找找，打算找得一根棍子。从后面灶披间，对望过去，便是第十四条街的后房，对面住的几乎全是缅甸人。先前烧饭的时候，女主人还同那面炒着菜的缅甸婆子，一面煮饭，一面笑谈着小孩或是油盐柴米的事情。现在大家都紧关着后门和窗子，仿佛立刻就有了莫大的冤仇似的。一边找寻抵抗的家伙，一边想着人类会这么儿戏地变起脸来，觉得又好笑又不安。然而，即使自家也看清了，两个弱小民族无论如何都要设法好好地联合，把彼此的冲突调停下来，但目前却逼到死亡线上来了，一切大道理都无法顾到，只有找寻一个可以打人的东西，获得暂时的生存。因此找不到什么杀人器具的时候，连一把切菜用的小菜刀，我也把它拿在手里了——这是人类不得不演的悲剧呵。

他们看见我拿着菜刀出来时，便喊着：

"没有来！没有来！"

同时便把刚才阻止拉开的门，虚开一点，望了出来，大家相对地，苦笑了一笑，仿佛在说：

"天呵，真吓坏了人呀！"

我放下菜刀，走出去站在门前看：右边的街头，先前时有经过广东大街的电车，带着轰轰隆隆的声吼，一刹那出现又一刹那隐没的，现在已没有了，而且也看不见来往的黄包车和人影。这就说明

仰光全市的交通已经断绝了，因为这是一条主要的交通路线。（仰光只有一条最长的电车路，从东边勒生堂到西边九文台）

真的，两个民族械斗起来了么？心里冷了一股。一二十天以前，看见缅甸人在达拉瓦底县起事抗英的宣言，还记得开始的几句是这样的：

> 缅甸人民啊！我们此次与英帝国主义宣战，是纯为缅甸人及佛教徒的利益而争斗。中国人，印度人，克钦人，暹人，吉仁人，都不是我们的仇敌，应认清我们唯一的仇敌，是压迫我们剥削我们的英国人。……

为什么达拉瓦底县的暴动事件，还像火烧一样在蔓延着的时候，缅甸人竟发疯似的来打中国人呢？他们不是已经明明白白地说我们不是敌人吗？想着这个问题时，看见余家馆的门前，站着好几个手拿木棍的广东人，做出立刻就能够打杀人的威武样子，一方面就觉得他们在这条街上作战，至少我们是可以得到好些保护的，一方面又觉得，也许此次两民族械斗的起因，需要由好武逞能的广东老乡完全负责吧，因为昨夜打架的事情，到现在我还不知道到底是为了什么缘故。

想着，如果缅甸人只是为了抵抗才同中国人械斗的话，那么这事只要中国人肯息手，便不会扩大的。凭着这点推测，我就想回报馆去做篇和缅甸人息争的论文，而且报馆对这样的事也是必须做的，便冒险去了，因为路是在华人区域的边上，也没有碰见什么。在报馆内，看见一篇昨夜打架详情和缘由的稿子时，又立刻使我茫然地疑惑起来。稿上这样说：近几晚上突有缅甸流氓，名叫芒把者，屡在广东大街，故意与华人发生争端。如在陈某酒店内喝酒不给酒账，又向张某茶店内抛掷汽水瓶等等。昨夜更变本加厉，当街摸弄华人女子，致惹一般华人大声呼打，群起驱逐，彼亦率众党徒，出手枪相迎，于是……。

晚上，我和男主人及同住且兼同事的王君都不敢睡觉，就坐在门边上，握着小菜刀和从邻家分借来的木棒，悄悄地守着夜。因为这条街已变成两边交锋的阵线了，谁也不能安眠下去。同时一听见一大群的脚声和叱叫，轰响在街的两头，冲走暗夜的岑寂时，男主人便用手搔搔他的下巴，安慰着我们也像安慰他自己，用厦门话说道：

"不要怕！不要怕……我有办法的，我有……"

其实有什么办法呢？每次看见他那在深夜电光下面的眼珠不安静地转动着，就知道他是和我们一样没有把握，只是"来了""就率性拼命吧"了。

孩子们不上床去睡，都悄悄地挤在我们的身边，带着忧愁的小眼珠呆坐着，仿佛也和我们一般在凝听着死亡之神走来的脚声。夜深，疲倦极了，他们就倒在我们的脚旁边闭着眼躺着。女主人则一面忙着收拾可以临时带走的东西，一面在厨下替我们这些守夜的兵卒，煮点宵夜的饮食，孩子们睡眠的事，简直来不及管了。男主人看见孩子们在睡梦中两脚突然抽动一下，或是忽然像被什么吓醒了那么似的哭泣起来，便阒然无语地摇摇头。

天亮了的时候，恐怖也随黑暗的退去减少了些，一街的人都可以半开着一扇门，侧着身子出去，同邻近的人家谈话了。而开口的第一句话，总是："昨夜你家该没有受惊嘛……"接着是："大人还不要紧，唉，我们的孩子。"叹息起来。到第三天的时候，情形更加恶劣了。英人警察，大约在隔三两点钟之久，便三个一块地，乘坐着脚踏摩托车，跑来我们的街上巡阅一次。每次都把中国人手上拿着的武器抢去，竟然有一次到余家馆内，把大批的木棍搜了出来，用汽车搬走，而且去了之后，就很少来巡阅了。大家心里都不免暗暗地叫苦，觉得缅甸人打来了怎么办呢？没有武器，又没有人保护！

隔壁住的一个印度医生，大约看不过这样的现状了吧，便悄悄地走到我们这边来，一进门后，又掉头出去看看，然后才从他的西装裤子里面摸出一把略略生锈了的长刀来，向我们用英语说道：

"磨磨，就可以用用的。"

女主人的兄弟，接在手里高兴得了不得，一面拿着跑到厨房去磨，一面比着姿势叫道：

"这下子，可以杀翻他几个鸟土娃了！"

这一夜却是比较平静地度过，但第二天早上印度医生却捧着一张仰光《太晤士报》匆匆跑进来了，叫我们道：

"来看！来看！"

跟着就摇摆他的下巴尖，好像在太息似的。

我们由他所指的地方看去，原来是一张图画。第一幅是一家商店的摄影，里面现出乱翻翻的样子，标题说明这是给中国人抢劫过的缅人店子。第二幅是人家户的摄影，门上露出打破的地方，标题说明这是给中国人打烂的缅人住宅。

"为什么中国人遭难的情形就不摄出来呢？"

王君拿着报纸翻前翻后地查看，找不出一幅中国人或中国商店的影子，便这样气愤愤地说。

另外是一幅漫画，画着一个缅甸人立在中心，给四周的中国人、印度人、克钦人、暹人、吉仁人围攻着，题目是缅甸人快武装起来呀，并且在末尾打了个大大的惊叹符号。印度人和我们互相望了一眼，大家皱着眉头，说不出话来。我心里暗暗想着：这不是正和在达拉瓦底县起事抗英的宣言，遥遥地相对么。

这时印度医生才忽有觉悟似的用英语问道：

"这开始调戏中国妇女的缅人是叫什么名字哪？"

我们的主人便把芒把这个名字说了出去，他就向他的膝头蓦地拍了一下道：

"又是他么？我们前次同缅人打架就正是他呀！"

随即站了起来，燃着带怒的目光，小声低沉地说：

"你们知道这是谁指使的么？我⋯⋯"

突然听见门外街上，有脚踏摩托车的吼声奔驰着，就赶快停嘴了，走到门外去，一面不安地说着："再见！再见！"

南国的小屿

白天，登上小坡，四周绿盈盈的海水，便爽然在望。入夜，睡在廊下，槟榔屿的万家灯火，就会从远处的海上，扑面迎来——这是印度洋中的一个小屿，邻近着马来半岛的。

一九三〇年的四月中旬，因事由缅甸赴新加坡，船经槟榔屿，拟改道登陆，搭乘马来亚联邦的火车，不料竟给当地的卫生局，将我和一批印度人，扣留在这个小屿上，消了一礼拜的毒。原因是，我们动身的地方，如孟贡，曼德拉斯，加尔各达及仰光等处，通已宣布为暑天的疫港了（在印度和缅甸，阳历三月尾，各学校便开始放暑假了）。不过这只限于我们这些乘坐三等舱的，因为当我们被邀上小船划向小屿去的时候，头二等的旅客们，却仍是欢然地自由地登上岸去。

然而，在这一礼拜中，真算是享着从来所未有的清福吧？每天红日的光辉，一拂去海上的朝雾时，便有人跑来把我们叫起，整队立在树荫覆着的沙地上，裸露出上身，由白人医生统率三四马来亚助手，一一加以查验，仿佛军官检阅新兵一样，慈祥之气，是一点也没有的。不过素来为社会所不重视的人们，也居然能得着如此的照顾，总算是要令人不胜感激的了。虽然，那其间还深藏着另外的因素，约到早上九点钟的光景，照例发给每人一份粮食，像干鱼、洋山芋、牛奶、鸡蛋之类，总不缺少的。而印度人呢，也许就因为是印度人的缘故吧，且特别可以得着牛肉或鸡子。

我们是住在军营式（Camp）的屋里，墙壁自腰以上，全是空的，真是海上的清风，山间的明月，都可以自由地来拜访我们。昼长无事，便爬在墙壁上坐着，闲眺波上摇曳的片片风帆，嘴里却悠悠地吹着口哨。晚上睡在光滑的水门汀上面，静听着南印度人的歌声，便怡然飘入梦中。屋外的空地，一半是水泥敷设的，可以早晚散步，可以晾晒衣裳，另一半却面以泥沙，上遮绿荫，我们一天两次，就在树下，生起野火，烹调食物。

在许多印度人中，除我是个异国漂泊者之外，还有一家不丹国人，他们小家庭间的忧郁气氛，常常引起我的注意。男子是短小而苗壮的，腰上挂着一把长长的弯刀。头剃得光光，只在后顶留一撮毛，看起来倒仿佛小孩似的，这原是宗教的标记，印度的一般教徒，都少不了这点花样的，想来不丹人的文化，是大量地受着印度的影响吧？他好像时常都在发气，两个破衣污秽的孩子，终日呆呆地坐在妈妈身边，似乎是吓得动也不敢动地。母亲则咕嘟着嘴，静静地补着破衣，我一望见他们，便觉得宛如到了喜马拉雅山上，对着阴愁的天色和长年不化的雪一样，明媚的光辉的南国，于他们也仿佛全无补益呵！我想问一问，你们为什么远离去你们的故乡呢，但却不知道要用哪国语言才好，因为不丹话我是不懂得的。但一礼拜的接触，他们眉宇间的气色，也就全部告诉了我。难道一个流浪人还看不出别个流浪的因子么？

女客中最多而且最惹眼的，大约要算是印度旁遮普省的人了。她们并不怎样棕黑，倒全是淡黄的，看着她们的脸，便不知不觉地联想到中国庙里塑的观音。所不同的，是鼻子上吊着好些精巧的金属圈子，而且多到直遮掩着了嘴巴，我常常疑虑，不知她们是怎样地吃东西。手上足上也戴着许许多多金属的饰物，一动身，便响叮响当地，走起路来，极不便利。她们是适宜于坐在故乡屋前，菩提树下，领领小孩，或是纺纺甘地那样纺着的棉花车的。如今却跟同男子远来异国谋生了，那饱经酸苦的心情，是不难从她们的眼里偷瞧出来的。

其余则全是曼德拉斯来的南印度人，这小屿上的世界，简直可以说是他们的。而且一切的设备，也像专为他们而设的一样。例如男女厕所的分别，不用文字来标识，只在门口画上又矮又黑的男女就够了，因为南印度人就通是这么样的。而里面的杂役，除了一个中国的广东人外也都是南印度人，这是取其语言相同便于招呼的原故。至于那个广东人之所以能够做工，也还是由于他懂一些 Tamil 方言（南印度曼德拉斯省人讲此种方言）。南印度人要的工资，比一般中国工人还要低微些，这是以后在马来亚联邦的火车上听来的，如果是不错的话，那么，大量地欢迎着他们的到来，是并不是漫无计划的了。

过槟榔屿

一登上槟榔屿的码头，倘若没有两三个戴着桶形帽子的印度钱商，将一卷纸币向我面前递来，说要要交换缅甸钱的话，我真的会感觉到走进了中国南方那些滨海的都市一样。在仰光，首先向旅人包围来的，是棕黑色的印度黄包车夫，但在这里却是嚷着广东土音的中国人了。坐在车上，两边铺面上的匾额，和翻飞在街头荷荷作声的布招，都现出可亲的方块字的面孔，连续不断地流到后面去。先前和缅甸人印度人混了三年之久，一旦来到这里，自然地便在心上生长起了温柔与亲切的快感，不过至今还引为遗憾的，却是在这长年都如初夏的屿上，仅仅住了五、六小时，略一浏览街市、书店之后，便于当晚匆匆地搭乘夜车走入马来亚联邦去了。虽然，以后也曾经路过两次，但都没有登岸，只是留在船上，像用镜头摄取远景那么似的，看看它睡在炎天之下碧海之上的风姿罢了。

火车站是在对岸的马来亚陆地上，但卖票的地方，却在海湾这面的屿边，中间联系着交通线的，便是几只有楼的小轮船，夜里明亮着光灿的灯火，在夜影迷濛的海湾上，兴冲冲地划了过去又划了过来，真是令人觉得非常好看。坐在长廊似的码头上等候买票的时候，中国的情调，似乎更要令人感到深切些。从新加坡或是吉隆坡来的西装旅客，挽着穿旗袍的年轻的伴侣，总不时带着巴黎的香水和南国的海风，掠过身边。也有穿着旧短衣的男子，灰颓无力地走了过来，向警察站立的地方瞭望一会儿以后，才发出胆怯似的声音说着广东话或是福建话，要求乡亲的垂怜和帮助。站起来，散散步，木柱上就有"谨防扒手"的中国字牌了，做出警告远方旅人的脸色。

立在满张灯火的船上，街市，码头，都一下子退向后去，夜间还在喧嚷着的市声，也蓦地低沉了。屿上的山峰，早和暗蓝的天空，化而为一，凭栏望去，分不出哪是天空哪是山岭，即使有隐约在峰间的灯火，也令人无条件地看成明灼的星光了。

马来亚联邦的火车，在椰荫点缀的海岸，长蛇似的爬行着时，回顾海上灯光灿丽的小屿，竟然与我那么快地别去，心上便浮起了一层淡淡的怅惘。

想到漂泊

虽是很久以前的事了，但如今一想起，还令我悠然神往的。

响着拍达拍达的棕木拖鞋，趁着细雨迷濛的秋天早上，便登上伊拉瓦底江的南下轮船，离开八募了。望见两岸烟雨中亭亭立着的柳树，逐渐后退，朦胧起来，而至消失在雾里时，旅行和漂泊的愉快，便鲜明地，强烈地，浮在我的心中。就是到现在，也还以为那一次的登上旅途，是平生中最难有的快事。

因为先前在春天，我曾想凭着这条南国的江流，到更远的地方去，但却为生活所迫，竟至连八募也难住下，终于逼回北面的克钦山中，去过扫马粪的辛苦日子，一直度了整整的五个月头。

此刻想着，假使没有这样的经历，则在江上，凭着船栏，眺望异国雨景的兴致，一定是没有那么强旺，那么浓重的。因此，我可以说：穷困的漂泊，比富裕的旅行，就更令人感到兴味而且特别神往些。但这需要有着长期苦闷心情的人，才能领略这种意味的——倘若他并没有实际漂泊过的话。

善写知识分子苦闷的契诃甫，我想，他的心情，也一定是极端苦闷的吧？去年得诺贝尔奖奖金的蒲宁，就曾经记叙过契诃甫临死以前，常常高声说着的梦话："变成一个流浪者，一个香客，到那些圣地去，住在寺里，林中，湖畔。夏天的晚上，坐在回教礼拜堂前的凳上……。这是怎样地憧憬着漂泊呵！"

我自己，由四川到缅甸，就全用赤脚，走那些难行的云南的山道，而且，在昆明，在仰光，都曾有过缴不出店钱而被赶到街头的苦况的，在理是，不管心情方面，或是身体方面，均应该倦于流浪了。但如今一提到漂泊，却仍旧心神向往，觉得那是人生最销魂的事呵。为什么呢？不知道。这也许是沉重的苦闷，还深深地压入在我的心头的缘故吧？然而一想到这种个人式的享乐，是应该放弃的时候，那远处佳丽的湖山，未知名的草原，就只好让它闲躺在天末了。

初版民国二十四年（1935）由生活书店出版，选自四川文艺出版社《艾芜中短篇名著》，1995 年版，与初版相比，极个别篇目顺序有所调整。

罗念生

|作者简介| 罗念生（1904—1990），四川威远人。现代作家、学者，长期从事希腊文学的研究与翻译工作。散文集有《芙蓉城》《希腊漫话》等。

希腊精神

希腊文明是世界文明的最高峰，是近代文明的泉源：近代的哲学，文学，艺术以及民主政体都是从希腊传来的；我们东方的美术很显然的受了希腊影响，试看我们的佛像不就像希腊古拙期的日神像？希腊精神的特点很多，我只提出下面这几点同诸位谈谈。

（一）求健康的精神：希腊教育很注重身体训练。斯巴达的教育目的是为造成强健的军人，特别注重体格训练。据说他们的女子可以同男孩儿角力，不管这习气我们赞不赞成，总可以表示他们的特殊精神。雅典的教育却是为造成完善的公民，也很注重身体训练。

现在谈谈雅典的教育方式。亚理斯多德说过六七岁的小孩子依然是动物，因此在这个幼稚时期总让他们生长在闺中，受一点家庭教育。满了六七岁，他们就进初级学校，受的是音乐与身体训练，还习一点数目学，背诵一点荷马的史诗。十四岁进高级学校，习文法，文学，图画，几何等科。到了十八岁，教育就算完成了。此后得受两年军事训练，直到六十岁都得要服兵役。在这受训期中，还可听听哲学演讲，这是我们的军事训练里面所缺少的。受训满了，他们便取得公民资格，有的回家做农夫，有的再研究哲学和雄辩术，这后者可以使他们成为演说家，取得政治地位。希腊人爱打官司，或者说爱听人家打官司。他们到了法庭上，双方都得亲自出来分辩，只有外邦人和奴隶才请人代表。据说有一个雄辩家收了一个门弟子，那高足学得了满口辞令，反而不付束脩，师傅便要去告他，他却说：这官司他打赢了，自然不付学金；万一打输了，那只怪先生没有教好，他也不付半文钱。真气坏了那老夫子！

现在谈谈他们的日常生活。每天早上男人得到市场里去买东西，正如我们现在的大学教授提着篮筐上大街。那些雅典人真是政治动物，总爱打听政治新闻。直到如今，他们见面总是问："阁下对于目前的政局有何高见？"他们还可以在那儿听哲学演讲，如果他们遇见苏格拉底，那就够苦了，老头儿会问得他们哑口无言，把聪明变成愚钝。到了下午，他们便到柏拉图的学园里去读书，听音乐，欣赏艺术；然后运动，沐浴，约朋友回家晚餐，他们认为一个人吃东西只算"喂"（feed），要有人共餐才是"吃"（eat）；这年头我们请不起客，"喂"的时候很多啊！他们进餐时，桌上没有酒，餐后才"聚饮"，（有人把柏拉图的"聚饮"译作"宴会"似乎不很妥当，）谈论哲学，苏格拉底可以同他们谈到天明，他稍息片刻精神就复原了；试看我们的大学教授讲了两个钟头就上气不接下气，比起人家差多了。

他们很少享受家庭生活，他们过的是社交生活，宗教生活，艺术生活，特别是阳光生活，他们的阳光那样晴明，绝没有我们这样的雾，甚至他们的思想也那样晴明，没有一点雾。他们一生都在受教育，教育的目的是为人生而不是为生活，这和我们现代的教育观念多么不同啊！

健康的身体养成健康的灵魂，健康的头脑，他们的智力也就特别高。有一位近代生物学家说过，人类的智力自从古希腊时代后并没有什么进步，他认为希腊人与英国人的智力差别还大于英国人与非洲黑人的智力差别，这话也许不差。雅典城在那短短的那三五百年内竟产生了那许多人才，也许只有花城（Florence）的人才可以和雅典城的一比。花城博物馆的长廊上立着两排石像，那尽是他们的天才家，但只须一个荷马、一个菲迪亚斯（Phidias）便可以把他们压倒。

（二）好学精神：埃及人和腓尼基人爱的是黄金，希腊人爱的却是学问，他们为学问而求学问。亚理斯多德说过："哲学家是一个求知识，为知识而求知识的人。"原来"哲学"二字的希文本义就是"爱好智慧"的意思。

希腊人富于好奇心，急于要求知识，他们敢于问"为什么？"他们对大自然发出过许多疑问，想求解答。如像世界变不变这问题，就有哲学家出来辨证，说一个人不能在同一条河里涉过来又涉回去。

希腊人是一个喜欢用思想，用理智的民族。理智的运用可以产生科学、科学方法和抽象的思想。他们爱求事实，爱旅行，亚理斯多德到过许多地方去搜集科学资料。

（三）创造精神：希腊人的思想活泼，自由，不受宗教及其他的束缚；只因为他们的想像力很高，善于变化，他们才富于创造精神。

他们探取少许的外来影响，如像埃及和小亚细亚的影响，渐使成为他们自己的东西，成为一种新的东西。柏拉图曾说："我们把一切从外邦借来的东西变得更美丽。"他们吸收过后再行创造，这是我们应该取法的。

外来的影响究竟很少。凡是哲学，科学，艺术，特别是建筑，以及文学上的各种形式，如像史诗，戏剧，抒情诗，演说，对话，历史，小说，文学批评，都是希腊人创造的。

（四）爱好人文的精神：我们东方人对于人生的知识只求一知半解就算满足。希腊人是人文主义的发现者，他们首先要求完全了解那永恒的人性。了解人类的行为与心理。他们的雕刻只注重人体，文学专讨论人性，惟其这样，他们的文学才能永久存在，我们如今读起来还觉很亲切，甚至他们的神也是人化了的，很富于人性。他们的战神会打败仗，被凡人刺得叫痛。

人性里面似乎只有爱情不是希腊人所能了解的，他们甚至认为这东西会贬低文学的高贵性，这和我们的观念多么不同。直到如今，雅典城白日里没有男女的追逐；可是到了夜里，他们夜夜有月光，全城的青年都配成了对，嬉笑高歌，连园中的鸟儿都不肯入睡，这是我所不能了解的。

欧洲文艺复兴可以说是希腊精神的复活，当时的人从希腊文学与艺术里发现了那种对于人性的趣味，他们便脱离宗教束缚，而进入快乐的人生，创出那伟大的运动。

（五）爱美的精神：希腊人不论做什么事情都想达到那最美，最善，最理想的境界。从他们的文学与艺术里可以看出他们有很高的审美力。他们要求崇高，简单，正确，雄健，匀称与和谐。女神殿（Partheuon）的建筑是永无法超越的，那上面没有一条直线。他们认为直线是死的，要曲线才是活的，一条曲线不论跑了多远，终于是会回来的，这对于我们的心理上有一种藉慰，因此那神殿的地基也成了条很微妙的地曲线。

他们喜欢健美的人生，从不让什么病态的心理表现在文学里。一切是那样宁静，那样美。甚至他们剧场里也不许杀人流血，所有凶杀的行为都得到景后去发生，那剧尾上更显得安宁。我有一个朋友读法国戏剧太受刺激，竟害了一场大病；我后来介绍他读一两部希腊悲剧，他的心情才静了下来，这也许是这古代戏剧的特殊功能。

歌德在意大利看见一些希腊墓碑大为感动，因为那上面全没有可怕的景象和悲惨的情调，那些浮雕所表现的净是死者生前宁静生活。那些古代的雕刻家实无法表示悲哀，只好叫一个小奴隶伏在椅脚下哭，那简直成了一个滑稽人物。甚至希腊人所想像的下界也没有我们东方人所想像的这样可怕。传说有一个人在下界推一块石头，快推上山顶时，那石头又滚了下去，他只好再往上推。还有一个人望见满池的水，他口渴难当，可是等他蹲下去吸饮时，那水忽然就不见了。这便是希腊人所想像的地狱生活。

这种人生观能使他们临危不惧。波斯大军那次开到马拉松时，他们依然不慌不忙前去抵抗。那位几何学家亚客默得（Archimedes）在罗马兵到了他门前时，依然在沙上解答他的几何问题，不经心的叫人家让开，别挡住他的光亮，因此被那人杀死了，这便是那种宁静生活最好的表现。

（六）中庸的精神：希腊人遵守中庸之道，遵守 The Golden Moon，他们不过度，不走极端，这是希腊人生活的秘诀。有人说亚历山大那种过奢的欲望原是他的师傅亚理斯多德酿成的，那未免太冤枉了那老头儿，因为他所传授的正是这种中庸的美德。

希腊人善于把个人与政府，灵魂与肉体，理想与现实调和起来，善于把两个极端连接起来。他们的文学里从没有反叛运动，正因为他们的理智与情感是融洽的，形式与内容是和谐的。

他们一方面不喜欢外来的影响，一方面却很厚待客人，这也是一种中庸精神。在这个世界上，除了中国人外，恐怕就只有希腊人才厚待客人。我曾经遇见一个同胞在希腊住了十年八载，要不是人家厚待他，他早就饿死了。

他们虽爱闹政见，但国难当前时，他们却能够彼此迁就，牺牲自己的见解。当萨拉密斯（Salamis）海战前，那位海军大将密塞托克里斯（Themistocles）的政敌竟跑过来向他说："我们今天所争的是看谁能为邦家卖更大的力气。"这两人释了冤仇，竟造成那最后的胜利。

（七）爱自由的精神：他们的政府让公民的个性自由发展，因此个人主义很发达。这结果自然是缺乏组织力，那是罗马人的天才。

在另一方面他们又爱好共和政体和政治上的自由。波斯国王曾派人到希腊去征取水土，叫他们表示降服。斯巴达人却把那个信使抛在井里，叫他到那里面去领取他所要的东西。这种精神引起他们的爱国热情与抗战心。他们曾在马拉松，温泉关和萨拉密斯作殊死战。如今意大利想侵略人家，反被希腊人螫了一口；直到日耳曼人南下帮凶时，希腊人才渐渐支持不住，但他们所表现的英勇的行为却不让我们专美于前。

希腊精神与我国固有的精神有很多相似的地方，但他们所表现的这种种精神还是很值得我们追学，特别是这最后一种爱自由的精神。

选自罗念生：《希腊漫话》，中国文化服务社重庆分社，民国三十二年（1921）十二月

芙蓉城

燕京城像一个武士，虽是极尽雄壮与尊严，但不免有几分粗鲁与呆板；芙蓉城像一个文人，说不尽的温文，数不完的雅趣，芙蓉

城的地基相传是西王母大发悲，用香灰在水面炼成的：城中从来不敲五更，因为敲了便会沉没：不信，掘地三尺便可见水，好像历城一样到处都是水源。这城在一个高原的盆地中央，四围环绕着"蓊郁千山峰"。西望灌县的雪岭，犹如在瑞士望阿尔伯斯山的雪影一般光洁。春天来时，山上的积雪融化了，洪水暴发，流到一个极大的堰内；堰边筑着一道长堤，防范这水泛滥。这堤比黄河的堤防还更坚实，还更紧要，特派一员县令治理；倘若疏心一点，那座城池顷刻就会变作汪洋。堰内的水力比起奈阿格拉瀑布的还强：磨成水电，全省可以不烧柴炭。从这堰口分出几十支河流，网状般荟萃在岷沱二江，芙蓉城就在这群水的中央。谷雨时节，堤边开放一道水门，让清亮的雪水流下盆地给农家灌溉。这些农田多是方方块块的，有古井田的遗风，也就像我们顶新派诗人底"整齐主义"一样美。这儿的土壤很肥沃，一年计有三次收获；今天割了麦，明天便插秧，眼见黄金换成翡翠。这儿也许冷，但冷的不让结冰；也许吹风，但不准沙石飞扬；也许有尘埃，但不致污秽你的美容；这儿云多，云多是这儿的光彩："锦屏云起易成霞"，所以南边的邻省叫做"云南"。

"蜀先人肇自人皇"，在很古时代，就有人想到西方的"古天府"；但那时无路可通，"秦开蜀道置金牛"，才辟了一条"金牛道"。后来发现了西方有灵气，"大耳儿"据了芙蓉城南面称尊；至今小城内还遗存一座金銮宝殿，恍惚京师的太和一般尊严华丽。不久，又有一位风流皇帝在马嵬驿抛了爱妃，跳到"天回镇"：他望见那儿有一团异气，忙命太子返兴师；自己却跑到芙蓉城乐享天年。如今改朝换代，还有人觉得那儿山川险峻，可攻可守：所以我们的国父戎机不顺时，想进去闭关休养；长胜将军"匹马单刀白帝城"，也逗留在那边疆土，一心想进驻芙蓉城。

芙蓉城对穿九里半，周绕四十里。从孟昶开端，城上遍植芙蓉，硕美鲜艳。"二十四城芙蓉花，锦官自昔称繁华"。中央有小城，也有一座煤山。西南角石牛寺旁有块"支机石"，高与人齐，略带青紫，相传是织女的布机坠下人间；还有一块尖锐的"天涯石"，生在宝光寺，象征远行人的壮志。城中古迹要数文翁兴学的"石室"，君平算命的卜肆，扬雄的"子云亭"和他钞太玄经的洗墨池。

西郊外可寻访相如的古琴台，在市桥两岸，也就是文君当垆涤器的地方。北门外可望凤凰山，满生着青蔚的梧桐。山旁有马桥，相如当日豪语道："不乘高车驷马，不过此桥。"附近有昭觉寺，寺大僧多，古柏苍翠，明代的"和尚天子"曾在那儿选高僧辅佐诸王，可知名器的隆重了。

东关外有望江楼，不亚于黄鹤楼的举目空旷：前人有半边封字，缺少下联："望江楼，望江流，望江楼上望江流，江楼千古，江流千古。"旁有一口古井，每个名士，每个游人都要取点井水来品尝：因为多才多色的薛涛的香魂潜没在井中，所以这水就香艳名贵了。江上顶好玩是端午的龙舟竞渡：名士，美人，观客，重重叠整聚在江边；耳听火炮一响，龙舟鸣金击鼓奔向采舫；忽然一只酒醉的水鸭从舫上飞下，群龙怎样奋勇也抢不住它。江水流到峨嵋山麓，转变黑了，特产一种美味的墨鱼，相传东坡洗砚台染黑了的。

南郊不远就到武侯祠。祠有几抱大的古柏，传说是孔明亲手植的，恍惚像孔林的枯桧。这老柏有些灵怪，不逢盛世，不发青枝。祠内竹林修茂，气象森威；先帝的衣冠坟像一个山头，横斜着楠木几本。正殿上有副匾联："三分割据纡筹策，万古云霄一羽毛。"殿旁古式的草夷存放着空城计弹用的古弦琴，亭周题满了名句，还记得几字："问先生所弹何调，居然退却十万雄兵？"想司马氏见了，当如何恼。到如今依然祭祀隆重，时有过客瞻拜；庙宇重修，正梁是千里外运来的一根"乌木"。

南门口有一道长拱的古桥，很像颐和园的十七洞桥。"万里桥西一草堂"，逆流西上，行过很长的芦花小径，直通"草堂寺"。寺门很古雅，两旁题着"花径不曾缘客扫，蓬门今始为君开"，你见了也必心中荣幸，充了无边的诗意。古砌上的苔痕，垣墙外的野草，虬干的古梅，清幽的竹径，都是杜公从前的诗料。堂前有一方很深的池塘，塘内养着许多鱼鳖；有的白鲤已长到"丈大丈长"。如果你抛下一块面饼，那些鱼会成团起来吞食，嘴皮伸到水面有碗样大，吞起东西来"通通"地响。一个暮春晚上，杜公在池畔吟诗未成，忽觉青蛙叫得烦腻，他用朱笔在蛙头上点了一点，封它到十里外去唤"哥哥"：所以如今草堂寺的青蛙头上有一点红痣。逢到四月十九日"浣花节"，你可邀约良朋，泛舟到草堂，摆一台"浣花宴"，醉酒赋诗，极尽雅人雅事。

出寺不远就到百花潭，又叫浣花溪：水涯竹木丛生，天然幽韵；这溪水用来濯锦，格外鲜明，薛涛曾取这水制造十色笺。"百花潭水即沧浪"，后人因爱慕这名句，在溪边的柏林里，年年春天举办"花朝会"。全省的花卉宝器都送到那儿赛会，远近的人都爱到那儿观赏。城内的戏园，茶社，酒肆，商场，和音乐，武艺，球戏等娱乐都移到花会去。每天有成千成万的游客观花玩景：会场内笑声与管弦合奏，美色与名花斗艳。妇女们更有别样的心事，进青羊宫道院去摸弄青羊，许下求嗣的心愿。你高兴可以到处游玩，有何首乌，有灵芝草，江安的竹，精巧玲珑，峨山的"峨尖"，清甜适口。倦了，你踏进酒家酌饮几杯，别忘了当垆的美人。醉后，你醺醺的在十里花圃中息芳香，看美色，这艳福几生修到！

芙蓉，你的自然美妙，你的文艺精英，我还不会描出万一。愿你永保天真，永保古趣，多发几片绿叶，多开几朵鲜花；别给楼高车快的文明将你污秽了，芙蓉！

自跋：我有次乘驴到西山踏雪，那位驴夫从戎游过四川，他频频向我赞叹蜀中风景："喝！那才是真山真水啦！……呵唷唷……先生，北京简直不成，……你瞧，那雪里的西山还不是那笨头笨脑的，一点儿也不秀气。……呵唷唷！……我这辈子再也别想进川了。……喝！那才是真山真水啦！……"这是驴夫随心吐出的诗话，我因想起蜀中的风物值得介绍。昨晚梦归故乡，见几对鹭鸶在妩媚的江边觅食，心中莫名的高兴，起来便写就这文。

选自罗念生：《芙蓉城》，西南图书供应社，原载民国三十二年（1943）

端　阳

丁丁猫，
爱赶场；
飞蛾子，
爱乘凉；
不杀猪，
不杀羊；
杀个耗儿
过端阳。

我听了五弟的歌声，跳下床来，见红日映在窗上炎赤可畏。我裸身跣足跑出房门；门旁悬着菖蒲与艾叶，那菖蒲像一双青光宝剑，镇压着五毒的猖狂。我刚刚打开柴门，碰着保娘家的长年过来送节，连忙喊道："妈！妈！当真过端阳啰！保娘家送来这么多红蛋，白鸡公生的红蛋！……还有粽子，三尖角的。"我把礼物收了大半，妈吩咐我取几百青钱放在送礼的提篮内垫底，打发长年回去了。

我跟着去赶早市：卖艾叶的，卖菖蒲的，担着挑子尖声叫卖。生意顶兴隆要数扇铺。罗团扇上绘着龙舟竞渡，纸折扇上嵌着绿霞霞的鱼骨。我只花了三十文小钱购得一柄蒲叶扇，大摇大摆扇过街心。

一会儿我挤进了城隍庙的扯谎坝，那儿尽是卖打药的，看相的，算命的；还有变"把戏"的，他凭着空手变出一个鸡蛋，鸡蛋变鸭蛋，鸭蛋化成一只小鹅，鹅的头有点儿像蛇了；最后变作一套茶碗，碗里盘着一条菜花蛇，他再从匣里放出一根蜈蚣和一只偷油婆。三个虫子摆在摊子上，大家以为它们会逃跑，甚至还会伤人呢；那知谁也不敢动，因为蛇要害偷油婆，偷油婆要害蜈蚣，蜈蚣要害蛇：一个想害一个，却又一个害怕一个。那边卖打药的布篷上挂着一大块蛇皮，匣里还关着一条黄花的鸡冠蛇：这家伙很毒，头作三角形，会立起身来追人；要是它比你高，那你就活该短命。你当时赶快把裤带解下来拴在树上；过端阳你再用青黄赤白黑五彩线系在手臂上．这是长命避灾的神诀。那卖打药的带说带唱，那怕毒虫怎样凶，只须他一包药粉见效如神；倘若趁早服了这药，什么毒虫也不敢咬你。恰好这时来了一个病人，腿肿得和身腰一般大，说是走夜被长虫咬伤了的。那卖打药的首先火化了几张纸钱，念了一道咒文：说病人的命星太坏，犯了青龙的道儿，这口伤势非三五月好不了。倘若不趁早医治，肿上了胸口还有性命之忧呢！病人连忙作揖求治，他腿肿了不能叩头；卖打药的才用朱绳紧系他的腿，取片瓷片花破了皮肤，用嘴巴使劲把毒血吮出，再敷上那神妙的打药。今天过重五，五毒冲天，叫他忌避些，不要坐门限，不要露宿，更不宜见血物。

我回头踱进一家面馆里叫了一碗"绍子面"，两个水晶包子，那点心上面有一点红，真可爱。我正在嚼得津津有味，一位老道进来鬻符。他取一张黄纸，用香灰在上面一抹，立刻就现出一道符文。他唱道这符可以"避兵躲鬼，驱禁百虫"。可是面馆主人老不睬他。跟着又来了一位痞子，身上缠着一根十来尺长的大蟒：这家伙的头有茶杯般大，一对火须从鼻孔里射出来；那痞子不住的玩弄着，把他举起来向着主人：给主人招财进宝，消毒除害。吃面的客人中有几位妇女和小孩早骇跑了；主人没法，才赏了他几文钱，封他早日修成圆满，归依大海。端午玩蛇真有意思；我从面馆里买了一根面粉做的蛇，一路吃回家中。

在家中，表姐和姊妹们正在忙着缝做香包儿，好像过年做毽子一样。大姊替我做了一个猴三儿，里面装满了香粉子：嘴尖尖的，耳目口鼻是墨画的：虽是很精巧，我总嫌太小了。难为他替我制一个蛮大的，有尺大尺长，眼睛是油珠子做的。我牵着它到处去逛，教它翻跟斗，爬树子；要是碰到真的弼马瘟，恐怕还会打架呢。表姐又替我做了一个青缎的鸡心子，上面系着一块菖蒲，嗅着时好叫我想念这个节气。连爸爸都要带一个鸡心子（那自然是娘做的，）里面包着麝香。

金鸡唱午，一家老少聚在堂屋里团节，首先摆上几盘白玉般的艾香角粽。这粽子是用箬叶包着糯米粟枣，用浓浓的稻草灰汁煮熟的，还得先用艾叶浸过糯米，吃起来有股艾香，甘温适口，这种食法很妙，如果你吃过镇江的松毛包子，你一定会嗅着一股松香。吃了粽子，跟着端来下酒菜：一盘盐蛋，一盘红烧茄子，一盘小煎青椒，和一盘独蒜鸡丁。各人杯中酌上家制的黄酒，里面加上雄磺，这矿石有点带膏药味儿，说是去毒的；其实雄磺本是毒物，只不能单独存在，常与他种矿质化合，所以就不毒了。香料中生的独蒜最不可少，那是化毒的：吃不完的大蒜泡在酒里，干后可以磨来擦疮。上饭时有苦瓜丸子，回锅肉（阔气人家不吃这菜）和两斗碗清汤富瓜：汤里必须加几片苦瓜，一来苦味作凉，二来可以保护汤汁，过夜都不致变味。此外还有一盘别致的素炒苋菜，加上蒜末与醋酸，汤汁作紫红。苋菜是化毒的，正像野菌中的火炭菌，吃了不但不会中毒，反可以化毒。这桌酒席很清淡，不在乎吃的滚饱，像吃年饭那样。饮不完的酒，加水冲淡，洒在房中，枕头上尤其要多洒，恐怕你打死了的长蛇复活起来给你做枕头睡。再把剩下的雄磺调得醲醲的，在各人的，自然是我们细娃儿的额上画着虎王，顶好是对着镜子自己画，谨防人家在"王"字底下画一个"八"字，就是人家替你画上"八字胡，"你死也不要干。再蒙上虎皮，学一只猛虎在百草上打滚，狂跃：这是古人蹈百草疗病的遗风。到晚上，把那些野草采回家去煮水洗澡，这澡水自然臭草药味儿，但洗了不会生疮，一直可以保险到来年重五。

过了节，牵麻不断线的游人挥着扇子，醉醺醺地走向江边。满河中晃着船影，那彩舫挂满了绫罗，里面坐着佳人与名士：他们吹弄笙箫，清歌曼舞：也许还要吟诗作赋，凭吊屈原。还有数不清的龙舟，龙头当前，龙尾在后，长狭的船身绘着鳞甲，划起来轻快如飞，活像一条水龙。起初是龙舟竞渡，由彩舫发令，耳听花炮一响，群龙鸣金击鼓，舟子们提起桡扁使劲的划，"哼荷哼荷"，哼着船家的口哨，龙舟一齐争先恐后往对岸飞奔，有一只用力过猛，将船身弄翻了，他们爬起来，翻过船身，还是跟着追去。中间有一只似乎很快，但在中途丢了两块桡子，又让后面的赶上了。两岸的观客不知鹿死谁手，也帮着他们呀哼扎！直到后来，有一只先碰对岸的机石，得了头彩：又是一排鞭炮，一阵闹声。那得胜的龙，这时用尾作头，倒起划到各家彩舫前头去领奖，大家都笑他这时游地太慢了。领奖完毕，龙舟谢一声"恭喜发财。"这时彩舫打发龙舟去拯救二千年前投水的屈原，用竹简盛着米饭抛入河中去祭他，或是把粽子沉到河心去饲蛟龙，舟子都扑进水里去抢东西，但谨防在水中碰着死鬼的阴影。正在忙个不了，有一只彩船上的花炮响了，一个花绿绿的气包滚下河中。龙舟奋勇地奔去抢拾，那知那宝贝太圆滑了，半天都拾不起来，那么多的龙爪简直不中用。忽然有一个舟子急中生智，双手抬起气球向空中一抛；那知呀，那彩球会抛在人家的船上，笑坏了两岸的观客。结果领得的赏，二舟平分。这边的彩舫又燃放火炮，不见彩球，只见一只水鸭从顶篷上飞下；这鸭子灌醉了酒，昏头昏脑地到处乱钻，好在它的腿已经断了一只，不然简直没办法擒住。龙舟挨近它时，全船的舟子都扑下水去；但鸭子早就潜逃了。一会儿在远处仲出颈子呷呷的鸣，群龙又奔去；又扑了个空。鸭子顺着水汊，龙舟也顺着水赶，一直追到下河。大家以为鸭子逃跑了，龙舟丢脸不小。这一来，今天的戏就散场了，再没有鸭子可看了。料不到后来那鸭子会从一架龙舟的尾下伸出颈来叫，那船尾打锣的梢公来不及脱衣裳，卜东跃入水中将鸭子抱住，两岸又是一阵吼声，河中又是一台锣鼓！比这个调皮的鸭多着呢，哦，好热闹的端阳！

选自罗念生：《芙蓉城》，西南图书供应社，民国三十二年（1943）

回　川

我于十八年六月十六日由北平绕道上海回家。等到二十九日才由宜昌开早班，从平善坝上去进入山峡，河身陡然变窄，好像从船边一跃便可登岸，水流如瀑布般紧急，船边涌起两道波浪，像两条蛟龙随着船身翻动。山势越来越险峻，两岸万刃石崖斧劈一般的陡，相传是禹王治水的神工。有时山顶蓬了拢来，头上只留一线天，江流随着山势曲折万转，拐弯过去，只见一段河身，来去都不分明，船像遇了大雾，不时放哨，回音在两壁上回应不息，想古昔的猿声当更增悲壮。巫峡的高峰上有云团如柱，这峰得雨那峰晴，这就是"巫山云雨。"跟着山洪暴发，万壑争鸣，瀑布似长龙奔下。

过云阳望见清道人题的"江上风清，"很是健劲，江水都为此生色。上面有张爷庙，据说将军的头颅，还泡在油罐里，只须灌入百十斤油，那骷髅便会浮起来，这一带的山多方方的，像一座塔，每见一座保镇风水的高塔，便知隔城市不远了。

这晚泊在一个乡场上，我伴着一些同伴上"坡"去玩，惹得乡人惊怪，问我们是不是外洋人。一踩着这土地，就如到了家，我们在市上饮茶，买了许多瓜子，橘红，盐蛋，酸菜大嚼特嚼，这真是川味了。

我在船上结交了张植辉君夫妇，还认识了曾冉尤三位女士。我和植辉"萍水相逢，顿成莫逆"。植辉少年英俊，中山先生曾向他说："中国的事全放在小老弟肩上。"我和这几位女士辩论过妇女问题，我说："你们妇女被男子欺侮全是因为不事生产，你们应当求经济独立。"她们回答说："什么叫不事生产？我们生了孩子就算尽了天职；难道你们男子还生得出来吗？"问得我哑了口。她们听说我还要远渡重洋，便向我说："这何必呢！到不如留在家乡开开风气。"我说没有法子开通，这几道长峡永锁着"古天府"。我今回还得装老腐，捧军阀，这是我们四川人生活的秘论。

三日早上望见了重庆，喜得我差点跳下水去。植辉邀我住他的花园，省得在客栈里受苦；他的太太也坚请，好像不去他们还会多心，这使我不得不羡慕孟尝的高义。我们换上小划子，沿江上溯，在江边菜园里买了些青椒，茄子，又在河心购到几尾刚上网的鱼。

到了张家花园登亭一望，见长江浩荡奔下，与嘉陵的清流汇萃，将巴城围绕，宛如一岛。

　　对岸峰峦重叠，青得像翡翠，园里栽着许多兰卉，石榴，晚来香；地上满是青青的藓苔，又过江看他城内的公馆；这是一个幸福的园庭，嘻嘻嚷嚷，不是孩子闹，就是鸟儿啼。天井里遍植花草，榴火吐地红艳，正厅像宫殿一般华丽，雕楼上可以眺望全城。这人家的礼节很大，植辉拜见了老人，我也进前长揖，穿着西服行古礼，惹得主人好笑；植辉说我大概十年没有作过揖了，这正好温习温习，进了客厅，主人把床上的烟灯点然；说如今招待客人专敬洋烟，别的烟茶全免了，这使我吃惊不小。这套家伙就值得赏玩：枪是玉制的，灯是银铸的，烟膏是"南土"，烧起来不会开花。帐上还吊着许多芝兰与茉莉，烟香与花馨混在一起，那天吃尽了家乡美味，那椒麻鸡的味儿如今还像是粘在唇边。

　　五日是我的生辰，植辉把他的母亲和弟妹全请过来；原是为家庭取乐，顺便好与我庆生。这回有米粉肉，腊肉，鲜鱼，山珍海味我已遍尝了。因为是贺生，勉强我多饮了两杯黄酒。我醉醺醺地过河去看戏，这是高腔，要吼牌子，譬如汉武帝出台唱一句"有朝一日时运转"，那打招鼓的心灵口快，马上吟成一句："升到天宫作玉皇。"跟着把"皇"字拖长了声音，全班合吼。我最爱那小生，风流标致，穿着轻飘的绿绸衫，方帽后面系着一双飘带，小生的声音与小旦的全然不同，且角要唱阴喉咙，咿咿呀呀，声音很尖。戏不很规矩，乐鼓又闹，那圆锣有二尺圆大，还有钹打得锹锹地响。

　　有时我在大街上闲耍到处吃东西，白天吃甜密的冰粉，和酸辣的凉粉，还有榨菜，豆花，糍粑，满街叫卖。晚上吃汤元，酒糟蛋，和素面，那面加上许多"红"酸咸麻辣，味道很长，两三天内我的肚子就出了乱子。

　　六日打早离了城，才到了真正的四川，巴县原不过是一座下江化的口岸。这是上成都的小东路，路上有牵麻不断线的行人，背着衣包，穿着草鞋，有的还露着半臂，大暑天头上也打个英雄结子，也有骑骡骡马的，也有坐滑杆的，这滑杆只是两条竹竿，中间有一个竹兜可以乘坐，改良的再支上凉篷，通常是一分钱一里，不过桥夫听见我的口音不对，总是欺生，非要双价不行。后来每过站口，我假装哑巴，托原来的桥夫替我写，写成了我另添他们两分茶资。

　　一路上青山绿水，稻子已牵线了，长得又青又肥。有时稻香风里送来杜鹃声，这和北方的"鸪鸪鸪"不同，这是"鸪国杨"。

　　在北平听说进了四川，一上坡就有"棒老二"（兵老大，匪老二，学生老幺），但我这回经过，却算清平，就是端着银子走都没有人敢打"起发"，这全仗民团练得好，匪人抢了银子无处逃生，但这并不是说全没歹人。我快到老关口时，听说前两天杀了几个"花路板子的"，害怕他们的余党出来报仇。我听了很有戒心，在路边停着等候行人，大家好壮胆，那知空等了许久，后来才知他们还在后面结队。我因为忙着赶路，只好单人过关。大道转进了深山，又险又窄，两旁的树林蓬得很高，冷浸得可怕，我时刻都在提心吊胆。忽然看见路旁的树子摇动了两下，轿夫们都骇坏了，但并没有歹人出来；后来发现了一根兽尾，才知是一条水牛。登到了关口，轿子要憩气：那地方是土匪的窠子，我那里肯依，忙添了他们五分钱，叫他们飞抬下山。进了码头，听说前面的行人才遭了抢，心里越是惊惶。

　　行到太平镇，投了客栈，心里才安定了些。幺师见我气象不凡，忙请我住上官房：这间房也不过是几架草床，一盏油灯，一躺下就有臭虫蚁子来招待。幺师给我倒茶倒水，吼个不休。吃饭时，又敬我一盘茄花小煎，还殷勤地问我一个人难免太孤单。

　　过内江看见新修的马路，坐了一程东洋车。车夫把车杆高举，用手臂横压在上面，他头上还支着布篷。他大步大步地走，像抬轿了一样；我教他也教不会在车上睡醒来，见辘轮旋转，疑此身依旧在京华。

晚上赶回资中，这是我的旧游地，那时夕阳正搁山，珠江泛着血红的水；醮坛与重龙两峰高耸，笔架山依然秀蔚；还有一座全阁镇守着文风。进了城，寻不到栈房，使我回到了故乡依然感到漂泊。

第二天是七月十日。我出了资城，奔向小道。行到高楼乡，逢着市集，鸡鸣猪叫闹杂了。那知到了故乡，轿子还要欺生，我便雇人背着箱子，步行到走马场，那儿是"寒天"，写不成轿子，我又只好走，在半路上起了脚泡，走不动了；但归心很急，巴不得一步就到家。幸得在幺店子上写成了一乘滑杆坐回去。到了罗泉井坡上，我下轿来奔跑，临崖望见了街市和外婆的老屋子，我狂叫起来，轿夫以为我发疯了。我飞奔下山，进了场口，转了几条街，连一个人都不认识，难道我竟变作了陌生的远客？蹀过子来轿，听见有人叫"懋德回来啰！"这是奎大爷的大喉咙声音。我惊喜间忙问家中的人好吗？他说："都是尚好的，"说着说着他就悲泣起来，我也禁不住下泪，想起这七八年的苦别，越觉心酸。奎大爷告诉我荣哥丢了；谁料相亲的手足，我来稍迟了，就成永诀，跟着盘三姑爷，雨霖舅爷和一些长辈都来了。姑爷说他亲眼看见我走过，简直认不得了。雨霖舅舅是我进清华时的恩人，他这回很高兴，说我是有用的子弟，还说我身体保养得好，纵然是憔悴一点。奎大爷说公公头回叫人买了几串火炮，天天算日子，眼都望穿了！舅舅才说："老人望得很，早一刻到家，早刻令老人放心。"

我立刻又坐轿子回去，这一节是熟路，这青山，这流水，这一根草，这一块石，都像在欢迎我；还有蝉声，七年不听了的蝉声，把我唤回了童年，在路上逢着一位赶马的小孩，拼命唤三哥，唤了几声才知道是唤我。他说："我早就知道三哥要回来啰，我听轿子里面声音，猜想一定是三哥。前天二娘打发我来接，当真接到啰。"
我问他几岁了，他说快满十二岁了，那我离家时他才四五岁呢。

　　隔家还有三四里路天就黑了，要快也快不起来，心里越是急，
过了油房沟，上坡就望见了家，这时如痴醉一般，反以为是梦，害
怕醒来，我先过佃客家，请人替我打狗。佃客听了，大声嚷："少
爷回家啰！"我到了屋侧，只听到几声狗吠。进了柴门，小弟妹忙
叫："二娘，三哥当真回来啰。"这真是天国的福音！我不理他们，
直奔进堂屋，向着神龛敬礼时，公公还以为我是装假的；因为家里
的人骗过他好几次了。等我伏在他的足下时，他才肯相信，惊得老
人流泪道："辉儿是你吗？"以后就不能说话了。我回头望见母亲，
老瘦了许多，早已是满脸的泪。说："辉儿，你当真回家啰，两母
山菩萨有灵有验。"我再掉头看见父亲，依旧是那样尊严，却苍老
了许多。我不敢哭，勉强忍着泪，一时幺弟在地坝里放花炮，闹得
满屋响轰轰的。一家人又给我上了许多件红，我记得只有接亲才挂
红的。大家聚在堂屋里问长问短，路上可曾受惊么？学堂毕业了
么？还要不要放洋？我一一答复了，那知他们全听不懂，把我看做
奇货。娘说："辉儿，你那扪子变得这样啰？快不要去留洋啰，二
年子回来，怕连娘都认不得啰。"真的，这些弟妹我已认不清了，
娘替我介绍："这提水的是你的亲妹妹，嫁去周家啰，这是三妹，
那是幺妹，地坝里捡火炮的么老弟，你走时他还在吃奶呢。他听
说你要回来啰，天天跳门槛，说一跳一跳，三哥就回来呢。这吃奶
的是新添的小侄女……"我问醴泉那去了，母亲迟疑了一会儿才
说："他下重庆去接你，那晓得你先回来啰。你在路上没有撞见吗？
他出门时飞叉叉地跑，伞上还写得有几个欢迎的字……"大家那样
多话，我简直答应不及。大爷说，那年子夏天打响一个大雷，连房
子都要震倒啰，问我在京城听到没有？我当然回答没有，他信不
来。幺弟抱怨他扯疯扯呆啰，要我给他医治，我摸摸他的头，说好

啰，他真的信。后来公公说我去啰不久，他老人家的头发胡子全变白啰，那料去年子又转青啰，我那里肯信，忙将他的丝帕解开一看，果然还剩下稀疏的青发；连声道公公的福气大，当孙儿的也好托福。我抬头望见梁上悬了十年的老纸，沉默了片刻。跟着大家翻看我的东西，幺兄弟抢了电筒往地坝里去找火炮；幺妹拿了表，细听它讲话；其余的人也各取了一件；娘才把我的衣箱收了进去。长到这样大了，还要娘替我收拾衣服。

晚上吃小菜饭，那酸菜和豆瓣真有味儿，我吃得很饱，公公叫我剩点肚子，夜里还要消夜；他老人家为我蒸了一坛甜酒糟。

随就进入房间，谈了许久；人渐渐地散了，还是幺弟首先叫睡，许是他闹得太累了。后来只剩下父亲和母亲了。父亲平日最是心硬，这回却有点酸鼻，叙到别离的苦况，和双亲连年的重病，我不禁暗泣起来。但说到后来，父亲反喜笑开颜，说如今我已成人，再等两年学问造成啰，便好为国家出力，一切的家事也就好办啰。夜很深了，父亲又问了我的学科，他喜欢我学文学，正好继承他的志向。谈到深夜，娘要我去睡啰，父亲却不肯，说这样远接回来，连话都不谈够么？娘吵道："我的儿要睡啰！"

第二天在家里谈叙家常，最离不开的自然是公公；他坐在椅上卷烟锅巴，桌上放着一盆他手植的卉草，时时放出清香。他问世道这样乱，真命天子几时才出来呵？我说也许就出在我们家里，那年子奶奶老了时，阴阳先生不是说五十年后我们家里要出龙吗？他又问京地原是帝王都城，到底是多么堂皇？我说从天安门一直进到太和殿，殿里有九根龙柱，都是十来抱大的，中间还有一座金銮宝座，我们的国父死后还在上面坐过呢。我问他老人家还会钓鱼打枪么？他说如今眼力差啰，鱼不肯上钩，枪也瞄不准啰，我对老人说我已把从前打猎，钓鱼，养鸟一类的生活全写下啰。我把文章念给老人听，他听到得意处总是扒扒胡子：

大家都说我这只兔子来得太容易了，但都恭维罗二老爷手稳，回回见采，公公的枪法实在高明，他会用双眼瞄准，枪尾随着野物移动，百发百中。

　　一会儿又跑进横堂屋和伯母闲谈，她说大姐接到了我一封信时，常拿起来读，读到流泪。大姐向学心切，在这样高压之下勉强废学。她这时正在赶做嫁妆，向我说这一针一针都像刺进啰她的心头。又说如今家里开通了许多，姊妹们都剪啰发，还是我母亲先剪呢！我怕是取笑的，忙跑去看，果然剪啰。母亲总是忙着给我做菜吃，香肠腊肉还为我留下两罐，她最担心的自然是我的亲事，她说妹妹早嫁出去啰，弟弟不久也要成亲啰，问我的婚姻到底怎么办。我说请娘给我订下一门吧。娘假骂道："你这娃儿扯得很，和娘都不肯说真话啰！在外面有啰人，那扣子不带来？"娘告诉我如今又有人来说亲，爷已经去看过，人材满好，如花枝玉叶一般，问我肯不肯。我满口答应，请娘赶快给我接到家里来。这一半是假，一半也是真，我觉得家里订下的女子至少不得会调皮，省得白费多少心思。正在这时，有人在我的书里发现了一张女子的相片，母亲忙叫取放大镜来照。大家胡乱地猜，幺妹喊这就是三嫂啰。我说这是一位朋友的相片，她临走时送我的。她们说身材到好，只还不够乖态，我们家里不要这样的人；我道恐怕要还要不到呢！

　　谈了许多话，我出去看屋基。怎样从前当作很大的东西，如今变小了许多：譬如这阶沿，记得是很高的，如今只轻轻一步便登上了。这房子本是四合头式，北面因为要望风水，没有起下厅。房子很高朗：后面是柏林，两房边种竹子，正面是一块桑园。我在园里手植的胡桃树已长得很高，结了许多果子。再前面是祖母的坟山，坟里还空着一边，将来公公老了就长眠在里面。坟前有两株柏树，剪得尖尖的，像一对蜡烛。底下是一湾玉带田；再下去还有一方罗盘田。田外便下山了，田边的沙柳重重合抱；象山是凤凰寺，山上蓄着青蔚的梧桐；象山背后还摆着一列龙祖山，有头有尾。柴门口□贴着一幅对联：

　　天星临水口

　　龙凤镇柴扉

我把它换成了：

　　龙游大海

　　凤集高梧

　　太阳偏西了，我在家呼唤一声出去游山，要来的尽管跟着来。这可了不得，姊妹们不让弟弟争先，大娘和妈也要去，几乎全家出动。我们穿过茶树林，直奔火烧坡，采的采野花，捉的捉迷藏，真有野趣。忽然惊起了一只山兔，忙唤狗去追，小弟弟也跟着追到对山去了；又在那边赶出了一对花绿绿的野雉，飞过这边山上来了。大家累了，坐下来摆"龙门阵。"望西天尽是红云，把这山映红了，犹如火烧了一般。

　　十二日随着父亲去赶连界场，一路上净是驮矿炭的牛马。许多乡下人担着米粮，牵着猪羊上市，他们脸上表现着无知的满足和快乐。场上没有什么变动，只新添了一所庙宇。这一瘟疫流行，庙上竖起了天灯求玉皇祛禳病症。在茶馆里会见许多老前辈，和我启蒙的刘老师，老师已改业行医，吃起洋烟来救人；这是他顶忙碌的日子我生怕他自己也传染着病。

　　第二天下罗泉井，井上烧盐，比自流井的味儿还来得长。我先到耀才家里，他们不知耀才战死两年了；还在望他生还。他的父亲皱皱眉头，母亲直是哭，问我到底是怎样一回事？这风声泄漏不得，我随便扯了几句谎。这岂不是最好的小说资料？我为耀才筹备的追悼会，只好作罢。

在街上呆了一会，便下乡到幺舅娘家，知道建中表弟把家业败坏了，外祖父便一气身亡。我急忙去祭拜外祖父和幺舅的坟，在坟前痛哭了一场。记得我去京时，外公含笑送道，日后学成归来，还要吃我的酒呢！那知这片孝心已无从报答了。

天幸外婆还健在，我忙赶下球溪河去拜见。外婆见了我很欢喜，只是年寿高了，有些懵懂：我同大舅爷所谈的话她老人家全听不明白，只觉口腔虽变了声音还与儿时的一样。大舅说："德辉，你的亲事一定要在外头找，我已经对你娘说过啰。唉，人在人情在，从前你幺舅要把大表妹放跟你，要是幺舅还在，你敢说不吗？去年子大表妹已经出阁啰。后来外婆又想把二表姐放跟你，因为你不在家，便嫁过萧家去啰。这白胖胖的就是我的外孙儿。……"

十七日游五堡墩。

次日大姐过八字，我忘了这就是订婚。这一天我不很高兴，大姐也像带着泪痕。我隐忍着把礼物挑进了堂屋，行了礼，才交与冰人送去。

醴泉这天才回来，为我白跑了一两千里路，见到时真想哭。他已经成人了，他这门婚姻也和大姐的一样。我原得了父亲的同意，随着母亲看未来的弟媳；可惜忙不过来，看也不一定看得见。

大嫂这时要下富顺找大哥；无奈伯父不肯，说大哥放浪成性，恐怕靠不住。我对伯父说"儿孙自有儿孙福"用不着伯父这样操心。我愿写信与大哥保障一切，他才得应了。大嫂要我送她下去，那知秋妹也要我送她到遂宁去看善义，我不知送谁好。

这天几位姑丈和姑母都来齐了，家里非常热闹。晚上我当着客人劝谏父亲从此归隐林泉。父亲很受感动。我的大姑母吃长素，肺病已害得很重了。我劝她开荤，她说万一犯啰两母山的菩萨，她的孙儿又长不成器，谁担保？

廿一日下老房子拜了三公公和荣哥的灵。三奶奶见了我，老泪长流，她说荣哥和我先前正像一对儿，如今见啰我，就像是荣哥生还呢。奎大爷特别请厨官司办好了一桌席；他不早告我，等到好菜来时，我已吃不下了。在席上提起荣哥，大爷又哭。他望我将来支撑门面，还托我教导几位弟妹。饭后我又到么房子，那一房人连炊火都举不起了，想起从前在那儿读书的快乐，很生感慨。顺便又到华林家，这就是"打鱼"文中的"渔家"。见到华林的老父依然健旺，满口的湖广腔，我已学不来了。华林的儿女已成行，他夫人的脸上不见了春光。

华林第二天才到我家里来，老友相逢，依然谈笑不拘；只各人脸上都起了经验的皱纹。约他第二天再来谈论艺术，那知太太不放他过来。

二哥这时也从县中回来，天伦聚乐只差大哥了。二哥赞成我学文学，说如今四川找不到新文学教员将来不愁没饭吃。

从廿三日起在家里清要了几天，这晚上开了一次家庭聚会；采用开会仪式，由二哥主席。长辈致了训辞后，我致答辞如下：

> 这次回家享到无限的家庭乐趣；社会诚然冷酷，但一到了家中便感到亲热。如今我们的家庭在思想上，在形式上已改进了许多。我深觉这种淡朴的生活有无穷的美趣，愿家人永保这种优美。这七年我虽是没有造到一点学识，但能保全着童稚的天真，还是本来的面目。此次远渡重洋，当固守这一点。

演讲完了，我唱校歌，大家听得很新鲜，父亲叫我重唱一遍。最后由□敬茶点，又想了许多游艺，全屋都闹震了。

第二天在家里尝新，也就是给我送行。这日大家都有点作闷，连幺弟都不爱跳了。我到处找母亲也找不见；后来闻得哭泣声，才往楼上寻着。我说母亲何必这样悲伤，过去的几年，不是一放就过啰？母亲道："辉儿，七年，你伸起指头数一数，娘在家那一天不望你？"我想母亲在家生活很单调，生活一单调，日子就过得慢。其实我自己也觉得七载难挨。后来娘又问我此去又要几年才回来？我说学校规定五年，但三两年后我准定回来孝敬母亲。说到后来，我也想哭了，好在我会讲笑话，我问娘喜不喜欢我从外国带一个洋女子回来侍候娘？娘道绝对使不得，说地娘笑起来了。

下午娘又到庙上去烧香，两母山的愿日后再还。在庙上认不清观音菩萨，我说观音是男身谁也不信。归时路过孙家堰塘，我着上泅泳衣下去戏水，大家都说我的手脚动得好看。只有母亲暗暗着急，生怕我淹着了。她说："再不起来，娘就要跳水啰。"

这晚上大家留我：我得应多耍一天。大家才觉好了一点。虽是后天的日子不宜出行，父亲也没有说什么。

再叙了一天的别，大家都是说不完的话，只母亲一句也像说不出来。几天的操劳，她老人家已经累倒了。晚上等大家睡了，几位姑母和父亲在地坝中望月；这是下弦月，那缺口是别离的象征。月光很清辉，我们在光里沉思，不知几时才得团圆？

廿六日离家，几次想动身都留住了；不是伯父催行，我真想又改期了。大家敬了礼，把我送出柴门：祖父扶杖要远送，我忙叫人扶着他，再三挡住。老人挥杖相指，老泪长流。母亲早已哭得不像人了。别了，真别了。到对面树林里，我回头探望，见他们还站在那儿，母亲还挥着手巾！慈母呵！你的巾色永留在孩儿梦想中，像天使的翅膀轻轻地招摇。

选自罗念生：《芙蓉城》，西南图书供应社，民国三十二年（1943）

焦 大

记得二十三年初夏，我独自从雅典到 Delos 岛上去寻访圣迹。在船上人家问我全希腊有多少中国侨氏，我当时很高傲的说就只有我一个人。那旁边有一位希腊小姐却说还有一个中国人住在雅典的码头上，比起我资格老，声名也响得多。我起初不肯相信，但经我一打听，才知道那小姐是希腊移民局里的书记，她的话自然可靠。她还告诉我，那人叫"周大"，日子过得十分可怜，每天都在那海岸徘徊，要不了三分钟保找到他。

回到雅典，我就同那位小姐到码头上去找他。我们起初在面包房里打听，说是刚才过去。我们追过去时，一大群孩子便向我们嚷道，那不是"周大"！他原是一个人坐在海滩上遥望那远处的船只。他回头看见我时，十分惊异，半天说不出话来。我向他讲了几句中国话，他好像不很懂得。后来他流泪了，一个三十多岁的大汉了竟当着一大群人面前流泪，惹得那些看热闹的人也同声叹息，甚至还有替他落泪的。他们直劝"周大"说："现在好了，不用哭，有人来接你回去了。"这流泪的人是一个瘦瘦的高个子，头发蓄得很长。样子并不顶脏，他的态度很端庄宁静，一望就知道他是个良善的中国人。我再三问他，他说他是大沽口人，在希腊住上了八年，不，他又改口说住上了十八年。我当时交了一百枚希腊币与他，叫他去剃头洗澡，说好第二天再接他进城去。临走时，那满街的人再三要求我把他带回国去，一个人不应该受更多的罪孽。那海关上的警察也跑来说他的确是好人，他们常叫他去换钱，他换来半文不少。他们实在不忍把他驱逐出境。

我回到城里首先去替他找衣服鞋袜。我自己的太短小，才特别去找一个美国同学要一点破衣衫。那绅士对这故事十分感觉趣味，向我打听了好半天。后来检点东西时，他觉得这件还可穿两天，那套还可着一月，样样都舍不得割爱，结果只送了那可怜的人一双破胶鞋。

第二天我只好夹着一套我自己的衣服和那双破胶鞋到码头上去。可是我找了半天竟找不到人，大群孩子也在帮着我找，后来还是警察出力，从那古旧的空屋子内把他拖了出来。他那时醉醺醺的，头发没有剃，澡也没有洗。问他钱哪去了？他说喝酒用了，还有一半借给了一个朋友，可是他连那个朋友的名字都弄不清楚（说也奇怪，他虽是在希腊住了那么久，他的希腊话并不比我的高明。）他说十几年前他在一只荷兰船上当水手，因为喝醉了酒，在君士坦丁堡赶掉了船才溜到希腊来，旁的国土他都上不去。他如今感激我不尽，又想喝酒。我当时有些动怒，那一大群人却替他解释，说他是好人，从没有这样喝过酒，劝我不要改变心肠，不肯送他回去。我后来转念一想，假如我自己处那种情境里，恐怕也想喝酒啊。

我因把他带到旅馆里去休息一会，等他打整干净。旅馆里的老板知道了，忙跑来见我，说他是码头上的穷光蛋，怕盗了他什么东西。我当时没有心向他解释，只道一切有我承当。然后我带他到移民局去，那里面早有他的底细，说他在希腊偷住了十多年，无法遣送他出境。我问他会不会写字，他说只会写自己的姓名，写出来一看才是"焦大"，"隹"字脚下画着四个小圆圈。这可怜人在希腊连姓氏都被人家改变了。那荷兰船的名字他倒记得很清楚。（我曾写信到那只船上去问过，他们回信说，记不起这样一个人，但愿用荷兰船白送他回国。）

我再把他送到警察局去，那里面有许多人认识他，同他打招呼。他们立刻就发了一个通行证给他，且答应他白坐希腊船去 Port Said，再换邮船赴中国。

我想护照还是必需的，因替他在街上几分钟内就照得了一张像片，寄到罗马中国大使馆内办护照。我特别写信与朱英先生，把详情告诉他，求他帮忙（不几天护照就来了，交给移民局替他保存。）

于是我带着他去参观雅典城，问他这是什么地方，他说不知道；问他这是些什么人，他也说不清楚。我更把他带到"山城"（Acropolis）上去看看古迹，告诉他这就是世界上最有名的城子，使他见识见识，也不枉到过这古国。他说他老是在那水边过日子，从没有进过城。他每天替人家做点小差事，谁都送他几个小钱，送他一块面包。希腊人虽是穷，但自古厚待客人，十分慷慨。如果这流浪人落在什么旁的地方，恐怕早都饿死了。游街过后，我还是把他送到码头上去，没有给他多少钱，叫他照旧过日子。

过了几天，我在美国旅行社内遇见一位英国老太太，她是一个社会活动家，时常到近东搜集材料。（可惜我连她的姓名都记不起了，她同我写过许多信，全存北平。）她直接来找我聊天，谈起中国近年来的社会情形，谈起她怎样结识我们的革命元勋，且说她很喜欢中国，希望能到那儿去度余生，我因把关于焦大的社会问题告诉她，看她能帮一点忙么？她说她很表同情，就可惜没有钱，连一个便士都无法帮忙，我却说精神上的同情也是可贵的。这老太太离开旅行社后，我发现她遗忘了一个皮袋，我赶忙追上去，把东西交与她，她非常动情的感谢我，想说什么又没有说。

第二天早上我得到她一封信，信里说起焦大的故事很使她感动，说起她愿意负责照料这人。她附了一磅钱在信里，托我交与他，还说她当天就要回英国去，答应在码头上去找焦大，再当面交他一点钱。我觉得这件事情有些古怪，立刻就到她所乘的船上去见她，可惜没有遇着，问焦大，他说那老太太人真好，送他一百个希腊币，我因为回国在即，便写信与那老太太，把焦大的一切都托付与她。

再过几天，我就要到意大利去，上船时，焦大跑来送行，一句话不说又跑了。后来听说他在那空屋子里哭，我特别去安慰他，说我一定设法使他回国，叫他耐心等着。那一大群看热闹的人却变做了我的送行者，临到开船时还叮咛我务必送他回去。我不觉也下泪了。

我去到罗马，特别到大使馆去见刘大使，总见不着。朱英先生慷慨捐了一百意大利币，还告诉我不必再找那其余的人，我非常感激这位忠厚长者。

在意大利募捐很困难。我那时募得的款子连同那英国老太太后来答应捐助的十磅还买不到半张回国的船票。那时听说我国政府在伦敦买得四条大商船，正找水手驶回去，我曾写信到伦敦去打听，可是没有消息。

到了七月中我失望的坐着意大利船 Conte Verde 回国。在船上许多中国乘客曾联名请求意大利轮船公司送焦大一张免票。船长答应把这事交到总公司去，说不见得没有希望。我在船上极力募捐，许多人都很热心；只有几个同船的说我这人靠不住，天下哪有这种事情？但经了十几天的努力，我公然募到十六七磅。船到 Colombo 时，由我凑足二十镑，上岸去兑交希腊移民局。邮局收条曾经在船上传观过。那海船忽然提前开行，我回船稍迟，多感船长特为我等了七分钟；要不然，我就会变成"周大"第二。

回国那年冬天我到天津南开大学去演讲，顺便买好车票到大沽口去访问焦姓的族人，那知等了一点多钟说火车不开了，也就没有去成。

那些时候，我常得到那位英国老太太的信，说她愿意资助焦大回国，且愿意亲自送他到 Port Said。第二年春天，我在西安忽然接到她一个电报，说事事都准备好了，只差护照，叫我立刻回电，回电的用费是由她预付了的，我当时不明白她的意思，只回电说护照存移民局。后来得到她的信，才明白她同移民局争着要送焦大回国，叫我强迫移民局把护照交与她。我同时又接到移民局的信，说他们已经把焦大送去 Port Said，等换好船再通知我。

我那时在陕西斗鸡台考古，忙写信到上海中国旅行社，把详情告诉他们，托他们去迎接，还说定汇款去请他们代买船票，把这客人送回大沽口。旅行社对这事很热心，答应白帮忙。

我日夜焦急地等待着。隔了许久才由上海柳亚子先生转到一封希腊移民局寄来的航空信，信到的似乎太迟了，我急忙电告旅行社。

后来旅行社回信说，他们接到电信就到船上去迎接，可惜已经太晚了。船上的人说倒有焦大这人，可惜已经下船走了。我也曾写信到意大利轮船公司去询问，回信说那次的客人当中确有"周大"这名字。这些信都保存在北平。

悲剧是不许团圆的，这幕悲剧就这样收场。凡帮忙过焦大的人，我都代他致谢，特别要感那位英国老太太、希腊移民局和上海中国旅行社。至于你，焦大，希望你回到大沽口做一个渔夫，永度着那飘泊的生涯；要不然，就留在上海做一个英雄！

选自罗念生：《希腊漫话》，中国文化服务社重庆分社，民国三十二年（1943）

巴　金

|作者简介| 　巴金（1904—2005），原名李尧棠，字芾甘，四川成都人。中国现代著名作家、翻译家、社会活动家，代表作为激流三部曲，即长篇小说《家》《春》《秋》，有《巴金全集》（二十六卷）行世。

家庭的环境

我们回到成都又算换了一个新的环境，但是不久，革命就发生了。对于革命我并不曾感到什么恐怖，只除了十月十八日兵变所给我的印象。

那些日子我依旧在书房里读书。一天天听见教书先生（他似乎姓龙，又好像姓邓）用了激动的声音叙说当时川汉铁路的风潮。

龙先生是个新党，所以他站在人民一方面。自然他不敢公然说出反对清朝政府的话。不过对于被捕的七个请愿代表他却表示着大的尊敬，而且他非常不喜欢当时的总督赵尔丰。

二叔三叔从日本留学回来不过一两年。他们的发辫是在日本时剪掉了的。（我现在记不清楚是两个人的辫子都剪掉了，还只是其中的一个剪掉辫子。）如今就戴了假的辫子。有好些人暗地里在窃笑他们是革命党。但是对于他们没有辫子的头，我却起了大的羡慕。

我的头脑后面垂着一根小小的硬辫子，用红头绳缠着，每天早晨要母亲或者女佣来梳。我觉得这是很讨厌的事情。因此我很同情那些主张剪掉辫子的革命党。

十月十八日是祖母的生忌，家里的人忙着祭祀。

下午就听说外面风声不大好。五点钟光景父亲他们正在堂屋里磕头。忽然一个仆人进来报告，外面发生了兵变，好几个银行和当铺都被抢了。我们二伯父的公馆也遭了变兵的光顾。后一个消息是不确实的。虽然二伯父的公馆离我们这里很近，但在当时谁也失掉了辨别力，况且二伯父一家又是北门一带的首富，很有被抢劫的可能。

于是堂屋里起了一个小骚动，众人马上四散了。各人回到房里去想逃避的方法。父亲和母亲商量了片刻。于是一屋里的人忙乱起来。一个仆人帮忙着母亲把地板撬开一块。从立柜里取出十几封银元放在地板下面。后来他们又放了好几封银元在后花园的井里。又有人忙着搬梯子来把几口红皮箱放到顶楼板上面去，那里是藏东西的地方。同时母亲叫人雇了几乘轿子来，把我们弟兄姊妹带到外祖母家里去。大哥陪着父亲留在家里。

我和母亲坐在一乘轿子里面。母亲抱着我。我不时偷偷地拉起轿帘看外面的情形。街上有些人在跑。好几乘轿子迎面撞过来。没有看见一个变兵。

晚上我们都拥挤在外祖母房里，大家都不说话。外面起了枪声，半个天空都染红了。一个年青的舅父在窗下对我们说话。这些话都是很可怕的。外祖母闭着眼睛念佛。后来附近一带突然起了闹声。好像那个和这里只隔两三家的赵公馆被变兵攻打进去了。闹声，哭声，枪声，物件撞击声……响成了一片。外祖母逼迫着母亲逃走。母亲不肯。大家争论了片刻，母亲就领着我们到了后面天井里。外祖母一定不肯走，她说她念佛吃素多年了，菩萨会保佑她的。

天是红的。几株枯树上有乌鸦在叫。枪声也听得很清楚。母亲发出了几声绝望的叫喊。她还关心到外祖母。关心到父亲。舅父给我们搬了梯子来。垣墙并不高。一个女佣先爬到墙外去，然后母亲，三哥，我都爬过去了。接着我的两个姊姊也爬了过去。墙外是一个菜园，我们在菜畦里伏了好些时候，简直顾不到寒冷了。后来我们看见没有什么动静，才爬起来在那个管菜园的老太婆的茅棚里坐了一夜。那个老太婆亲切地招待我们，还给我们弄热茶来喝，使我们不感到一点儿不方便。

母亲一晚上担心着家里的情形。第二天上午外面比较平静了，她就带着我一个人先回家去。父亲和大哥惊喜地迎接我们。他们没有一点损伤。

父亲告诉我们昨晚半夜里果然有十几个变兵撬了大门进来。家里已经有了准备。十几个堂勇端起火药枪在二门外的天井里排列着，又加上三叔的两个镖客（三叔在南充做了知县回来）。变兵看见这里人多，便不敢动手，只说来借点路费。父亲叫人拿了一封银元出来送给他们。他们就走了。只损失了这一百元。以后再也没有变兵来纠缠了。

这一晚上在家里就只有父亲和大哥照料着。叔父和婶娘们都避开了。仿佛祖父也到了别处去。

第二天十九日是母亲和我的生日，但这时候我们已经忘掉了这事情。

从此我们就平平安安地过下去。地板下面的银元自然取了出来。井里的却不知给谁拿去了，父亲叫人来淘了两次井，都没有用。

赵尔丰被革命党捉住杀头的消息使龙先生非常高兴，同时在我们的家里生出了种种不同的影响。在以后许多天里我们都听见人们在谈论赵尔丰怎样被杀头的事情。

共和革命算是成功了。二叔和三叔头上的假辫子取了下来。再没有人嘲笑他们的秃头了。

在一个晴明的下午，仆人姜福（他不知道从那里刚学会了一点剪发的手艺）找了一把剪发的刀子，把我和三哥的小辫子剪掉了。我们觉得非常快活。接着我们全家的男人都剪掉了辫子。仆人中有一两个不肯剪的，却不留心在街上给警察强迫剪去了。

变动是很多的。我们家里开始做新的国旗。照例是父亲管这些事情。他拿一大块白洋布摊在方桌上面，先用一个极大的碗，把墨汁涂了碗口，印了一个大圆形在布上，然后用一个小杯子在大圆形的周围印了十八个小圈。在大圆形里面写了一个"汉"字，十八个小圈代表当时的十八省。我对于做国旗的事情也感到一点兴趣。但是不久中华民国成立，我们家里又收了它，另外做了五色旗。

祖父因了革命而感到大的悲哀。父亲没有表示过什么意见。二叔断送了他的四品的官。三叔自己起了个"亡国大夫"的笔名。大概因为他是个诗人的缘故吧。祖父也是个诗人。父亲和二叔却不常做诗。

至于我们这一辈，大半都是小孩子，但是对于清的灭亡，却没有觉得什么关系的。

满清倒了。我们依旧在龙先生的教导下面读书。但不久大哥就进了中学。这些时候我在家里的生活过得很愉快，但是两年半以后，母亲就永远离开了我们。

母亲死在民国三年七月的一个夜里。母亲病了二十多天。她在病中是十分痛苦的。一直到最后的一天她还有着知觉，但是人已经不能够动弹了。我和三哥就住在隔壁的房间里。每次我走到病床前去看她，她总要流眼泪。在我们兄弟姊妹中间，母亲最爱我，然而我丝毫不能够安慰她。

母亲十分关心她的儿女。她临死前五天她叫大哥到一个姨母处去借了一对金手镯来，她嫌样子不好，过了两天她又叫大哥拿去还了，另外在二伯母那里去借了一副来。这是为大哥来订婚用的。她在那样痛苦的病痛中还想这些事情。

我和三哥都没有看见母亲死。那晚上因为母亲的病加重，父亲很早就叫女佣照料我们睡了。等到第二天早晨我们醒来了时，棺材已经进门了。我眼里含着泪，心里想着我是母亲最爱的孩子。棺材放在签押房里。闭殓的时候，别人手里执着红绫预备放下去。许多人围着棺材哭喊。我呆呆地望着母亲的没有血色的脸。我恨不能把以后数十年的眼光都用来在这时候饱看她。红绫终于放下去了。掩盖了棺材。漆匠再用木钉把它钉牢。几个人就抬了棺盖压上去。二姊和三姊不肯走开，她们伤心地哭着，把头在棺材上面撞。

晚上睡觉的时候，我还听见两个姊姊在签押房里面哀哀的哭着。我不能够闭上眼睛。我的眼泪也流了出来。我怜悯我的两个姊姊。我也怜悯我自己。

早晨我也会被她们的哭声惊醒。我就躺在床上含着眼泪祷告着母亲保佑我的两个姐姐。

白天我常常望着签押房里灵帷前母亲的画像。我心里疑惑地想着这时候母亲在什么地方。

家祭的一夜我们三兄弟匍匐地跪在灵前蒲团上，听着一个表哥诵读父亲替我们做好的一篇祭文。

"……吾母竟弃不孝等而长逝矣……不孝等今竟为无母之人矣……"

那诵读的声音很滑稽的，我虽然还是一个孩子，却也不想笑。

我细嚼着这两句话的滋味。我的眼泪滴在蒲团上了。

这以后的第二天灵柩就抬了出去，先寄殡在城外一个寺庙里面，后来安葬在磨盘山。父亲在一个坟墓里做好了两个洞穴。左边的一个是留给他自己用的。三年后他果然睡进了那个洞穴。

灵柩抬出去以后，家里的一切恢复了原状。母亲房里的陈设和母亲在时并没有两样，只多了壁上的放大的半身照像。常常我走进父亲的房间，看不见母亲，仿佛还以为她是在后房里，便温和的叫了一声"妈"，过后才猛省着我的母亲已经是在另一个世界里的人了。

我如今成了一个没有母亲的孩子，和有着母亲的堂兄弟们比较起来，我深深地感到了没有母亲的孩子的悲哀。也许是为了填补这个缺陷的缘故罢，父亲后来为我们讨了一个更年轻的母亲来。这位新母亲待我们也很好。但是她却不能够医好我心上的那个伤痕。更不能够给我像那个死去的母亲所给我的那么多，我也不能够像爱那个母亲那样地爱她。这不是她的错，也不是我的错，这只因为我们两个以前本来是彼此不了解的陌生的人。

母亲死后四个多月的光景，二姊也跟着死了。二姊患的是所谓"女儿痨"的病。我们回到成都不久她就患了病。有一次她几乎死掉，还是靠着四圣祠医院的一个英国女医生来救活了她。因了医好二姊的病，母亲特别叫人买了刀叉做了西餐请了四圣祠医院的几个"洋太太"到我们家里来玩。这是我们第一次跟西洋人接触，她会说中国话，曾经拉着我问了好些事情。我并不惧怕她们。我觉得她们也是很和气。母亲和那几个英国女教士后来就做了朋友。她带着我到她们的医院里去玩过几次，也医过病。她们也送了我们一些西洋点心和好几本书籍。我很喜欢那本皮面精装的《新旧约全书》官话译本。不过那时候我却没有想到去读它的内容。

自从母亲一死，二姊就没有过着一天好日子。大概是过分的悲痛压倒了她，毁坏了她的全部健康。她的身子一天天地瘦弱起来，脸上简直没有一点血色，面孔也是一天比一天地憔悴着。她常常提起母亲就哭，我很少看见她笑过。

"妈，你要好好地保佑二姊啊！"我常常在暗中祷告着。

但是二姐的病依旧没有起色，父亲为她请了许多名医来给她诊断，都没有用。父亲是相信着中医的。母亲死后我们就和那几个英国女教士断绝了往来。

冬天一到，二姊便渐渐地睡下去了。谁看见她，都会叹息地说：她瘦得真可怜。

十一月底祖父的生日里。我们家里接连唱了三天戏。戏台在大厅上。大天井里坐着十几桌客，全家的人都快活地忙碌着。

二姊一个人病在房里，听见这些闹声，那心的寂寞一定很难受的。晚上客人散去了一大半，大厅上还在演戏，父亲叫人把二姊扶了出来看。

二姊坐在把藤椅上，不能够动弹，只是用那失神的眼光茫然地望着戏台。我不知道她眼里看着的是什么景象。脸瘦成了一个尖脸，没有血色，嘴唇也焦枯着。我的心为爱、为怜悯而痛楚了。

"我要进去"，二姐把头略略一偏，做出不能忍耐的样子低声说。女佣便把她扶了进去。

三天后二姊就永远闭了她的眼睛。她也死在天明以前。那时候我在梦里，不能够看见她的最后的一刻是怎样过去的。

我那天早晨做了一个奇怪的梦。我到了一个坟场。地方很宽，长了一寸多深的草。中间立着一个不认识的坟墓。后面长了几株参天的柏树。时候仿佛是在春天的早晨。阳光在树梢上闪耀。坟边生不少野花，正开着红的、黄的、蓝的、白的花朵。两三只蝴蝶时时在花上面飞舞。树枝上还有些山鸟在唱歌。我站在坟前看墓碑上的刻字，一股微风把花香送进我的鼻里。忽然坟墓后面起了一阵响亮的哭声。这时候我就惊醒起来了，心跳得很厉害。我在床上躺了片刻。哭声依旧在我的耳边荡漾。我分辨出这是三姊的哭声。一阵恐怖压倒了我。我没有一点疑惑：二姊死了。

父亲忙着料理二姊的后事。过了一会姨外婆坐了轿子来数数落落地哭了一场。

回到成都以后我还是一个小孩子。能够和我在一块儿玩耍的，就只有三哥和几个年纪差不多的堂表弟兄，此外还有几个女佣和仆人，也时常同着我玩。在广元陪我玩的香儿却已经死掉了。

大哥那时候已经成人了。他的趣味和我的当然差了许多。他喜欢和姊姊，堂姊，表姊们在一块儿玩。

在我们这个大家庭里，我们这一辈的青年男女是很多的。我除了两个胞姊和三个堂姊外，还有好几个表姊。她们和大哥的感情都很好。她们常常到我们家里来玩，这时候大哥的生活就变得很忙碌了。姊姊，堂姊，表姊都聚在一块儿，她们给大哥起了一个"无事忙"的绰号。

游戏的种类是很多的。大哥自然是中心人物。踢毽子，拍皮球，掷大观园图，行酒令；酒令的种类有几种，大哥房里就藏得有几副酒筹。

常常在傍晚大哥和她们凑了一点钱，买了几样下酒的冷菜，还叫厨房里再做几样热菜。于是大家围着一张圆桌坐下来，一面行令，一面喝酒，或者谈一些有趣味的事情，或者批评《红楼梦》里面的人物。那时候在我们家里除了我们这几个小孩子外，就没有一个人不曾熟读过《红楼梦》。父亲在广元买了一部十六本头的木刻本，母亲有一部精美的石印小本。大哥后来又买了一部商务印书馆出版的铅印本。我常常听见人谈论《红楼梦》，所以我当时虽不曾开始读它，就已经熟悉了书里的人物和事情。

后来有两个表姊离开了成都，二姊又跟着母亲死了。大哥们的聚会当然没有以前那样地热闹，但依旧时常继续着，而且还有新的参加者，譬如两个表哥和一个年轻的叔父（六叔）便是。我和三哥也参加过两三次。

不过我的趣味是多方面的。我跟了三哥他们组织了新剧团，又跟六叔他们组织了侦探队。我还常常躲在马房里躺在轿夫的破床上烟灯旁边听他们叙述青年时代的故事。

有一个时期我和三哥每晚上都要叫姜福陪着到可园去看京戏。我们接连看了两三个月，因为父亲是那个戏园的股东，被送了一厚本的戏票，而父亲自己又没有多的时间常常去看戏。那时候我们只爱看武戏，回来在家里也学着翻斤斗，翻杠杆。

父亲对于京戏大有特殊嗜好。在那些时候一个戏园要添演京戏聘请京班名角，总是由他发起。凡是由上海到成都来的京班角色，在登台之前总要先到我们家里的客厅中清唱几句，自然是父亲请他们吃饭。我们好几兄弟就躲在花园里偷看。我们不过是为了满足好奇的缘故。

有一次父亲请新到的八九个京班名角在客厅里吃饭。饭后大家正在花园里游玩，那个唱老旦的宝幼亭（我们先听过了他的唱片）忽然发起狂来，跪倒在地上赌咒般地说了许多话。众人拉他，他不肯走，把父亲急得没有办法。我们在旁边觉得好笑。我和这些戏子都很熟习，有时我还跟着父亲到后台里去看他们化装。

一个唱青衣的小孩名叫张文秀，年岁不过十四五岁，当时在成都也受人欢迎。他的哥哥本来也唱青衣，如今倒了嗓子不再登台了，就管束着他，靠着他过活。他也到我们家里来过一次。他简直是一个小孩子，并没有一点女人气。然而戏里他却改换面目做了种种薄命的女人。我看惯了他演的那些悲剧，一点也不喜欢。但是有一次离新年不远，我跟着父亲到了他们住的地方（大概就是在戏园里面），看见他穿一身短打，手里拿了一把木头的关刀寂寞地挥舞着，我不觉望着他笑了。我和他玩了好一会儿，问答了一些事情，直到父亲来带我回家的时候。我想，他的生活一定是很寂寞的罢。

然而说句公平的话，父亲对待戏子的态度是很真实的，他把他们当作朋友，所以能够得到他们的信任。他并没有和旦角有过特别的来往。

三叔却喜欢一个川班的小旦，这人叫做李凤卿。祖父也喜欢他。有一次祖父带我去看戏，当李凤卿包了头穿着粉红衫子出台时，祖父曾经带笑问过我认不认识这个人。

李凤卿时常来找三叔。他也常常和我谈话。他是一个非常亲切的人，会写一手娟秀的字。他虽然穿着男人的衣服，但是举动和言语都和女人相像，有时候手上脸上还留着脂粉。这是川班旦角和京班旦角不同的地方。

有一次三叔把他弄到我们客厅里来化装照相。我就看见他在那里包头，擦粉，踩跷。他先装扮成一个执长矛的古代的女将，后来就改扮做一个旗装贵妇。这两张照片后来都挂在三叔房里，三叔还亲笔题了几首诗在上面。

这个李凤卿的境遇是很悲惨的。后来在祖父死后不多久他也病死了，剩下一个妻子，连埋葬费也没有。还是三叔去照料把他安埋了的。

三叔做了一副挽联吊他，里面有"……也当忍死须臾，待侬一诀"的话。

二叔也做过一副挽联，后来他们偶尔和教书先生谈起这事情，那个六十岁的曹先生不觉惊讶的问道：

"××先生竟然也好此道？他不愧是一个风雅士！"

这××先生是指三叔。三叔在南充做知县的时候，曹先生是那个县的教官。他到我们家里来教书还由三叔介绍。李凤卿和三叔认识也就是在南充。

听见"风雅士"三个字，就跟平日听见曹先生说的"满清三百年来深仁厚泽浃沦肌髓"的话一样，我觉得非常肉麻。

　　二叔对曹先生谈起李凤卿的生平。他本是一个小康人家的子弟。十三四岁时给仇人抢了去，因为他家里不肯出钱赎取，他就被人坏了身子卖到戏班里去，做了旦角。

　　五叔后来也玩过川班的旦角。他还替他们编剧本。

　　我素来就不高兴看川戏，后来连京戏也不高兴看了。

　　我们组织过一个新剧团，在后堂屋后面竹林里演新剧。竹林前面一块空地，就做了我们的舞台。我们用复写纸印了许多张戏票送人，拉别人来看我们的表演。

　　我们的剧本是自己胡乱编的，里面没有一个女角，重要演员是六叔，二哥（二叔的儿子），三哥和香表哥；我和五弟（也是二叔的儿子）两个只做配角，或者在戏演完以后做点翻杠杆的表演。看客多半是女的，就是姊姊，堂姊，表姊们。我们用种种方法强迫她们来看，而且一定要戏演完才许她们走。

　　父亲也被我们拉来了。他居然坐在那里看完了我们演的戏。他又给我们编了一个叫做《知事现形记》的剧本，当二哥和三哥扮着剧里面两个主角，在那里面表演得有声有色的时候他不觉哈哈地笑起来。

　　在公馆里我有着两个环境，我一部分时间和所谓"上人"在一起生活，另一部分时间又和所谓"下人"在一起生活。

　　我常常爱管闲事，我常常在门房，马房，厨房里面和仆人马夫们一起玩，向他们询问种种的事情，因此他们都叫我做"稽查"。

　　有时候轿夫们在马房里煮饭，我就替他们烧火，把一些柴和枯叶送进那个木灶里去。他们打纸牌时，我也在旁边看，常常给那个每赌必输的老唐帮忙。有时候他们也诚恳地对我诉说他们的痛苦，或者坦白地批评主人们的好坏。他们对我没有一点隐瞒。他们把我当作一个同情他们的小朋友。当我需要他们帮助的时候，他们也没有一点儿吝惜。

我生活在仆人轿夫的中间，我看见他们怎样怀着原始的正义的信仰过那受苦的生活，我知道他们的欢乐和痛苦，我看见他们怎样和贫苦挣扎而屈服而死亡。六十岁的老书童赵升病死在门房里。抽大烟的仆人周贵偷了祖父的字画被赶出去沦落做了乞丐，死在街头。一个老轿夫出去在斜对面一个亲戚的公馆里做了看门人，不知道怎样竟然用一根带缢死在大门里面。这一类的悲剧以及那些生存着的"下人"的沉重的生活负担，如果我一一叙述出来，一定会使最温和的人也起了愤怒的激情。

当在污秽寒冷的马房里，听见那些瘦弱的老轿夫，在烟灯旁叙述他们的痛苦的经历；或者在门房里黯淡的灯光旁边听着仆人发出绝望的叹息的时候，我眼里含着泪珠，心里起了火一般的反抗的思想。我宣誓站在他们这一边帮助他们的人。

我和他们的友谊一直继续着我离开成都的时候。不过自从我进了外国语专门学校以后，我就很少时间在门房和马房里面玩了。接着我又参加了社会运动。

厨房里很早我就不进去了，因为我不高兴看谢厨子和女佣们调情（他后来就和祖父的一个女佣结了婚，那个女人原是一个寡妇），而且谢厨子仗着祖父喜欢他，常常拿出威势欺凌别人，也很使我不高兴他，虽然我从前和他很好，常常看他做菜做点心。

我愈是多和"下人"在一起，愈是讨厌"上人"中间实行的种种虚伪的礼仪和应酬。常常家里有女客来要我去吃饭，我就在门房里躲起来。有两次在除夕里全家的人在堂屋里敬神，我却躲在污秽寒冷的马房里轿夫的破床上。那里没有人，没有灯，外面有许多人在叫我，我不应，我默默地听着爆竹声响了又止了，再过一会我才跑出来回到自己的房间去。这时候我的胆量已经变大了。

家里平日敬神的时候，我也会设法躲开。我为了这些事情常常被人嘲笑，但我始终要照自己的意思做。如今我想起来，这也许是对于礼仪的一种消极的反抗罢。

六叔，二哥，香表哥三个人合作办了一份小说杂志，名称似乎就是《十日》一个月出三本，每本用复写纸印了五六份。

我是这杂志的第一个订阅者。大哥允许把他的一篇最得意的哀情小说在杂志的第一期上面发表了，所以他们也送他一份。还有一个奉表哥也投了一篇得意的稿子。

在我们家里大哥是第一个写小说的人。他的小说是以"暮春三月，江南草长，杂花生树，群莺乱飞"的旧句开始的；奉表哥的小说是以"杏花深处，一角红楼"的句子开始的。接着就是"斗室中有一女郎在焉。女郎者何，×其姓，××其名"诸如此类的公式文章。把"女郎"两个字改作"少年"就成了另一篇小说。小说的结局离不掉情死，后面还有一封情人的绝命书。

我对于《十日》杂志上千篇一律的才子佳人的哀情小说感不到大的兴味。而且我亲眼看见他们写小说时分明摆了好几本书在抄袭，这些书有尺牍，有文选，有笔记。有上海新出流行小说和杂志。小说里每段描写景物的四六句子，照例是从尺牍或者《文选》上面抄袭的。他们写小说并不费一点力。

不过对于那三个创办杂志的人的抄录，装订，绘图的种种苦心我却是很佩服的。

这杂志出版了三个月，我只花了九个铜元的订阅费，就得了厚厚的九本书。

民国六年春天成都发生了第一次的巷战。在七天的巷战中我看见了种种可怕的流血的景象。

在这时候二叔的两个儿子，二哥和五弟突然患着喉症死了。我在几天的功夫就失掉了两个同伴。

他们本来可以不死，但是因为街上断绝了行人，请不到医生来诊治，只得让他们躺在家里，看着病一天天地加重。等到后来两个轿夫背着他们跨过战壕，冒着枪林弹雨赶到医院时，他们已是奄奄一息了。

战事刚刚停止，我和三哥也患了喉症。我们的病还没有好，父亲就病死了。

父亲也是最爱我的。他平时常常带着我一个人到外面去玩。就在他的病中他听说我的病好多了，他要看我，便叫我到他的房里去。

我走到床前，跪在踏脚凳上，望着他的憔悴的脸，叫了一声："爹。"

"你好了？"他伸出手抚摩我的头。"你要乖乖的。不要老是拼命叫'罗嫂！罗嫂！'你要常常来看我啊！"罗嫂是在我们病中照料我们的那个女佣。

父亲微笑了。眼里却有泪珠在发亮。

"好，你回去休息罢。"过了半晌吩咐了一句。

第三天父亲就去世了。当他第一次晕过去的时候，我们围在床前哭唤他。他居然慢慢儿醒了转来。我们以为他可不会死了。

但是不到一刻钟光景他又开始在床上抽气了。我们看着他一秒钟一秒钟地死下去。

于是我的环境马上改变了。好像发生了一个惊天动地的剧变。

满屋子都是哭声。

晚上我和三哥坐在房间里，望着黯淡的清油灯光落泪。大哥忽然跑进来，在床沿上坐下去，哭着说："三弟，四弟，我们……如今……没有……父亲了……"

我们弟兄三个抱头大哭起来。

自从父亲讨了继母进来以后，我们就搬到左边厢房里住。后来祖父吩咐把我们紧隔壁的那间停过母亲灵柩的签押房装修好，做了大哥结婚时的新房。大哥和嫂嫂就住在我们的隔壁。

这时候嫂嫂在隔壁听见了我们的哭声，便过来劝慰大哥。他们夫妇低着头慢慢地出去了。

埋葬了父亲以后，我心里更空虚了。我常常踯躅在街头，我总觉得父亲在我的前面，仿佛我还是依依地跟着父亲走路，因为父亲平时不大喜欢乘轿，常常带了我在街上慢步闲走的。

但是一走到拥挤的街心。和来往的人争路时，我才明白我是孤零零①的一个人。

从此我就失掉了人一生只能够有一个的父亲，而且在我们弟兄中间我又是一个最蒙着他的爱的孩子。

父亲死后成都又发生了一次更厉害的巷战。结果全城的房屋烧毁了一般。我们受了更大的惊惶，却没有什么物质上的的损失。

我们自然有饭吃，不过缺了菜。

在马房里轿夫们喝着烧酒嚼着干锅魁（大饼）来充塞肚里的饥饿，那情景是有些悲惨的。

枪炮声，火光，流血，杀人，以及种种残酷的景象。而且我们被迫着时时在死的边沿上盘旋。

巷战不久停止了。然而从这时候起时局就永远继续着混乱下去。那军阀割据的局面到现在还没有打破。

我的生活比较变得忧郁起来。我便把全个心放到书本上去，想从那里得一些安慰。

三哥已经进了中学，但父亲一死，我的进中学的希望便断绝了，祖父从来不赞成送子弟进学校读书，现在又没有人出来给我帮忙。

---

① 编者注："零零"原文作"另另"。

我便开始跟着香表哥开始读英文。每天晚上他到我们家里来教我，不要一点报酬。这样继续了三年。他还教我知道一点各种科学的根底。直到祖父死后我和三哥进了外国语专科学校的时候。

香表哥是一个极真挚聪明的青年。当时像他那样有学识在我们亲戚中间已经算是很难得的了。然而家庭束缚了他，使他至今还在生活负担下面不断地发出绝望地呻吟，浪费地牺牲了他的有为的青春。

但是提起他，我却不能不充满了感激。对于我的智力的最初发展有帮助的两个人中的一个就是他，还有一个是大哥，大哥买了不少的新书报，使我能够贪婪地读完了它们。而且我能够和三哥一块儿离开成都到上海，以及后来我一个人到法国去念书，大半都是靠着他的力量。虽为着到法国的事情我和他曾起了争执，但他终于顺从了我的意思。

在我的心里永远埋着对于这两个人的深的感激。我本来是一个愚蠢的，孤僻的孩子。要是没有他们的帮助，也许我至今还是一个愚蠢的，孤僻的孩子罢。

父亲一死，我的家庭生活就渐渐变得苦痛了。他的死仿佛给我拨开了另一只眼睛，使我看清楚了这个富裕的大家庭的另一个面目。

对于我这个富裕的大家庭变成了一个专制的大王国。在和平的，爱的表面下我看了仇恨倾轧和斗争，同时在我的渴望着自由发展的青年的精神上，"压迫"像沉重的石块重重地压着。

我的身子给绑得太紧了，我不能够动弹。我不能够撇掉肩上的重压。我就把全部的时间用来读书。而书本却蚕食了我的健康。

我的身体一天天地瘦弱起来。在父亲死后的第二年我就常常被病魔缠绕着了。

这年秋天我进了青年会的外国语补习学校。这是得了祖父的许可的，因为祖父听见人说学了英文可以考进邮局做事，而邮局里位置在军阀割据下的成都市面上算是比较优越的；薪水是现金，而且逐年增加，位置又稳固，不会因改变而动摇。我的一个舅父在那里面占着一个很高的位置，被许多人羡慕着。

我在青年会里上了一个月的课就生了三次病。祖父便不许我再去了。他并且不许我出街，只教我在家里静养。同时他又叫香表哥在家里来正式教我读英文，这一次由于祖父的吩咐，便送了月薪给香表哥。但这月薪是很小的数目。

祖父的这举动原是为了关心我的健康。这半年来不知道怎样他突然变得非常地爱我了。他因为听人说牛奶很养人，便自己出钱给我订了一份牛奶。他还时时给我一些东西，或者把我叫到他的房里去温和地谈一些做人处世的话。甚至在他临死前的发狂的一个月中间他也时常把我叫去。站在他的床前，我们彼此对望着。他的黑瘦的老脸上露出微笑，眼里却淌出了眼泪。

以前在我们祖孙两个中间并没有什么感情存在着。我不曾爱过祖父，我只是惧怕他；而且有时候我还把他当作专制压迫的代表而憎恨过。我们有几次在一处谈话竟不像祖父和孙儿，而像两个仇敌。

但是在这半年里不知道怎样，好像一个奇迹突然从天上落下来一般，我们两个居然近于互相了解了。

然而时间是怎么短！在这年的最后一日我就失掉了他。我的悲哀自然是很大的。因为我们两个永远就没有相互了解的机会，而我也就第三次失掉曾经热烈地爱过我的人了。

新年中别的家庭里充满了喜悦，爆竹声挨门挨户地响起来。然而在众人的欢乐中我们一家人却匍匐在灵前哀哀地哭着死了的祖父。

这悲哀一半是虚假的，因为在祖父死后一个多星期的光景，叔父们就在他的房间里开会处分了他的东西，而且后来他们又在他的灵前发生过几次争吵。

可惜祖父不能够有知觉了，不然他对于所谓"五世同堂"的好梦也会感到幻灭罢。我想他的病中的发狂决不是没有一点原因的。

祖父是一个能干的人。他继续着曾祖造就了这一份家业，做了多年的官以后退休下来，广置了田产，修建了房屋，收罗了不少的书画古玩，结了两次婚，讨了两个姨太太，生了这许多儿女，还见了重孙（大哥的儿子），但结果他把儿子们造成了彼此不相容的仇敌，在家庭里种下了长久的争斗的根源，而自己却依旧免不掉发狂地死在孤独里。没有人真正爱他，也没有人真正了解他。

祖父一死，家庭就变得愈加黑暗了。新的专制压迫的代表起来代替了祖父，继续着拿传统的观念把"表面是弟兄暗中是仇敌"的几房人团结在一起，企图在二十世纪中维持封建时代的生活方式。结果产生了更多的争斗和倾轧，造成了更多的悲剧，而裂痕依旧是一天天地增加着，一直到最后完全崩溃的一天。

祖父像一个旧家庭制度的最后的圆光那样地消灭了。对于他的死我并没有大的遗憾。虽然我在悲悼失掉了一个爱我的人，但同时我也庆幸我获得了自由。从这天起在家里再没有一个人可以支配我的行动了。

祖父死后半年光景在暑假我和三哥就考进了外国语专门学校，在那里接连念了两年半的书。在那学校里因为我没有中学毕业文凭，后来就改成了旁听生，被剥夺去了获得毕业文凭的权利。谁知道这事情竟帮助我打动了继母和大哥的心，使他们同意我抛弃了那里的学业到上海去。

民国十二年春天在枪林弹雨中逃出了性命以后，我和三哥两个就离开了成都的家庭。大哥把我们送到木船上，他流着眼泪别了我们。那时候我的悲哀是很大的。但是一想到近几年来我的家庭生活，我对于那个被遗留下的旧家庭就没有一点留恋的感情。我离开旧家庭不过像摔掉一个可怕的阴影。我的悲哀只是因为还有几个我所爱的人在那里而呻吟憔悴地等着那些旧的传统观念来宰割。在过去的十几年中我已经用眼泪埋葬了不少的尸体，那些都是不必要的牺牲，完全是被腐旧的传统观念和两三个人的一时的任性杀死的。

一个理想在前面迷着我的眼睛，我怀着一个大的勇气离开我住过十二年的成都。

那时候我已经受了新文化运动的洗礼，而且参加了社会运动，创办了新的刊物，并且在那刊物上写了下面的两个短句作为我的生活的目标了：

奋斗就是生活，

人生只有前进。

选自巴金著、王一平编：《巴金散文集》，艺光出版社，民国三十三年（1944）四月

苏 堤

我们游了三潭印月回到船上，月亮已经从淡墨色的云里逃出来了。水面上静静笼罩了一层薄纱。三个鼎样的东西默默立在水中，在淡淡的月光下羞怯地遮了它们的脸，只留一个轮廓与人看。三个黑影距离得并不很近，在远处看，常常使人把树影当做它们中的一个。

船向着右边驶了，说是向博览会纪念塔开去。坐在我对面的张忽然指着我背后的方向问道：“前面是什么地方呢？”

"那是苏堤。"黄接口说。我回头去看，我知道他们说的是那一带被黑漆漆的树木遮掩了的长堤。那里没有灯光，只有一片黑影，表示了岸与水的交界。

"只要是能够上去走走也好呢！"张渴慕似地叹息说。他素来就憧憬着"苏堤春晓"的胜景；这一年的春天他曾和三个友人到西湖游玩，据说他本来打算在春天的早晨到苏堤上去散步，可是到了那早晨恰恰天落着大雨，他没法去欣赏那憧憬多年的胜景，只得扫兴地跟着朋友回上海去了。在湖滨旅馆里住了三天，连苏堤是怎么一回事他也不知道。回上海以后他便抱怨着朋友，于是张与苏堤的事在友人中间就成了种种笑谈。一提到苏堤，张的渴慕马上就被唤起来了，这是谁都知道的事。

"好，这时正有月亮，上去走走也好。"黄似乎了解张，马上就这样附和说，"我们就叫船往苏堤靠去。"

虽然离苏堤并不远，我自己并不想上苏堤去的，因为我怕时间太晚了。可是张既然那么说，黄又那么附和，我也不愿意使他们扫兴，我就一口答应了。我们叫舟子把船往苏堤靠去。

"那里灯也没有，又没有码头，不好上岸。"舟子用干燥的声音来回答我们，这声音表示他并不愿意把船往那边靠去。"那里没有一个人，也没有什么好玩的，你们先生还是明天去玩罢。"他还絮絮地说话，他完全不知道张的渴慕。

"不要紧，那里一定可以上去。"黄坚持说，他似乎曾经这样上去过，"你只顾摇过去好了。"

"我说不好上去，你们先生不肯相信。那里有很高的草，我不会骗你们先生。"舟子不高兴地分辩说。

"好，我们就不要上了？"我说。我想舟子底话也许有理。不然他为什么不愿意去呢？他给我们划船是按钟点论报酬的，划一点钟有三角钱，多划一点钟，当然可以多得三角钱。

"不行，我们一定要上去。你看现在月亮这样好。机会万不可以失掉。明天说不定就会下雨。"张热心地继续说。仰头去望月亮，带了梦幻的样子。我想他大概被他底理想中的胜景迷住了。

"你快把船靠过去罢，我们自己会上岸的。"黄坚决地对舟子说。

"你把船摇到那里再说。要是真的不可以上岸，我们在船上看看就是了。"我用这样的话来调解他们两人的争辩。

船到了苏堤边。舟子停了桨，先说："你们先生看可以上去吗？"

他这问话底意思当然是：不可以上去。我很懂得。不过我马上也不能够决定这个问题。我看见船靠在树下。这一带尽是树木，并不很密，树间也有可走的路。但是我底眼睛分辨不出究竟那些路是被水淹了，是污泥，沼泽，或是干燥可走的土地。我仿佛觉得那是泥沼。我正想说："那是泥沼，恐怕没法到堤上去罢。"

"等我试试看。"黄马上站起来，手挽着树枝，使船靠得近一点，拣了干燥的地方走上去了。他站在树丛中，回头叫我们。张在那里拾他底手帕。我便跨过去，预备先上岸。我知道黄走过的地方是可以走的。

"先生，我不划了。请你把钱给我，让我回去罢。"舟子苦恼地说。

"为什么不肯划呢？"我惊异地问，"我们还是照钟点算钱，上岸去玩一会儿，你不是可以多得点钱吗？"

"我不划了，你们把钱给我。我从来没有给人家这样划过的。"他气愤地说，向我伸了手。

"黄，下来，我们不要上去了。我们还是坐船到博览会塔去罢。"我听了舟子底话觉得很扫兴，便对着黄这样大声叫道。

"上面好得很，你们快点上来。先游了这里，等一会儿再到博览会塔去！"黄在堤上快活地大声叫。他又转身往前面走。

"我不等了，你们另外雇船吧。"舟子短短地说。我不知道他为什么这样爱生气。

"我们在上面并不要玩许久，马上就要回去的。你沿着堤荡桨，把船摇到那边等我们。"我看见一方面黄不肯下来，而张又在这时候上了岸去，一方面舟子又是如此顽固不化，便极力来开导他。

"你们上岸去，又不认识路，说不定把路走错了，会叫我等三五个钟头。"他捺住了愤怒说。

我明白他底意思了。在短时间，在一两分钟以内，我是受伤了。我底小资产阶级的骄傲受伤了。

原来一切都是托辞。总而言之，他疑心我们会骗他。上岸去当然可以步行或者坐车回旅馆。这里不比在三潭印月孤另另立在湖中，没有船便不能出去。他也许有理由。也许有这经验，可是他却把我们冤枉了。我可以发誓，我们想也没有想到这上面去。

我被人疑为骗子！我的小资产阶级的骄傲受伤了。我感到了很大的侮辱。我极力忍耐住，不要叫自己发怒。我只是气愤愤地对站在堤上的黄叫道："黄，不要去了。他不肯等我们。他疑心我们会不给他船钱，就从岸上逃走的。"

舟子咕噜地分辩着，并不让我把话说完。然而我知道他是在强辩。

黄似乎没有听清楚我的话。他大声叫："不要多说了。快上来叫船摇到西泠寺等我们。"

"他疑心我们会骗他的船钱，我们还上去干什么？"我这样叫。

"你快点上来，不要管他。"张这样催我，他也许被前面的胜景迷住了，并不注意舟子的话，也不注意我的话。他开始转身走了。

我看见这样子便打算把脚踏上岸去。那舟子忽然抓住我的手臂。我吃惊地看了他一眼。虽然是在树阴下，月光被我们头上的树叶遮住了，朦胧中看不清楚他的脸，但是我却仿佛觉得有一对忍受的，苦恼的大眼在我的眼前晃着。

"先生，请你看清楚这只船的号头。"他不等我发问就先开口了。他把船的号数指给我看，我俯下身子看清楚了是五十三号，我相信我可以记住这个号数。我不明白他为什么要我知道这个号数，难道真是怕我们回来时不认识他的船吗？这意思我还不大明了，但我决定上岸去了。

"先生，你看清楚船的号数了，那么请你放点东西在船上……"

我不再听下去了。我明白一切了。他还是不相信我们。我俯下头看我的身子，我没有一件可以留在船上的东西，而且即使有，我也决定不再留下什么东西了。他不相信我，我一定要使他明白自己的错误。如果我留下东西，岂不是始终没有机会对他证明出来我是一个可信的人吗？

我于是说了"不要紧"三个字，就大步走上去了。我要赶上他们，张与黄。

"我划到岳坟等你们吗？"舟子在后面大声叫，声音里似乎充满焦虑，但是我不去管他。

"不，在西泠寺前面等。"黄先生这样大声回答了舟子。

他的话舟子似乎不懂，而且也有点不明白。西泠寺这个名称，我是第一次听见的。

"我在楼外楼等罢。"舟子这样叫。

"不，给你说是在西泠寺。"黄坚持说，并不知道自己的错误。

我笑着对黄说："只有西泠印社或西泠桥，从没有听见说西泠寺。"又一面大声对舟子说："好，就在楼外楼等吧。"我想多走几步路也好，免得和舟子打麻烦。

我们已经走出了树丛，现在是在被月光梳洗着的马路上了。

这里我在一年前曾经来游过，那是第一次。当时正在修路，到处飞扬着尘土；又是在白日，头上是那一轮炎热的骄阳。我额上流着汗滴，鞋里贮着沙石，走完了苏堤，只感到疲倦，并不曾得着良好的印象。

如今没有一点人声，没有一盏灯光，马路在月光中伸长出去，两旁的树木也连接无尽，看不见路和树底尽头。眼所触，都是清冷，新鲜。密丛丛的桑树遮住了两边的月景，偶尔从树间漏出了一线的明亮的蓝天——这是水里的天。

"真好极了！竟然是这么清凉的境界！"张仰起头深深吸了一口气然后赞叹说。

"你还叫我们不要上来，你几乎受了舟子的骗。"黄得意地对我说，"你看这里多么好，比三潭印月好得多！"

我只是笑。我觉得我的笑有点不自然。我极力在除去我脑中的另一种思想。

我们走过一道桥。我们站在桥上，湖水豁然地展现在我们的眼前了。这一道堤明显地给湖水划分了两界限。在左边的水面是荷叶，是浮萍，是断梗，密层层的一片；可惜是荷花刚刚开过了。在右边是明亮的缎子似的水，没有一点波浪，没有一点污泥，水底还是一个蓝天，和几片白云。虽然月亮的影儿不曾留在水底，但是月光却在水面流动。远远的，在湖水底边际有模糊的山影，也有明亮的或者暗淡的灯光，还有湖中的几丛丛的柳树，三潭印月的灯光。游船不过几只，比较看得清楚的是我们的那一只。那舟子慢慢儿荡着桨，把船靠在湖心，直向着有灯光，有树影，有房屋的白堤洞去。

"你看他划得这样慢，"黄不满意地说，一面大声对着那只船叫，"划快一点！"船上果然起了含糊的应声。船还是向前面流。我仿佛看见那个舟子吃力地划着船，带着苦恼的面容，不时偷眼往苏堤这面看。其实我看不见什么，我只看见船底黑影与人的黑影在明亮的水面上动着罢了。

我突然被一种好奇心缠住了。我想要是我们果真就在白堤上坐了车回旅馆去呢，在月光下，斜卧在人力车上，听着那当当的铃声，让健壮的车夫把我们拖过白堤的光滑平坦的柏油马路，回到湖滨的旅馆里，把那个怀着战抖的心的舟子留在楼外楼下面空等着，等了一点钟，两点钟，等到无可等待的时候，只得划着空船回去，以后他在什么地方去找我们呢？我们明天就要离开杭州了，我们是很安全的。而他呢，他就会受到一次惩罚了。他会后悔不该乱怀疑人。他会因了这次要到手却又失掉的钱而苦恼。或者他竟然会因此失去一顿早餐，这倒不至于，不过我希望能够如此。于是我的耳边起了他的自怨自艾的话语，他的叹气，他的哭泣，他的咒骂。我觉得我感到了一种满足，复仇的满足和好奇的满足。

我们这时候又走过了一道桥了。可是周围的一切已经不复是先前那样地明亮了，它们在我的眼前开始暗淡了。月下的马路，浓密的丛树，明亮的湖水，模糊的山影，都不再像先前那样的美丽了。我底脑里现了一个悔恨的，朴实的脸庞和一对忍受的，苦恼的眼睛。这占据了我的头脑，把别的一切都给我驱逐了。我底耳边又接连地起了自怨自艾的语，叹气，哭泣和咒骂。我差不多完全沉醉在这想象中了，我底脸上浮出了满足的微笑。我底心开展了。我慢慢儿下着脚步。

过了一些时候，我底心又开始空虚了。刚才的满足已经不知道消失在什么地方去了。它来得那么快，飞去也是这般速。依旧是月光下的马路，依旧是慢慢儿下着脚步的我。可是这颗心里总是缺少点什么东西，总觉得歉歉然。这时候再想到逃走的计划，觉得一点儿没有意思，复仇和好奇已经不复能够激动我了。我只感到一种细微的悲哀，一种无名的悲哀。

张和黄不住地赞美周围的景色和月光底美丽，谈着种种的话，这已经引不起我的兴趣了。

我们看见了路灯遇见了人，两三个人，走过了最后的一道桥。我们走完了苏堤。

黄后悔地发觉自己说错了地方。原来在这里泊了几只小船，我们本来可以在这里下船的。于是我们下了堤，转了弯，走到岳坟旁边的码头。这时候我才明白舟子的话是对的，他本来说要在这里等我们。我们还不能说是十分认识路。

"起先应该叫他把船停在这里就好了！"黄后悔说。

"他本来说把船停在岳坟等我们，你却叫他靠到白堤上去，这是你底错。"我这样的抱怨他。

"我起先不知道这里就是岳坟。"黄笑着说。他一面说着把眼睛向白堤那面看。

"我们叫他把船摇过来好了，他刚刚摇到了那边。"黄这样说了，并不征求我们底同意，就用手在嘴边做个扬声筒大声叫："喂，把船摇过来！喂，把船摇过来！"

我向楼外楼那边看。我看见了灯烛辉煌的楼外楼酒馆，我看见了楼前的马路，看见了岸边泊在柳树下面的几只小船。

从那边，从小船上送来了应声，接着又是黄底"喂，把船摇过来"的叫喊。我们等待着。

"不要叫他摇过来，还是我们走过去罢。在月夜多散步也不坏。"张忽然举头望着秋瑾墓前的柳树说。

我无意间向秋瑾墓那边看去。稀疏的一排高柳向岸边垂着，丛生的小草点缀了墓前的一条石板道。没有一点灯光，月光从树梢洒下来，把柳枝的纤细的影儿映在石板道上。没有风把柳树吹动，没有脚步扰乱草间的虫鸣。我便附和着张说："好，还是散步好些，也没有多少路，并不远。"

"然而船已经摇过来了。"黄反对说："你们早又不说！"这时候船已经走在半路上了，好像比先前快了许多。

"那么就叫船摇回去，我们还是在那里上船罢。"张提议说。

"船既然摇过来了，就坐上去吧。何苦叫那舟子摇来摇去！他不是已经疑心我们有意骗他吗？何苦老是叫他担心！"我说了自己不愿听的话。我不愿意去看张底脸，因为我知道会在他底脸上看到什么东西。我又一次转头去望秋瑾墓。我想只要走十多步路的光景，我们就可以在垂柳拂着的石板道上散步了。然而我却不得不抛弃了这思想。

船摇过来了。黄第一个就抱怨舟子说："你划得这样慢！"

舟子似乎并不会留心听黄底话，他只顾说："你们先生叫我在楼外楼等着的。"出乎我的意料之外，他底声音里充满了极大的喜悦。用什么话来形容这种喜悦才适当呢？就说是绝处逢生罢。

我不由自主地看他底脸。恰巧他无意间把头往上面一仰，月光在他底脸上掠过。我看见那是一张朴实喜悦的脸。我觉得自己也被一种意外的喜悦感动了。我长久不想说话。

船在水面上淌着，比先前要快了许多。这一次我和张黄换了座位。我和舟子离得很近。我掉过头注意地默默观察他的动作。我觉得现在的他和先前的他完全变了两个人。先前的一个是苦恼的，现在的一个是快乐的。而且现在的比先前的似乎还要年青些。

我想我也许还不知道他底喜悦底真实原因，但我自己也被一种从来没感到过的喜悦占有了。我觉得这一次我才是真正地满足了。我想笑，我想哭。我很庆幸，庆幸那好奇心，复仇心，并不曾征服了我……

最后我们回到了湖滨。我在他应得的船钱外，又多付了一半给他。我微笑地看着他。他非常喜悦。非常感动地接了钱现出千恩万谢的样子。

我们要走开了，忽然我觉得非跟他说一两句话不可。究竟这是什么缘故，我也不知道。不过我确实跟他说了一句话。我问他："你家里还有什么人吗?"我底意思并不是要说这一句话，然而我却这样说了。

"一个女儿……只有一个女儿……她病在床上……现在有钱给她买药了……"他断续地说，他颓唐地把头垂到胸前。他底喜悦在一刹那间完全没有了。

我呆立在码头上。我不会预备着从他那里会听到这样的答话，我不知道究竟怎样做才好。我也想不到应该拿什么话安慰他。

他忽然拔了脚就跑。我慢慢地转过头，我看见他还在不远的地方跟一个人说话，但是一转眼间他就消失在人丛中了。

张黄两个人走回来，惊奇的絮絮问我立在码头上干什么，我只是苦笑。

最后我还应该补说一句：因为时候迟了，博览会塔那里今天晚上并没有去。

选自巴金著，王一平编：《巴金散文集》，艺光出版社，民国三十三年（1944）四月

最初的回忆

"这孩子本来是给你的弟妇的，因为怕她不会好好待他，所以如今送给你。"

这是母亲在她的梦里听见的"送子娘娘"的说话。每当晴明的午后母亲在她那间朝南的屋子里做针线的时候，她常常对我们弟兄姊妹（或者还有女佣在场）叙说这个奇怪的梦。

"第二天就把你生下来了。"

母亲说着这话时，就抬起她的圆圆脸，用爱怜横溢的眼光看我，我那时站在她的身边。

"却想不到是一个这样淘气的孩子！"

母亲微微一笑，我们也都微笑。

母亲是爱我的。虽然她有时候笑着说我是淘气的孩子，可是她从来没有骂过我。她使我在温柔和平的空气里度过了我的幼年时代。一张温和的圆圆脸，被刨花水抿得光滑的头发，常常带着微笑的嘴。淡青色湖绉滚宽边的大袖短袄，没有领。我每次回溯到我的最远的过去，我的头脑里就浮现了母亲的面颜。我的最初的回忆是不能够和母亲分离开的。我尤其不能够忘掉的是母亲的温柔的声音。

四五岁光景我跟母亲从成都到了广元县，这地方靠近陕西，父亲在那里做县官。在我的模糊的记忆里，"广元"两个字比较显明地时时现了出来。

衙门，很大一个地方，进去是一大块空地，两旁是监牢，大堂，二堂，三堂，四堂，还有草地，还有稀疏的桑林，算起来总有六七进。我们的住房是在三堂里面。

最初我跟着母亲睡，睡在母亲那间大的架子床上。热天床架上挂着罗纹帐子或者麻布帐子，冷天挂着白布帐子。帐子外面有一点灯光在抖动，这是从方桌上的一盏油灯里发出来的。清油灯，长的颈项，圆的灯盘，黯淡的灯光，有时候灯草上结了黑的灯花，必剥必剥地燃着。

但是我躺在被窝里，我并不害怕。我常常睁起眼睛，看着母亲的和平的睡脸。我想着母亲这两个字的意义。

白天，我们进书房去读书，地方是在二堂旁边。窗外有一个小小的花园。

先生是一个温和的中年人，永远对着我们摆起那一付和善的面。他会绘地图，他还会绘铅笔画。他有着彩色铅笔，这是我们最羡慕的。学生是我的两个哥哥、两个姐姐和我。

一个老书僮服侍我们。这人名叫贾福，六十岁的年纪，头发已经白了。

在书房里我早晨认几十个字，下午读几页书，每天很早就放学出来。三哥的功课和我一样，他比我只大一岁多。

贾福把我们送到母亲的房里。我们给母亲行了礼。她给我们吃一点糖果。我们在母亲的房里玩了一会儿。

"香儿。"三哥开始叫起来。我也叫着这个丫头的名字。

一个十二三岁的瓜子脸的女子跑了进来。露着一脸的笑容。

"偕我们到四堂后面去玩！"

她高兴地微笑了。

"香儿，你小心照应他们！"母亲这样吩咐。

"是。"她应了一声，就带着我们出去了。

我们穿过后房的门出去。我们走下石阶，就往草地上跑。草地的两边种了几排桑树，中间露出一条宽的过道。桑叶是肥大的。两三只花鸡在过道中间跑。

"我们快来拾桑果！"

香儿的脸上放了光，她牵着我的手往桑树下面跑。馥郁的桑葚的甜香马上扑进我的鼻里。

"好香呀！"

满地都是桑葚，深紫色果子，有许多碎了，是跌碎了的，是被鸡的脚爪踏坏了的，是被鸡的嘴壳啄破了的。到处是鲜艳的深紫色的汁水。我们兜起衣襟，躬着腰去拾桑葚。

"真可惜！"香儿一面说，就拣了几颗完好的桑葚往口里送。我们也吃几颗。我看见香儿的嘴唇染得红红的，她还在吃。三哥的嘴唇也是红红的，我的两手也是。

"看你们的嘴！"

香儿扑嗤笑起来。她摸出手帕给我们揩了嘴。

"手也是。"她又给我们揩了手。

"你自己看不见你的嘴？"三哥望着她的嘴笑。

在后面四堂里鸡叫了。

"我们快去拾鸡蛋！"

香儿连忙揩了她的嘴，就牵起我们往里面跑。我们把满兜的桑葚都倾在地上了。

我们跑过一个大的干草堆。草地上一只麻花鸡伸长了颈子得意地在那里一面走，一面叫。我们追过去。这只鸡惊叫地扑着翅膀跳开了。别的鸡也往四面跑。

"我们看哪一个先找着鸡蛋？"香儿这样提议。结果总是她找着了那个鸡蛋。有时候我也会找着的，因为我很知道平时鸡爱在什么地方生蛋。香儿虽然比我聪明，可是对于鸡的事情我知道的就不见得比她少。

鸡是我的伴侣。不，它们是我的军队。鸡的兵营就在三堂后面。这草地上两边都有石阶，阶上有房屋，阶下就种着桑树。左边的一排平房；大半是平日放旧家具的地方。最末的一个空敞房间就做了鸡房，里面放了好几只鸡笼。

鸡的数目是二十几只，我给它们都起了名字。大花鸡，这是最肥的一只，松绿色的羽毛上加了不少的白点。凤头鸡，这只鸡有着灰色的羽毛，黑的斑点，头上多一撮毛。麻花鸡，是一只有着黑黄的小斑点的鸡。小凤头鸡比凤头鸡身子要小一点，除了头上多一撮毛外，和普通的母鸡就没有一点分别。乌骨鸡，它连脚、连嘴壳，都是乌黑的。还有黑鸡、白鸡、小花鸡，——各种各类的名称。

每天早晨一起床，洗了脸，我就叫香儿陪我到后面鸡房那里去。香儿给我把鸡房的门打开了。我们揭起了每一只鸡笼。我把一只一只的鸡依着次序点了名。

"去吧，好好地去玩!"

我们撒了几把米在地上，让它们来围着吃。我便走了，进书房去了。

下午我很早就放学出来，三哥有时候要比较迟一点才放学。我一个人偷偷地跑到四堂后面去。

我睡在高高的干草堆上。干草是温暖的，我就觉得是睡在床上。温和的阳光爱抚着我的脸，就像母亲的手在抚摩。我半睁开眼睛，望着鸡群在下面地上嬉戏。周围是很静寂的，没有人来惊扰我。

"大花鸡，不要叫! 再叫给别人听见了，会把鸡蛋给你拿走的。"

那只大花鸡得意地在草地踱着，高声叫起来。我叫它不要叫，没有用。我只得从草堆上爬起来，去拾了鸡蛋揣在怀里。大花鸡爱在草堆里生蛋，所以我很容易地就找着了。鸡蛋还是热烘烘的，上面粘了一点鸡毛。是一个很可爱的大的鸡蛋。

或者小凤头鸡被麻花鸡在翅膀上啄了一下就跑开了。我便吩咐它:

"不要跑呀! 喂，小凤头鸡，你怕麻花鸡做什么?"

有时候我同三哥在一起，我们就想出种种方法来指挥鸡群游戏。我们永远不会觉得寂寞的。

傍晚吃过午饭后（我们就叫这做午饭），我等着天快要黑了时，就和三哥一起，叫香儿陪伴着，去把鸡一一地赶进了鸡房，把它们全照应进了鸡笼。我又点一次名，看见不会少掉一只鸡，这才放了心。

有一天傍晚点名的时候，我忽然发觉少了一只鸡。我着急起来，要往四堂后面去找。

"太太今天吩咐何师傅捉去杀掉了。"

香儿望着我窃笑。

"杀掉了？"

"你今天下午没有吃过鸡肉吗？"

不错，我吃过！那碗红烧鸡，味道很不错。我没有话说了。心里却有些不舒服。

过了三四天，那只黑鸡又不见了。点名的时候，我望着香儿的笑脸，我气得流出眼泪来。

"都是你的错！你坏得很！他们来捉鸡去杀，你晓得，你为什么不告诉我？"我捏起小拳头要打香儿。

"你不要打我，我下次告诉你，就是了。"香儿笑着向我告饶。

然而那只可爱的黑鸡的影子我再也看不见了。又过了好几天，我已经忘掉了黑鸡的事情。

一个早上，我从书房里放学出来。我走过石栏杆围着的长廊，在拐门里遇见了香儿。

"四少爷，我正在等你！"

"什么事情？"我看见她那种着急的神气，知道有什么大事情发生了。

"太太又叫何师傅杀鸡了。"她拉着我的手往里面走。

"哪一只鸡？快说。"我圆睁着一对小眼睛看她。

"就是那只大花鸡。"

大花鸡，那只最肥的，松绿色的羽毛上长着不少白色斑点。我最爱它！我马上挣脱香儿的手，就拼命往里面跑。

我一口气跑进了母亲的房里。我满头是汗，我还在喘气。

母亲坐在床边椅子上。我就把上半身压着她的膝头。"妈妈，你不要杀我的鸡！那只大花鸡是我的！我不准人家杀它！"我拉着母亲的手哀求着。

"我说是什么大事情！你这样着急地跑进来，原来是为着一只鸡。"母亲温和地笑起来，摸出手帕给我揩了额上的汗。

"杀一只鸡，值得这样着急吗？今天下午做了菜，大家都有吃的。"

"我不吃，妈，我要那只大花鸡，我不准人杀它。那只大花鸡，我最爱的……"我急得哭了出来。

母亲笑了。她用温和的眼光看我："痴儿，这也值得你哭？好，你叫香儿陪你到厨房里去，叫何厨子把那只鸡放了，由你另外选一只鸡来杀。"

"那些鸡都是我喜欢的。随便那一只鸡我都要，我都不准人家杀！"我依旧拉着母亲的手，用哭声说话。

"那却不行，你爹爹吩咐要杀的。你快去，晚了，恐怕那只鸡已经给何厨子杀掉了。"

提起那只大花鸡，我忘掉了一切。我马上拉起香儿的手跑出了母亲的房间。我们气咻咻地跑进了厨房。何厨子正把手里的大花鸡往地上一掷。

"完了，杀掉了。"

香儿叹口气，就呆呆地站住了。大花鸡在地上扑翅膀，慢慢地移动。松绿色的羽毛上染了几团血。

我跑到它的面前，叫了一声："大花鸡。"它闭着眼睛，垂着头，在那里乱扑。身子在肮脏的土地上擦摩着。颈项上现了一个大的伤口，血正从那里面滴出来。我从没有看见过这样的一幕死的挣扎！我不敢伸手去挨它。我只顾恐怖地看着。别人在旁边笑起来。

"四少爷，你哭你的大花鸡呀！"这是何厨子的带笑的声音。

他这凶手！他亲手杀死了我的大花鸡。我气得身子发抖。我的眼睛也模糊了。我一回头就拔步跑，我不顾香儿在后面唤我。我跑进母亲的房里就把头靠在她的怀中放声大哭起来。

"妈妈，把我的大花鸡还给我！……"

母亲温柔地劝慰我，她称我做痴儿。为了这事我被人嘲笑了好些时候。

这天午饭时桌子上果然添了两样鸡肉做的菜。我看着那一个盘子和那一个菜碗，我就想起了大花鸡平日得意地叫着的姿态。我始终不曾在那盘子和菜碗里下过一次筷子。

晚上杨嫂安慰我说，鸡被杀了就可以投生去做人。她又告诉过我，那只鸡一定可以投生去做人，因为杀鸡的时候，袁嫂在厨房里念过了"往生咒"。

我并不相信这个女佣的话，因为离现实太远了，我看不见。

"为什么做了鸡，就该被人杀死来做菜吃？"我这样问母亲，得不着回答。我这样问先生，也得不着回答。问别的人，也得不着回答。别人认为是很自然的事情，我却始终不懂得。

对于别人，鸡不过是一只家禽。对于我，它却是我的伴侣，我的军队。我认识它们，就像认识别的人。然而我的一个最好的兵就这样地消失了。

从此我对于鸡的事情，对于这为了给人类做食物而活着的鸡的事情，就失掉了兴味。不过我还在照料那些剩余的鸡，让它们次第做了菜碗里的牺牲品。凤头鸡也不能够是例外的一个。

在女佣里面，除了香儿常常陪着我们玩耍外，还有一个杨嫂负责照应我们的责任。高个儿身材，长的脸，大的眼睛，年级三十几岁，一双小脚。我们很喜欢她。

她记得许多神仙和妖精的故事。晚上我和三哥常常找个机会躲在她的房里。逼着她给我们讲故事。香儿也参加，她对这种事情也是很喜欢的。

杨嫂很有口才。她的故事比什么都好听，听完了故事，我们说害怕，就要她把我们送回到母亲房里去。

夜间，桑树叶一簇一簇的遮住了天，周围很阴暗。草地上常常有声音。我们几个人的脚步在石阶上走的很响。杨嫂手里捏着油纸捻子，火光在晃动。

回到母亲房里，玩一会儿，杨嫂就服侍我在母亲的床上睡了。三哥跟着大哥去睡。

杨嫂喜欢喝酒，她年年都要泡桑葚酒。

桑葚熟透了的时候，草地上布满了紫色的果实。我和三哥，还有香儿，我们常常去拾桑葚。熟透了的桑葚，那甜香真正叫人的喉咙痒。我们一面拾，一面吃，每次拾了满衣兜的桑葚。

"这样多，这样好！"

我们每次把杨嫂叫到她的房里去，把一堆堆的深紫色的桑葚指给她看时，她总要做出惊喜的样子说话。她拣几颗放在鼻子上闻，然后就放进了嘴里。

我们四个人围着桌子吃桑葚。我们的手上都染了桑葚汁，染得红红的，嘴也是。

"够了，不准再吃了。"她撩起衣襟揩拭了嘴唇，便去把立柜门打开了，拿出一个酒瓶来。她把桑葚塞进一个瓶里，一个瓶子容不下，她又去取了第二个，第三个。每个瓶里盛着大半瓶白色的酒。

忆江南（怀旧）

南唐李后主

多少恨

昨夜梦魂中

还似旧时游上苑

车如流水马如龙

花月正春风

从母亲那里我学到了这歌儿似的叫做"词"的东西。母亲剪了些白纸头订成好几本小册子。我的两个姐姐各有一本。后来我和三哥每个人也有了这样的一本小册子。母亲差不多每天要在小册子上面写下一首词，是依着顺序从白香词里抄录来的。是母亲手写的娟秀的小字。很整齐的排列着。晚上在方桌前面，清油灯光下，我和三哥靠了母亲站着，手里捧了小册，母亲用温柔的声音给我们读着小册子上面写的字。这是我们幼年时代的唯一的音乐。我们跟了母亲读着每一个字，直到我们可以把一些字连接起来读成一句为止，于是母亲给我们拿出那根牛骨做的印圈点的东西和一盒印泥来。我们弟兄两个就跪在方凳子上面，专心地给读过的那首词加上了圈点。第二个晚上我们又在母亲的面前温习那首词，直到我们能够把它背诵出来。我们从没有一个时候觉得读书是一件苦的事情。

　　但是不到几个月母亲就生了我的第二个妹妹。我们的小册子里有两个多月不曾添上新的词。而且从那时候起我就和二哥同睡在一张床上，在另一个房间里面。杨嫂把她的床铺搬到我们的房里来。她陪伴我们，她照料我们。

　　这第二个妹妹，我们叫她做十妹。她出世的时候，我在梦里，我完全不知道。早晨睁起眼睛，阳光已经照在床上了。母亲头上束了一根帕子，她望着我笑。旁边突然起了初生儿的啼声。杨嫂也望着我微笑。我心里起了一种莫名其妙的感觉。这是我睡在母亲床上的最后一天了。

　　秋天，天气渐渐凉起来。我们恢复了读词的事情。每天晚上，二更锣一响，我们就阖上那本小册子。

　　"叫杨嫂领你们去睡罢。"母亲温和地抚摩我们的头发。我们和母亲道了晚安，带着疲倦的眼睛，走出去。

　　"杨嫂，我们要睡了。"常常是三哥先叫唤。

　　"来了！"这温和的应声过后，杨嫂的高个儿身材出现在我们的眼前。她拿手牵起我们。一只手牵一个。她的手比起妈妈的来，要粗糙得多。我们走过了堂屋，穿过了大哥的房间。有时候我们也从母亲的后房后面走。

进了我们的房间。房间里有两张床：一张是我同三哥睡的，另一张是杨嫂一个人睡的，杨嫂爱清洁。所以她把房间和床铺都收拾得很干净。她不许我们在地板上吐痰，她不许我们在床上翻筋斗。她还不许我们做别的一些事情。但我们并不恨她，我们喜欢她。

临睡时，她叫我们站在旁边等她把被褥铺好。她给我们脱了衣服，把我们送进了被窝里。

"你不要就走开！给我们讲一个故事！"她正要放下帐子，我们就齐声叫起来。

她果然就在床沿上坐下来，开始给我们讲故事。有时候我们要听完了一个满意的故事才肯睡觉。有时候我们就在她叙述的当儿闭了那疲倦的眼睛，完全不知道她在说些什么。什么神仙、剑侠、妖精、公子、小姐……我们都不去管他了。

生活就是这样和平的。没有眼泪，没有悲哀，没有愤怒。有的只是平静的喜悦。

刚刚翻过了冬天，情形又改变了。

晚上我们照例把那本小册子阖起了交给母亲。外面响着二更的锣。

"叫你二姊领你们去睡罢。杨嫂病了。"母亲亲自把我们送到房间里。二姊牵着三哥的手，我的手是母亲牵着的。

母亲照料着二姊把我们安置在被窝里，又嘱咐我们好好地睡觉。母亲走了以后，我们两个睁起眼睛望着帐顶，然后又把脸掉过来对望着。二姊在另一张床上咳了几声嗽。她代替杨嫂来陪伴我们。她就睡在杨嫂的床上，不过被褥帐子已经通统换过了。我们不能够闭眼睛，因为我们想起了杨嫂。

三堂后边，右边石阶上的一排平房里面，第四个房间，没有地板，低低的瓦，清油灯放在一张破方桌上面……那是杨嫂从前住过的房间。她如今病着，回到那里去了，就躺在她那床上。外面石阶下是秃了的桑树。从我们的房屋，推开靠里一扇窗户望，可以看得见杨嫂的房间。那里是很冷静的，很寂寞的。除了她这个病人外，就只有袁嫂睡在那房间里。可是袁嫂事情多，睡得比较迟。

这晚上虽然有二姊在那里陪伴我们，我却突然地觉得寂寞起来了。以后也就没有再看见杨嫂，我们只知道杨嫂依旧病着，虽然常常有医生来给她看病，她的病状还没有起色。

二姊把我们照料得很好。她晚上也会给我们讲故事。并且还有香儿给她帮忙。我们就渐渐地把杨嫂忘记了。

"我们去看杨嫂去！"一天下午刚刚从书房里出来，三哥忽然把我的衣襟拉一下，低声和我说。

"好！"我毫不迟疑地点了点头。我们跑进三堂，很快地就到了右边石阶上的第四个房间。没有别人看见我们。我们推开掩着的房门进去了。阴暗的房间，没有一点声音。只有触鼻的臭气。在那一张矮床上，蓝布帐子放下了半幅。一幅旧棉被盖着杨嫂的下半身。她睡着。床面前一个竹凳上放着一碗浓黑的药汁，已经没有热气，我们畏怯地走到了床前。

纸一样白的脸。一头飘蓬的乱发。眼睛闭着。嘴微张开在出气。嘴边留着一圈黄色的痕迹。一只手从被里垂下来，一只又黄又瘦的手。我开始疑惑起来，我有点不相信这个妇人就是杨嫂。我想起那一张笑脸，我想起那一张讲故事的嘴，我想起大碗的桑葚和一瓶一瓶的桑葚酒。我仿佛在做梦。我又感到了哭泣的心情。

"杨嫂，杨嫂。"我们兄弟两个齐声叫起来。

她的鼻子里发出一个细微的声音。她那只垂下来的手慢慢儿动了。身子也微微动着。嘴里发出一个含糊的声音。眼睛睁开了，闭了，又睁开得更大一点。她的眼光落在我们两个的脸上。她的嘴唇微微动了一下，好像要笑。

"杨嫂，我们来看你。"三哥先说，我便接着说。

她勉强笑了，慢慢地举起手去抚摩三哥的头。"你们来了。你们还记挂得我吗？……你们好吧？……现在有什么人在照应你们？……"

声音是多么微弱无力，就像叹息声。

"二姊在照应我们。妈妈也时常来照应我们。"三哥的声音里似乎淌出了眼泪。

"好。我放心了。……我真正记挂你们。我天天，我时时刻刻都在想你们。……我怕你们离了我觉得不方便……"她说话有些吃力，那两只失神的眼珠不住地在我们弟兄的脸上转。眼光还是像从前那样地和善，可是又多了一些别的东西。她这看人，真要把我的眼泪也勾引出来了。我爱怜地一把抓住了她的手。这只手是冷冰冰的。她的眼光完全定在我的脸上。

"你，你近来不顽皮吗？……你还记得我。我的病不要紧，过几天就会好的。"

我想不出一句话来说，却把眼泪滴到她的手上。

"你哭了！你的心肠真好。不要哭，我的病就会好的。"她抚摩着我的头。

"你不要哭，我又不是一只鸡呀！"她还记得那大花鸡的事情，拿来和我开玩笑。我微笑了一笑，心里却只想哭。

"你们看，我的记性真坏！这碗药恐怕又冷了，我却忘记了喝它。"她把眼光向外面一转，瞥见了竹凳上的药碗，便把眉头一皱，说着话就要撑起身子来拿药碗。

"你不要起来，不要动，等我们端给你。"三哥抢着先把药碗捧在手里。

"冷了吃不得。我拿去叫人给你弄热。"三哥说着就往外面走。

"你不要去，三少爷，你给我端回来！冷了喝下去是一样的。常常去惊动别人，人家会怪我花样多。"她费力撑起身子，挣红了脸，着急地阻止着三哥。

三哥把药碗捧了回来，泼了一些药汁在地上。她一把夺过了药碗，把脸俯在药碗上面，大口地喝着。听见那大的响声，我仿佛看见药汁怎样通过她的喉管，流进了她的肚里。

她抬起头来，把空碗递给了三哥。她的脸上还带着红色。她用手在嘴上一抹，抹去了嘴边的药渣，就颓然地倒下去，长叹一声，好像已经用尽了气力。她闭上眼睛，不再睁开看我们一眼。鼻子里发出了低微的吼声。她的脸渐渐地在退色。我们默默地站了半晌。房间里一秒钟一秒钟地变得阴暗起来。我的脸对着三哥的脸，那眼光好像带了恐怖地在问：

"怎么办？"

没有回答。

"三少爷，四少爷，四少爷，三少爷！"在外面远远地香儿用了那带点调皮的声音叫起来。

"走吧。"我连忙去拉三哥的衣襟。在石阶上我们被香儿看见了。

"你们偷偷跑到杨大娘房里去过了。我要去告诉太太。"香儿走过来，见面就说出这种话。她的脸上得意的笑。

"太太吩咐过我不要带你们去看杨大娘。"

"你真坏！不准你向太太多嘴！我们不怕！"

香儿果然把这件事情告诉了母亲。母亲并没有责骂我们。她只说我们以后不可以再到杨嫂的房间里去。不过她并没有说出理由来。

日子一天一天地过去，像水流一般地快。然而杨嫂的病不但不曾好，反而一天天地加重了。我们经过三堂后面那条宽的过道，往四堂里去的时候，常常听见杨嫂的奇怪的呻吟声。听说她不肯吃药。听说她有时候还会发出撕裂人心的怪叫。我不敢再走三堂后面经过，我怕听她那种怪叫。人一提起杨嫂就马上做出恐怖的，严肃的表情。

"天真正没有眼睛；像杨嫂这样的好人怎么生这样的病！"母亲好几次一面叹气，一面对众人说着这样的话。但我却不知道杨嫂究竟生的是什么病。我只知道广元县没有一个好医生，因为大家都是这样说。

又过了好几天。

"四少爷，你快去看，杨大嫂在吃虱子！"

一个下午，我比三哥先放学出来，在拐门里遇到香儿，她拉着我的膀子，对我做了一个惊奇的歪脸。

"我躲在门外头看。她解开衣服捉虱子，捉到一个就丢进嘴里，咬一口。她接连丢了好几个进去。她一面吃，一面笑，一面骂。她后来又脱了裹脚布放在嘴里嚼。真脏！"香儿极力在摹仿杨嫂的那些样子。她自己不觉得有一些儿残酷。

"我不要看！"我生气地挣脱了香儿的手，就往母亲的房里跑。

虱子，裹脚布，在我的头脑里和杨嫂连接起来。我想起杨嫂从前是很爱干净的。我不说一句话，就把头放在母亲的怀里哭了。母亲费了好些功夫来安慰我。她一面含着眼泪对父亲说：

"杨嫂的病不会好了。我们给她买一付好点的棺材罢。她服侍我们这几年，很忠心。待三儿、四儿又是那样好，就和自己亲生的差不多！"母亲的话又把我的眼泪引出来了。我第一次懂得死字的意思了。

可是杨嫂并不死，虽然医生已经说那病是无法医治的了。她依旧活着，吃虱子，嚼裹脚布，说胡话，怪叫，于是每个人对这事情都失了兴趣，没有谁再到她的房门外去偷听了。一提起杨嫂吃虱子……大家都不高兴地皱着眉头。

"天呀！有什么法子使她早些死掉，免得受这种活罪。"大家都希望她马上死，却找不到使她早死的方法。一个堂勇提议拿毒药给她吃，母亲第一个就反对这提议。

但是杨嫂的存在，却使得全个衙门都被一种忧郁的空气笼罩了。每个人听见说杨嫂还没有死，得马上就把脸沉下来，好像听见一个不祥的消息。许多人的好心都在希望着一个人死，这个人却是他们所爱的人。然而他们的希望终于实现了。

一个傍晚，我们一家人在吃午饭。

"杨大娘死了！"香儿气咻咻的跑进房来，开口就报告这一个好消息。袁嫂跟着走进来证实了香儿的话。杨嫂的死是毫无疑惑的了。

"谢天谢地！"母亲马上把筷子放下，全桌子的人都嘘了一口长气，就像长时期的忧虑被一阵风吹散了。仿佛没有一个人觉得死是一件可怕的事情。然而谁也无心吃饭了。

我最先注意到母亲眼里的泪珠。健康的杨嫂的面影在我的眼前活泼地现出来。我终于把饭碗推开，俯在桌子上哭了。我哭得很伤心，就像前次哭大花鸡那样。同时我想起了杨嫂的最后的话。

一个多月以后母亲和我们谈起了杨嫂的事情：她是一个寡妇。她在我们家里一共做了四年的女佣。临死时她还不满三十岁。我所知道的关于她的事情就只是这一点儿。

她跟着我们从成都来，却不能够跟着我们回成都去。她没有家，也没有亲人。所以我们就把她葬在广元县。她的坟墓在什么地方，我不知道。我也不知道坟前有没有石碑，或者碑上刻着什么字。

"在阴间（鬼的世界）大概无所谓家乡罢，不然杨嫂倒做了异乡的鬼了。"母亲偶尔感叹地对人这样说。

在清明节和中元节，母亲叫人带了些纸钱到杨嫂的坟上去烧。就这样地，死在我的眼前第一次走过了。

我也喜欢读书，因为我喜欢我们的教读先生。这个矮矮身材白面孔的中年人，有种种方法获取我们的敬爱。

"刘先生。"早晨一走进书房，我们就给他行礼。望着他笑。他带笑地点着头。

我和三哥坐在一张条桌前，一个人一个方凳子。我们是跪着的。认方块字，或者读《三字经》《百家姓》《千字文》。

刘先生待我们是再好没有的了。他从来没有骂过我们一句，脸上永远带着温和的微笑。母亲曾经叫贾福传过话，请刘先生不客气地严厉管教我们。但是我却从不知道严厉是什么一回事。我背书背诵不出，刘先生就叫我慢慢儿重读。我愿意什么时候放学，我就在什么时候出去，三哥也是。因为这缘故我们更喜欢书房。而且在满是阳光的温暖书房里，看着大哥和两个姊姊用功读书的样子，看着先生的温和的笑脸，看着贾福的和气的笑脸，我觉得很高兴。

先生常常在给父亲绘地图。我不知道地图是什么东西，拿来做什么用。可是在一张厚厚的白纸上面，绘出许多条纤细的黑线，又填上各种的颜色，究竟是一件有趣的事情。还有许多奇怪的东西，如现今人们所称为圆规之类的。绘了又擦掉，擦了又再绘。那种俯着头专心用功的样子。"刘先生也很辛苦啊！"我时时偷眼去望先生，不禁这样想起来。有时候我和三哥放了学，还回到书房去看先生绘地图。刘先生忽然把地图以及别的新奇的东西收拾了，笑嘻嘻地对我们说："我今晚上给你们画一个娃娃。"这娃娃就是人物图的意思。自然我们的心不能够等到晚上的，我们就逼着他马上绘给我们看。如果这一天大哥和二姊三姊的功课弄得很好，先生比较有多的时间，那么不必要我们多次请求他便答应了。

他拿过那一本大本的线装书，大概就是字课图说罢，随便翻开一页，就把一方裁小了的白纸蒙在上面，用铅笔绘出了一个人，或者还有一两间房屋，或是还有别的东西。然后他拿彩色铅笔涂上了颜色。

"这张给你！"

或者我，或者三哥，接到了这张图画：脸上总要露出捺不住的十分满意的笑容。我们非常喜欢这样的图画。因了这些图画我们更喜欢刘先生，图画一张一张地增加着。我的一个小木匣子里面已经积了好几十张图画了。我是一个缺少着玩具的孩子，所以我把这些图画当作珍宝。每天早晨和晚上我都要把这些图画翻看好一会儿。红的绿的颜色，人和狗和房屋……它们在我的脑子里活动起来。但这些画还不能够使我满足。我梦想着那一张更大的画；有狮子、有老虎、有豹子、有豺狼、有山、有洞……这画我似乎在字课图说，或者别的书里面看见过。先生却不肯绘出来给我们看。有几个晚上我们也跑到书房里去逼着先生要图画。大哥一个人在书房里读夜书，他大概觉得寂寞罢。我们看看先生绘画，或者填颜色。

忽然墙外面起了长的吹哨声。在这静夜里尖锐地响着。先生停了笔倾听着。"在夜里还要跑多远的路呀！"先生似乎也怜悯那个送鸡毛文书的人。"他现在又要换马了！"于是轻微的马蹄声去远了。那时候紧要的信函公文都是专差送达的。他到一个驿站就要换一次马，还有别的预备，所以老远吹起哨子来。

一个下午先生费了两三天的功夫，把我渴望了许久的有山有洞有狮子有老虎的图绘画成功了。我进书房的时候，正看见三哥捧着那张画在快活的微笑。"你看，先生给我的。"这夸耀使得我的眼泪因妒忌而要流出来了。这是一张多么可爱的画，而且我早就梦见先生绘出来给了我的。但是我来迟了一步，它已经在三哥的手里了。"先生，我要！"我红着脸，直跑到刘先生的面前。

"过几天我再绘一张给你。"

"不行，我就要！我非要它不可！"我马上就哭出来，任是先生怎样劝慰，都没有用。同时我的哭也没有用。先生不能够马上就绘出同样的一张画。于是我恨起先生来了。我开口骂他做坏人。先生没有生气，他依旧笑嘻嘻地给我解释。

然而三哥进去告诉了母亲。大哥和二姊把我半拖半抱地弄进母亲的房里。母亲摆出严肃的面孔说了几句责备的话。我止了泪，抽泣的听着。我从来就听从母亲吩咐。最后母亲叫我跟着贾福到书房里去，向先生赔礼，并且她要贾福去传话叫先生打我。我抽泣地让贾福牵着我的手进了书房。但是我并没有向先生赔礼，先生也不曾打我一下。反而先生让我坐在方凳上，他俯着身子给我系好那散了的鞋带。这晚上睡觉的时候我在枕头边拿出那个木匣子，把里面所有的图画翻看了一遍，就慷慨地通统送给了三哥。

"真的？你自己一张也不要？"三哥惊喜地望着我，有点莫名其妙。

"我画不要！"我没有留恋地回答他。

在那时候我确实有着"不完全，则宁无"的思想。从这一天起，我们就再也没有问先生要过图画了。

春天。萌芽的春天。到处散布生命的春天。嫩绿的春天。一天一天地我看见桑树上发了新芽，生了绿叶。

母亲在本地蚕桑局里选了六张好种子。每一张皮纸上面布满了芝麻大小的淡黄色的蚕卵。以后母亲再摊开纸来看时，大部分的蚕卵，都陆续变成了极小的蚕儿。使人充满了好奇的愉快和蚕儿的蠕动。那样小东西！但是蚕儿一天天地大起来。使人充满了更惊奇的喜悦的那么迅速的繁殖。家里的人为了养蚕的事忙碌着。大的簸箕里布满了桑叶，许多根两寸长的蚕子在上面爬着。大家又忙着摘桑叶。这样的簸箕一个一个地增加着。就占据了三堂后面左边的两间平房。这平房离我们的房间最近。每晚上夜深或是母亲或是二姊，三姊，或是袁嫂，总有一次要经过我们房间的后门到蚕房去添加桑叶。常常是香儿拿着煤油灯或者洋烛。有时候我没有睡着，就在床上看见煤油灯光，或者洋烛光。可是她们却以为我已经睡熟了，轻脚轻手地在走路。有时候二更锣没有响过，她们就去加桑叶，我也跟着到蚕房去看。淡绿色的蚕子在桑叶上面蠕动，一口一口地接连吃着桑叶。簸箕里只是一片沙沙的声音。我看见她们用手去抓蚕子，就觉得心里像被人搔着似地发痒。那一条一条的软软的东西，她们一捧一捧地把蚕沙收集拢来。对于母亲，这蚕沙比将来的蚕丝还更有用。她养蚕大半是为了要得蚕沙的缘故。

大哥很早就有个冷骨风的毛病，受了寒气便要发出来。使他过着两三天的痛苦生活。

"不晓得什么缘故，果儿竟然得着了这种病症，时常使他受苦。"母亲常常为大哥的病担心，看见人就问有什么医治这个病的药方，那时候在我们那里根本没有西医。但是女佣们的肚皮里有种种奇怪的药方的。母亲也相信她们，已经试过了不少的药方，都没有用。后来她从一个姓薛的乡绅太太那里得到了一个药方，就是把新鲜的蚕沙和着黄酒红糖炒热，包在发痛的地方，包几次就可以把病治好了。在这个大部分居民拿玉蜀黍粉当饭吃的广元县里，是买不到黄酒的。母亲便请父亲在合州带了一坛又预备着。接着她就开始养蚕。

父亲对于这件事情并不赞成。母亲曾经养过一次蚕。有一次忘记了加桑叶就使蚕子饿死了许多，后来稍疏忽一点又让老鼠偷吃了许多蚕子去。她因此心里非常难过，便发誓以后不再养蚕了，父亲怕她再遇到这样的事情。但是不管父亲怎样劝阻她，不管那背誓的恐惧时时来压迫她，她终于下了养蚕的决心。

这一年大哥的病果然好了。我们不知道这是不是薛太太的药方的效力。不过后来母亲就和薛太太结拜了姊妹。以后我看见蚕在像山那样堆起来的一束一束的稻草茎上结了不少白的，黄的茧子。我有时也摘下了几个茧子来玩。以后我看见人搬了丝车来，把茧子一捧一捧地放在锅里煮，一面就摇着丝车。以后我又看见堂勇们把蚕蛹用油煎炒了，拌着盐和辣椒吃，他们不绝口地称赞味道的鲜美。

"做条蚕子命运也很悲惨呀！"我有时候不觉这样地想起来。

父亲在这里被人称做"青天大老爷"。他常常穿着奇怪的衣服坐在二堂上的公案前面审问案件。下面两旁站了几个差役，手里拿着竹子做的板子：有宽的，那是大板子，有窄的，那是小板子。

"大老爷坐堂！……"下午，我听见这一类的喊声，知道父亲要审问案子了，就找个机会跑到二堂上去，在公案旁边站着看。

父亲在上面问了许多话，我不知道他为什么要问这些。被问的人跪在下面，一句一句地回答，有时候是一个人，有时候是好几个人。父亲的脸色渐渐地变了，声音也变了。

"你胡说！给我打！"父亲猛然把桌子一拍。两三个差役就把那犯人按翻在地上，给他脱了裤子，露出屁股。一个人按住他，别的人在旁边等待着。

"给我先打一百小板子再说！他这个混账东西不肯说实话！"

"青天大老爷，小人冤枉啊！"那个人爬在地上杀猪也似地叫起来。

于是两个差役拿了小板子左右两边打起来。

"一五，一十，十五，二十……"

"青天大老爷在上，小人真是冤枉啊！"

"胡说！你招不招？"

那个犯人依旧哭着喊冤枉。屁股由白而红，又变成了紫色。数到了一百，差役就停了板子。

"禀大老爷，已经打到一百了。"

屁股上流出了血，肉开始在烂了。

"你招不招？"

"青天大老爷在上。小人无话可招呀！"

"你这个东西真狡猾！不招，再打！"于是差役又一五一十地下着板子直到犯人招出实话为止。被打的人就由差役牵了起来，给大老爷叩头，或者自己或者由差役代说："给大老爷谢恩。"

挨了打还要叩头谢恩，这事情倒使我莫名其妙了。这道理我许久都想不出来，但我总觉得事情不应该是这样。

坐堂到底不是一件容易的事情。要叫我摆起严肃的面孔说几句话"胡说！招不招？再打！"的话，我无论如何没有这种硬心肠。打屁股差不多是构成坐堂的一个不可少的条件。父亲坐在公案前面几乎每次都要说："给我拉下去打！"

有时候父亲还使用"跪抬盒"的刑罚：叫犯人跪在抬盒里面，把他的两只手伸直穿进两个杠杆眼里，在腿弯里再放上一根杠杆。有两三次差役们还放了一盘铁链在犯人的两腿下面。由黄变红、由红变青的犯人的脸色，从盘着辫子的头发上滴下来的汗珠，杀猪般的痛苦的叫喊……犯人口里依旧喊着："冤枉！"

父亲的脸阴沉着，像有许多黑云堆在他的脸上。

"放了他吧！"我在心里请求着，却不敢说出口。这时候我只有跑开了。我把这个告诉母亲："妈，为什么爷在坐堂的时候和在家里的时候完全不同？好像不是一个人！"

在家里的时候父亲是很和善的，我不曾看见他骂过谁。

母亲温和地笑了："你是小孩子，你不要多管闲事。你以后不要再去看爹坐堂。"

但是我并不听从母亲的话，因为我的确爱管闲事。而且母亲也不曾回答我的问题。

"你以后问案，可以少用刑。人家究竟也是父母养的。我昨晚看见'跪抬盒'，听了犯人的叫声心都紧了，一晚上没有睡好觉。你不觉得心里难过吗？"一个上午，母亲房里没有别人的时候，我听见母亲温和地对父亲这样说。

父亲微微一笑："我何尝愿意多用刑？不过那般犯人实在狡猾，你不用刑，他们就不肯招。况且刑罚又不是我想出来的，若是不用刑，又未免太没有县官的样子！"

"恐怕也会有屈打成招的事情罢。"

父亲沉吟了半晌："大概不会有的，我定罪时也很仔细。"

接着父亲又坚决地说了一句："总之我决定不杀一个人了。"

父亲的确没有判过一个人的死罪。在他做县官的两年中间只发生了一件命案。这是一件谋财害命的案子。那犯人是一个漂亮的青年，他亲手把一个同伴砍成了几块。父亲把案子悬着，不到多久他就辞职走了。所以那个青年的结局我就不知道了。

母亲的话在父亲的心上果然产生了影响。以后我就不曾看见父亲再用跪抬盒的刑罚。而且大堂外面两边的站笼里也常常是空的，虽然常常有几个带枷的犯人蹲在那里。打小板子的事情却还是常常有的。

有一次仆人们在门房里推牌九，我在那里看了一会儿。后来回到母亲房里无意间说出来，被父亲知道了，这时离新年还远，所以父亲去捉赌，把骨牌拿来叫人抛在厕所里。父亲马上坐了堂，把几个仆人抓来，连那个管监的刘升和何厨子都在内，他们平时对我非常好。他们都跪在地上，向父亲叩头认错，求饶。

"给我打，每个人打五十再说！"父亲生气地拍着桌子骂。

差役们都不肯动手，默默地看着彼此的脸。

"叫你们给我打！"父亲更生气了。

差役大声响应起来。但是没有人动手。刘升他们在下面继续叩头求饶。

父亲又怒吼了一声，就从签筒里抓了几根签掷下来。这时候差役只得动手。结果每个人挨了二十下小板子，叩了头谢恩走了。对于这件事我觉得心里很难过。马上跑到门房里去，许多人围着那几个挨了打的人，在用烧酒给他们揉伤处。听见了他们的呻吟声，我不由得淌出眼泪来。我接连说了许多讨好他们的话。他们对我依旧是和平时一样地亲切，他们没有露出一点不满意的样子。但是我心里却很难过，因为我不敢对他们说出来是我害他们挨的打。

又有一次，我看见领十妹的奶妈挨了打。那时十妹，在出痘子，依照中医的习惯连奶妈也不许吃那些叫做"发物"的食物。不知道怎样，奶妈竟然看见新鲜的黄瓜而垂涎了。做母亲的女人的感觉究竟是比较锐敏得多。她可以在奶妈的嘴上嗅出了黄瓜的气味。

一个晚上奶妈在自己的房里吃饭，看见母亲进来就显出了慌张的样子，把什么东西往枕头下面一塞。母亲很快地就走到床边把枕头掀开。一个大碗里面盛着半碗凉拌黄瓜。母亲的脸色马上变了，就叫人请了父亲来。于是父亲叫人点了羊角灯，在夜里坐了堂。奶妈被拖到二堂上，跪在那里让两个差役拉着她的两只手，另一个差役隔着她的宽大的衣服用皮鞭敲打她的背。

一，二，三，四，五……足足打了二十下。

她哭着谢了恩，还接连分辩说她初次做奶妈，不知道轻重，下次再不敢这样做了。她整整哭了一个晚上，自己责备着自己的贪嘴。第二天早晨母亲就叫了她的丈夫来领她去了。这个年轻的奶妈临走时带了一副凄惨的脸色，眼角上慢慢滴下泪珠。我为这个情景所感动而下泪了。我过后问母亲为什么要这样残酷待她。母亲微微地叹了一口气。她不说别的话。以后也没有人提起这个奶妈的下落。

母亲常常为这件事情感到后悔。她说那个晚上她忘掉了自己，做了一件自己也不知道为什么要做的事情。我只看见母亲发过这一次脾气。平时母亲待人是十分温和的。

记得一天下午三哥为了一点小事情摆起主人的架子把香儿痛骂了一顿，还打了她几下。香儿去向母亲哭诉了。母亲把三哥叫到她面前去，温和地向他解释："丫头和女佣都是和我们一样的人，即使犯了错过你也应该好好地对她们说，为什么动辄就打就骂？况且你年纪也不小了，更不应该骂人打人。我不愿意让你以后再这样做。你要好好地记住。"三哥羞愧地埋着头，不敢说话。香儿快活地在旁边偷笑。

三哥垂着头慢慢地往外面走。

"三儿，你不忙走！"

三哥又走到母亲的面前。

"你还没有回答我，你要听从我的话！你懂了吗？你记得吗？"

三哥迟疑了半晌才回答说："我懂……我记得。"

"好，拿点云片糕去。好好地叫香儿陪你们去玩。"母亲站起来在连二柜上放着的白磁缸里取了两叠云片糕递给我们。我也懂母亲的话，我也记得母亲的话。但是如今母亲也做了这一件残酷的事情。我为这事情有好几天不快活。在这时候我就已经感觉到世间有许多事情是安排得很不合理的了。

在宣统做皇帝的最后一年，父亲就辞了职回成都去了，虽然那个地方有许多人挽留他。

在广元的两年的生活我觉得还算是很愉快的，因为在这里每个人都爱我。这两年里我只挨过一次打，是母亲打的。原因是祖父在成都做生日，这里敬神，我不肯磕头。母亲用鞭子在旁边威吓我，也没有用。结果我挨了一顿打，哭了一场，但是依旧没有磕一个头。这是我第一次挨母亲打。不知道怎样从小孩时候起对于一切礼仪就起了盲目憎厌，这种憎厌并且还是继续发展下去的。

父亲在广元县做了两年的官，回到成都就后买了四十亩田。

别人说他是一个"清官"。

选自巴金著，王一平编：《巴金散文集》，艺光出版社，民国三十三年（1944）四月

做大哥的人

父亲死后我们的富裕的大家庭对于我就变成了一个专制的王国。我在那里面还没有被黑暗驱使到绝望发狂的地步，那只是因为有几个爱我的人多少给了我一些安慰，一些温暖，一些光明。大哥便是其中的一个，而且是最爱我的一个。

大哥虽然和我是同一个母亲所生，而且同住在一个家庭里，可是他的环境却和我的不同。这只因为他是我们的大哥，而且在这个大家庭又是长房的长孙，他的不幸的遭遇，就由这个而发生了。

他生来相貌清秀，自小就很聪慧，在家里得着父亲和母亲的钟爱。在书房里又得着教读先生的赞美，看见他的人都说他以后会有很大的成就。母亲也很得意地庆幸着有了这样的一个"宁馨儿"。

他在爱的环境里逐渐长成。我们回到成都后他过着一个被钟爱的孩子的生活。辛亥革命发生，在紧张的时局中，他开始跟着三叔的两个镖客学习了武艺。父亲把一生未实现的远大的希望就当在他的身上，想使他做一个"文武全才"的人，后来又送了他进中学。

每天早晨天还没有大亮。大哥便起来，穿着一身短打，在大殿上或天井里练习打拳使刀。他从两个镖客那里学到了他们的全套技术。当一个春天的黄昏，他在众人的目光下舞动两把短刀时，那两道白光连接成了一根柔软的丝带，蛛网一般地掩盖着他的身子，像一颗大的白珠子在地上滚动，那种活泼的姿态甚至获得了严厉的祖父的赞美，还不说那些胞姊、堂姊和表姊。

在中学里大哥是一个成绩最优良的学生，四年课程修满半年时他又是名列第一。他得到毕业文凭归来的那一天，姊妹们聚集在他的房里庆祝着他的前途。他们有着一个欢乐的聚会。那时候他很喜欢研究理化，满心希望着半年后再到上海或北京有名的大学里继续着他的研究，以后再到德国去留学。他的脑里充满了许多美丽的幻想。

然而不到几天这幻想就被父亲给打破了，非常残酷地打破了。因为父亲给他订了婚，叫他娶亲了。

这事情他早也知道一点，但料不到父亲就这样迅速地给他安排好了一切，在这事情上父亲似乎完全不体贴他，而新来的继母更不能知道他的心思。

他本也有一个中意的姑娘，他和她中间似乎发生了一种东方式的潜伏的爱情。那个姑娘就是我的一个表姐，我们都爱她，都希望着他能够和她结婚，然而父亲却给他另外选了一个×家姑娘。

这选择的方法也是很奇怪的。当时来给大哥做媒人的人很有几个，却被父亲淘汰到只剩了两家。因为在这两个姑娘中间父亲能够决定究竟哪一个更适宜做他的媳妇，而且两家有着相等的门第。请来做媒的人的情面又是同样地大。于是父亲便把两家的姓写在两方小红纸块上面揉成两个纸团，捏在手里。到祖宗的神主面前诚心祷告了一番，然后随意捏起了一个纸团。父亲捏了一个"×"字，而另一个毛家的姑娘就这样地被淘汰了。（据说母亲在时曾经向表姐的母亲提过亲事，而姑母却以"自己已经受够了亲上加亲的苦，不愿意让自己的女儿再来受一次"，这样的理由拒绝了。这是三哥后来告诉我的。而拈团的结果却是我亲眼所见。）

大哥对于这事情没有反抗，他也不知道反抗。他不向父亲提起他的升学的志愿，也不向父亲说起他的潜伏的爱情。

于是嫂嫂进门来了，祖父和父亲为着哥哥的结婚特别在家里演戏庆祝，结婚的仪式自然不是简单的，他自己也在演戏，他一连演了三天的戏。在这些日子里他被人宝爱着像一个宝贝；被人玩弄着像一个傀儡。他似乎有一点快乐，又有一点兴奋。

他结了婚，祖父有一孙媳。父亲有一媳妇，我们有了嫂嫂，许多的别人也有了短时间的笑乐。但他自己也并不是一无所得。他得了一个体贴他的温柔的姑娘。她年青，她读过书，她会做诗，还会绘画，他满意了。在短时期中他享受了以往所不曾料想到的种种乐趣。在短时期中他忘掉了他的前途。忘掉了升学的志愿。他陶醉在这一个少女的温柔的抚爱里。他脸上常常带着笑容。而且整日地躲在屋里陪伴着他的新娘。

他这样和平地过了两三个月。一个晚上父亲把他唤到面前吩咐道："你现在娶了亲，房中添出许多用钱的地方；可是我这两年来入不敷出，我又没有多余的钱给你们用，只好替你找个事情混混时间，你们的零用钱也会多一点。"

父亲含着泪温和地说下去，他不停地答应着，没有说一句别的话，好像这就是他的志愿。可回到房里他却倒在床上伤心地哭了一场。他知道一切都完结了！

这样一个还没有满二十岁的青年就走进了社会，没有一点处世的经验，就像划了一只独木舟驶进了大海，等着受狂风大浪的颠簸。

在这些时候他忍着一切，他没有反抗，他也不知道反抗。

月薪是二十四元。这二十四个银元就把他的前途完全毁掉了。

然而那灾祸还不会到了止境。于是在这一年以后父亲就死去了，把我们这一房的责任放在他的肩上，上面有一个继母，下面有几个弟妹。

他埋葬了父亲后就平静地把这个担子放在他的肩上，勉强学着一个上了年纪的人那样来处理一切。经济方面自然是由祖父供给。（这样我们大家庭里就实行了第一次的分家，我们这一面除了父亲自己购置的十亩田以外，从祖父那里分到二百亩田。）不要他去筹划。然而其他地方的压迫，仇视，陷害和暗斗，却要他来承揽，来应付，他是一个不知道反抗的人。所以他永远平静地忍受了一切，不管这是压迫，仇视，陷害和暗斗是愈来愈加厉害。他只有一个念头：牺牲自己以求得暂时的平静生活。

后来他第一个儿子出世了。祖父第一次看见了重孙，自然非常高兴。而他自己也感到了莫大的快乐。这儿子是他的亲骨血。他可以好好教养他，把他被断送的前程拿来在他的儿子身上实现。

他的儿子一天天长大起来，是一个非常聪明可爱的孩子，得着我们大家的喜爱。

接着五四运动发生了，他和我一样也受了新思想的洗礼。我们贪婪地读着一切新的书报，接受新的思想。然而他的见解却比较温和的多，他赞成刘半农的"作揖哲学"和托尔斯太的主义。他把这理论拿来和我们的家庭的现实环境结合起来。

他一方面信服着新的理论，一方面依旧顺应着旧的环境生活下去，自己并不觉得矛盾，顺应环境的结果，就使他渐渐变成了一个有着两重人格的人。在旧社会，旧家庭里他是一个暮气十足的少爷。而在他和我们一块儿讲话的时候，他又是一个新青年了。这种生活方式是我和三哥所不能够了解的，我们因此常常责备他，我们不但责备他，并且还时常在家里做出带着反抗性的新的举动，使祖父的责备和各房的压迫，仇视，陷害和暗斗聚集在他们的身上。

祖父死后，家庭的黑暗变在更加可怕了。他因了做了承重孙，（听说他曾经被一个姨娘暗地唤着"承重老爷"），便更加做了明枪暗箭的目标，他牺牲了一切想去讨好别人，也没有用处，同时我和三哥的带着反抗性的言行又给他招来了更多的烦恼。

我和三哥是不肯屈服的。我们不敷衍别人，我们不肯牺牲自己的主张，我们对着家里的一切不义行为都要动出攻击的言论。因此常常得罪了叔父和姨娘。他们没有方法对付我们，因为我们已经否定了他们的威权。于是他们便在大哥身上出气，压迫大哥，要他使我们对他们屈服。自然这也是没有用的。可是大哥的处境就变得更加困难了。他不能够袒护我们，而我们又不能够谅解他。

有一次我得罪了一个姨娘，她诬我打伤了她的独子的面部。而事实上我亲眼看见是她自己在盛怒中把我的堂弟打伤的，她率着堂弟就和继母大哥争闹。大哥要我向她赔礼认罪，我不肯。他又让我到二叔那里求一个判断，但我根本不承认二叔的威权。结果是他自己代我赔了礼认罪。而且还受了二叔的申斥，后来到我的房里对我哭诉了好几个钟头，惹得我也淌了眼泪。但我依旧不肯答应他以后改变我的这种态度。

像这样的事情是很多很多的。他一个人都平静地代我们承担下去了。他的心是很苦的。而我们不能够谅解他，我们说他的牺牲只是一个不必要的牺牲。我们的话也并没有错，因为即使没有他在前面代我们承担这一切，叔父和姨娘也无法加害到我们身上来。

然而另一个更大的打击又来到了他的头上，那个聪明可爱的孩子还不到四岁，在一个夏季的中午就以脑膜炎病症突然死掉了。他的希望完全断绝了，他的悲哀是很大的。

渐渐地他开始发狂起来，自然没有什么厉害的表现，但是他的内心痛苦已经是深到使他不能够再过着平静的生活了。

于是他帮着我们实现了的志愿，（二叔也帮了一点忙，说句公平的话。二叔后来对大哥和我们还算是很亲切的。）让我们离开成都，后来又让我们单独离开中国。他希望我们在几年后学得一种专门职业就回到成都去"兴家立业"。但是我和三哥两个都违背了他的志愿。我们两个一出来就没有回去过。尤其是我，不但不进工科大学，反而为着到法国的事情写过两三封信去和他争论，以后更走了与他的希望相反的道路。不仅他对我绝了望，而且成都的亲戚们还常常拿我做坏子弟的榜样，叫年青人不要学我。

我从法国回来的那一年他也到了上海。那时三哥在北京，没有来和他会见。我们分别了六年，如今却又有机会在一起谈笑了。我感到很大的安慰，我们别后的许多事情，谈到三姐的惨死，谈到二叔的死，谈到家庭间的种种怪现象，我们兄弟的友爱并没有减少，但思想的相差却比从前愈加显著了。他完全变成了一个旧社会中的诚实的绅士。我们彼此是不能够了解的。

他在上海只住了一个月，那分别的情景是很悲惨的，我把他送到了船上。那时候他已经是泪痕满面了。我和他握了手说一句"一路上好好保重"正要走下去，他却叫住了我。他进了船舱去开了箱子，拿出一张唱片给我，一面抽咽地说："你拿去唱。"我拿到手一看，是一张 G. F. 女士唱的《Sorry Boy》，两个星期前我替他在谋得利洋行买的。他知道我喜欢这首歌，所以想起了把它拿出来送给我。然而我知道他也同样爱听它。这时候我很不愿意把他所爱的东西从他的手里夺了去，但我又一想我已经有许多许多次违背过他的意志了，这一次我不愿在分别的时候再违反他的意思，表弟们在下边催促我，我默默地接过了唱片。我那时候心情是不能够用话语表示出来的。

我和表弟们坐上了划子，让黄浦江的风浪颠簸着我，我看着外滩一带的灯火，我记起了我是怎样地送别了我所爱的一个人，我的心啊开始痛楚起来，我的这许久不常哭泣的眼里竟淌下了泪珠。

回到成都他写了几封信给我，后来他还写了一封诉苦的信，他说他会自杀，倘使我不相信，到了那一天我也就会明白一切的。但是他始终未说出是因了什么缘故。所以我并不相信他的话。

然而在一九三一年春天的一个早晨，他果然就用毒药断送了他青年的生命，两个月以后我就接到了他的二十几页的遗书。在那上面我读着这样的话：

无如我求速之心太切，以为投机事业虽险，却很容易成功，前此我之所以失败，全是因为本钱借贷来的，要受着时间和大利的影响。现在我们自己的钱存在银行里一样收利，我何不惜自己的钱来做，一则利息也轻，二则不受时间影响，用自己的钱来做果然得了小利。……所以陆续把存放的款子提取出来作贴现的用，每月可收一百几十元。做了几月很是顺利，于是我就更放心大胆地做去了。……谁知年底一病就把我毁了（因为好几家银行倒闭。）等病好了以后，才知道我们养命的根源全化成了水。既是这样，有什么话说，所以我生日那天请大家看戏后就想自杀，但是我实在舍不得家里的人，多看一天算一天，混一天，现在混不下去了，我也不想向别人骗钱来用，愿了罢，如果活下去，那才是骗人呢！……我死之后不用什么埋葬，随便分尸也可，或者喂了野兽也可，因我应得之罪累及家人受此痛苦，望从重对我之尸体加以处罚……

　　这就是大哥自杀的动机了。他大概是为了顾全绅士的面子而自杀的罢，还是为着不能够忍受未来的更疲苦的生活，这一层我虽然熟读了他的遗书，被里面的一些极其凄惨的话语割着心痛、但我依旧不能够了解。我只知道他是不愿意死的，他是不必死的，我知道他写了三天遗书，又三次把它毁了。甚至在第四次的遗书里他还不自觉地喊着"我不愿意死"。然而他终于像一个诚实的绅士那样吞食了自己摘下的苦果而死了。结果他在那般虚伪的绅士眼前丧失了面子，而且把更苦痛的生活留给他所爱的妻和五个儿女（其中有四个是我未见过的），甚至我们的叔父婶娘们也不肯放过他，在他死后还时时到他家里逼着讨他生前的债项，至于别人欠他的债，也就等于"付之东流"了。

　　大哥终于做了一个不必要的牺牲而死去了，他的一生完全是为着敷衍别人，任人播弄。自己知道已经快逼近了深渊，却依旧跟着那个垂死的旧家庭一天天陷落下地狱去，终于到了完全陷落的那一天，便不得不像一个诚实的绅士那样拿毒药来做他唯一的拯救了。

他被旧的传统观念毒害了一生，不能够自拔出来。实际上他是被杀而死的。但这也是由他自取。在整个旧制度崩溃的前夕对于他的死我不能够有什么遗憾。然而一想到他的悲惨的一生。一想到他对我所做过的一切，一想到我所给他的种种苦痛，我就不能痛切地感到我是丧失了最后的一个爱我的人。

选自巴金著，王一平编：《巴金散文集》，艺光出版社，民国三十三年（1944）四月

爱尔克的灯光

傍晚，我靠着逐渐黯淡的最后的阳光的指引，走过十八年前的故居。这条街、这个建筑物开始在我的眼前隐藏起来，像在躲避一个久别的旧友。但是它们的改变了的面貌于我还是十分亲切。我认识它们，就像认识我自己。还是那样宽的街、那样宽的房屋。巍峨的门墙代替了太平缸和石狮子，那一对常常做我们坐骑的背脊光滑的雄狮也不知逃进了哪座荒山。然而大门开着，照壁上"长宜子孙"四个字却是原样地嵌在那里，似乎连颜色也不曾被风雨剥蚀。我望着那同样的照壁，被一种奇异的感情抓住了，我仿佛要在这里看出过去的十八个年头，不，我仿佛要在这里寻找十八年以前的遥远的旧梦。

黑暗来了。我的眼睛失掉了一切。于是大门内亮起了灯光。灯

光并不曾照亮什么，反而增加了我心上的黑暗。我只得失望地走了。我向着来时的路回去。已经走了四五步，我忽然掉转头，再看那个建筑物，依旧是阴暗中一线微光。我好像看见一个盛满希望的水碗一下子就落在地上打碎了一般，我痛苦地在心里叫起来。在这条被夜幕覆盖着的近代城市的静寂的街中，我仿佛看见了哈立希岛上的灯光。那应该是姐姐爱尔克点的灯吧。她用这灯光来给她的航海的兄弟照路。每夜每夜灯光亮在她的窗前，她一直到死都在等待那个出远门的兄弟回来。最后她带着失望进入坟墓。

街道仍然是清静的。忽然一个熟悉的声音在我耳边轻轻地唱起了这个欧洲的古传说。在这里不会有人歌咏这样的故事。应该是书本在我心上留下的影响。但是这个时候我想起了自己的事情。

十八年前一个春天的早晨，我离开这个城市、这条街的时候，我也曾有一个姐姐，也曾答应过有一天回来看她，跟她谈一些外面的事情，我相信自己的诺言。那时我的姐姐还是一个出阁才一个多月的新嫁娘，都说她有一个性情温良的丈夫，因此也会有长久的幸福的岁月。

然而人的安排终于被"偶然"毁坏了。这应该是一个"意外"。但是这"意外"却毫无怜悯地打击了年轻的心。我离家不过一年半光景，就接到了姐姐的死讯。我的哥哥用了颤抖的哭诉的笔叙说一个善良女性的悲惨的结局，还说起她死后受到的冷落的待遇。对于姐姐，她生前我没有好好地爱过她，死后也不曾做过一样纪念她的事。她寂寞地活着，寂寞地死去。死带走了她的一切，这就是在我们那个地方的旧式女子的命运。

我在外面一直跑了十八年。我从没有向人谈过我的姐姐。只有偶尔在梦里我看见了爱尔克的灯光。一年前在上海我常常睁起眼睛做梦。我望着远远的在窗前发亮的灯，我面前横着一片大海，灯光在呼唤我，我恨不得腋下生出翅膀，即刻飞到那边去。沉重的梦压住我的心灵，我好像在跟许多无形的魔手挣扎。我望着那灯光，路是那么远，我又没有翅膀。我只有一个渴望：飞！飞！那些熬煎着心的日子！那些可怕的梦魇！

但是我终于出来了。我越过那堆积着像山一样的十八年的漫长岁月，回到了生我养我而且让我刻印了无数儿时回忆的地方。我走了很多的路。

在这个我永不能忘记的城市里，我度过了五十个傍晚。我花费了自己不少的眼泪和欢笑，也消耗了别人不少的眼泪和欢笑。我匆匆地来，也将匆匆地去。用留恋的眼光看我出生的房屋，这应该是最后的一次了。我的心似乎想在那里寻觅什么。但是我所要的东西绝不会在那里找到。我不会像我的一个姑母或者嫂嫂，设法进到那所已经易了几个主人的公馆，对着园中的花树垂泪，慨叹着一个家族的盛衰。摘吃自己栽种的树上的苦果，这是一个人的本分。我没有跟着那些人走一条路，我当然在这里找不到自己的脚迹。几次走过这个地方，我所看见的还只是那四个字："长宜子孙。"

"长宜子孙"这四个字的年龄比我不知大了多少。这也该是我祖父留下的东西吧。最近在家里我还读到他的遗嘱。他用空空两手造就了一份家业，到临死还周到地为儿孙安排了舒适的生活。他叮嘱后人保留着他修建的房屋和他辛苦地搜集起来的书画。但是儿孙们回答他的还是同样的字：分和卖。我很奇怪，为什么这样聪明的老人还不明白一个浅显的道理，财富并不"长宜子孙"，倘使不给他们一个生活技能，不向他们指示一条生活道路，"家"这个小圈子只能摧毁年轻心灵的发育成长。倘使不同时让他们睁起眼睛去看广大世界，财富只能毁灭崇高的理想和善良的气质，要是它只消耗在个人的利益上面。

"长宜子孙"，我恨不能削去这四个字！许多可爱的年轻生命被摧残了，许多有为的年轻心灵被囚禁了。许多人在这个小圈子里面憔悴地挨着日子。这就是"家"！"甜蜜的家"！这不是我应该来的地方。爱尔克的灯光不会把我引到这里来的。

于是在一个春天的早晨，依旧是十八年前的那些人把我送到门口，这里面少了几个，也多了几个。还是和那次一样，看不见我姐姐的影子，那次是我没有等待她，这次是我找不到她的坟墓。一个叔父和一个堂弟到车站送我，十八年前他们也送过我一段路程。

我高兴地来，痛苦地去。汽车离站时我心里的确充满了留恋。但是清晨的微风，路上的尘土，马达的叫吼，车轮的滚动，和广大田野里一片盛开的菜籽花，这一切驱散了我的离愁。我不顾同行者的劝告，把头伸到车窗外面，去呼吸广大天幕下的新鲜空气。我很高兴，自己又一次离开了狭小的家，走向广大的世界中去！

忽然在前面田野里一片绿的蚕豆和黄的菜籽花中间，我仿佛又看见了一线光，一个亮，这还是我常常看见的灯光。这不会是爱尔克的灯里照出来的，我那个可怜的姐姐已经死去了。这一定是我心灵的灯，它永远给我指示我应该走的路。

原载巴金：《龙·虎·狗》，文化生活出版社四川分社，民国三十一年（1942）一月

选自巴金：《巴金全集》（第十三卷），人民文学出版社，1990 年

何其芳

｜作者简介｜ 何其芳（1912—1977），四川万县（今重庆万州区）人，著名诗人、散文家、文学评论家，著有诗集《预言》、散文集《画梦录》、文艺论文集《关于现实主义》等。

画梦录（存目）

沙　汀

｜作者简介｜　　沙汀（1904—1992），原名杨朝熙，四川安县（今四川绵阳安州区）人。现代著名小说家，代表作为长篇小说《困兽记》《还乡记》，短篇小说《在其香居茶馆里》等，有《沙汀文集》十卷行世。

好吃船

我的一个爱说趣话的朋友，把这样的船只，叫作"好吃船"。

好吃船的外观，并不和普通的白木船有着显著的差别。仅只是中舱和后舱，是用木板和较厚的篾笆，装置成了屋子的模样。还在两边开了窗户，仿佛西湖里的大游艇似的。船身往往是很新色的，和刚才下水的一样。我几乎从没见过一只，因为经过风雨的消磨，而显着陈旧的灰褐色的。

在宜昌以上的几处码头上，只要那地方有着比较繁荣的市场，轮船一下锚，这好吃船，就在轮船尾巴上钉住了，几乎神出鬼没似的。但也只有停泊的时候才有，要是短时间的抛锚，便没有这类船只的影子了。

"走呀？"到了夜静的时候，一些长跑江湖的朋友，用下巴往上一点，便这样地互相邀约着。于是两三个一道，趿着拖鞋，"啪——哒"，"啪——哒"地走下厨房去，而从那里，进到另一个小小的世界里去了。

在船头上，就照例地摆了炉灶，杂食担子，酒肉和别的下酒菜，都是齐全的。中舱里靠窗的两面，各安置着两张没有漆过的方桌。要是单只吃一碗面食，或者鸡蛋酒酿，或者喝一两口"地窖"，便就在这里停留下来了，不必再走进后船去。

那里的门，是用门幕遮住。门幕以上的地方，总照例悬着一条小巧的木制横额，刊刻着"别有天"或者"世外桃源"这一类使人发笑的题字。但是走进来的客人，不管进不进那从稀薄的门幕，透出着诱人的光亮的密室一般的处所去，他们在未招呼食物以前，总要先把那带点神秘性的布幕，用二指头拨开一条缝，躬躬腰向里面瞅一眼，吸着鼻子说"香呢"，然后才退转到桌子边去。

这时"堂倌"已经从船头上踱进来了，站在桌边，懒懒地拖下搭在肩头上的抹布，问道：

"喝酒？"

"哎呀，您看，抹干净来罢。"客人指了桌子上的油污，说。

有的单是为填补肚子来的，吃过一碗面食，就用手掌抹着嘴巴回轮船去了。有的却先要了茶来，很悠闲地喝着，仿佛是坐在岸上的茶铺里的一样。直到把菜食慢慢地摆布好了，这才从桌子上的一堆竹筷里，拿上五六支来，配拣着相称的一双。然后再讨来草纸或者就把窗布扯下一叠，仿佛擦枪一般地打磨着餐具。从他们那儿是看不出一点匆忙来的，有的只是死气和停滞，和烦人的啰唆。

这种来客，多半是私运商人，贩卖手枪和烟土的流氓。酒食一完事，他们便又醉醺醺地打着"嗝"，向堂倌招呼说，"听清楚了么？把茶端过来。"于是飘飘然地跨进后舱里去了。

这里面，就对面地安置着两张粗糙的白木床。布置也很简陋，只有一层薄薄的稻草，一张草席，和一条蓝布套子的铺盖。枕头已经很旧了，中间的一段凹陷着，恰如马鞍一样。白布枕套上，沾了泥污似的涂满了头油。

"南土吗？"那个头上勒着一条手帕的"打烟匠"，欠了身子问。

"好……"客人回答着，向枕头上横靠下去了。待到身体躺合适了，于是半闭了充血的眼睛，搔着大腿，用一种"吃腻了"的声调嘟囔道：

"没有大袖子①吗？"

"你正碰着我们这里禁屠呢。"勒手帕的人笑着回答。

但是客人已经轻轻地打起鼾声来了。

这种流连，多半是要到深夜才完结的。来客不一定尽是抽烟，而且也不一定是"过瘾"的。他们大都只是为了无聊。在抽完一两个小盒以后，他们便精神百倍地吹起牛来了。谈的总是一些隐秘事件，属于这一埠，这一段河面，或者就是这一只停泊的轮船上的。而那范围的广大真也够得上称作渊博。

"呵，龟的，……又讨小老婆了？"

"就是那草棚里红眼老陈的女儿呀。她妈早些年就是一个烂货……"打烟匠做起历史的分析来了。

但这里，不管怎样有趣，坐头二等舱的客人，是绝对不来的。就是三等舱里较为穿得周正的人，也宁肯蜷卧在马槽一般的铺位上，去咬嚼旅途的寂寞。然而，即是在这小小的世界里，没有别的比较尊贵的面目了，不也尽够看出我们社会生活的一斑么！

原载民国二十三年（1934）十一月十二日《申报·自由谈》，署名尹光

选自沙汀：《沙汀文集》，四川文艺出版社，2017年

---

① 凡吸烟的时候，是由女人当打烟匠的，通称"大袖子烟"。这里的"大袖子"，是指的女打烟匠。——原编者注

喝早茶的人

除了家庭，在四川，茶馆，恐怕就是人们唯一寄身的所在了。我见过很多的人，对于这个慢慢酸化着一个人的生命和精力的地方，几乎成了一种嗜好，一种分解不开的宠幸，好像鸦片烟瘾一样。

一从铺盖窝里爬出来，他们便纽扣也不扣，披了衣衫，趿着鞋子，一路呛咳着，上茶馆去了。有时候，甚至早到茶炉刚刚发火。这种过早的原因，有时是为了在夜里发现了一点值得告诉人的新闻，一张开眼睛，便觉得不从肚子里掏出来，实在熬不住了。有时却仅仅为了在铺盖窝里，夜深的时候，从街上，或者从邻居家里听到一点不寻常的响动，想早些打听明白，来满足自己好奇的癖性。

然而，即使不是为了这些，而是因为习惯出了毛病，这也不会使他们怎样感到扫兴。他们尽可以在黎明的薄暗中，蹲在日常坐惯了的位置上，打一会儿盹。或者从堂倌口里，用一两句简单含糊的问话，探听一点自己没关照到的意外的故事。

"这样晏……睡得迟吗？"

"水巷子又出怪事哩，"堂倌解释道，"他们就把那烂货弄在阶沿上……"

"嘻，我是说哪里嘻嘻哈哈的。"客人满足地发笑了。

自然，倘是堂倌简捷地回答说，"还早呢"，他们便很快地迷糊过去了，直到把茶泡上，那个在打更匠困觉时就醒转来了的可怜人，招呼说"泡起了呢"，这才从喉咙里应声道"哼"，或者微微点一点头，不过即使他们一无声响，堂倌一经招呼，便算义务已尽，各自管照自己的工作去了。

当他们发觉茶已经泡好了的时候，总是先用二指头沾一点，润润眼角，然后缘着碗边，很长地吹一口气，吹去浮在碗面上的炒焦了的茶梗和碎叶，一气喝下大半碗去。于是吹着火烟筒，咳喘做一团，恰像一个问话符号似的。要到茶堂里有别的客坐下了，这种第一个上茶铺的人，才现出一个活人的模样，拿出精神来，用迟缓的调子，报告出堂倌讲说过的故事，夹杂着感慨和议论。

"还是那坏东西不好，见了人就打打狂狂的。"

"母狗不摆尾，公狗不上背呀！"别的人附和着。

等到这一类的谈话可以告一段落了，报告者呵欠，揉一揉眼皮，向茶炉边嘟哝道："还没洗脸呢。"于是堂倌拖过一张凳子，摆在客人座位边顺手的地方，打了脸水来。像这样，要洗脸，是不必改变蹲着的姿势的。只需略微侧一侧身子，斜伸出两只手去，就行了。然而，要是还没参加别的茶客的谈话，要洗一张脸子，那时间是会费得很长久的。

"您这话一点也不冤枉她。我看到的，比这更丑呢。比方说……"刚用指头提起来的脸帕，又落在脸盆里面去了。

有时候，需得堂倌另外换上一盆洗脸水，他们才能够完成这一件十分困难的工作。于是一边趿上鞋子，扣着纽扣，一边踱往街对过的酒酿摊上去，躬着身子向装着物事的担子打量一回，然后点着指头，一字一字地叮咛道：

"听清白了么？——加一个蛋。要新鲜的。好，就是这一个罢。您照照我看……"

当小菜贩沿着清冷的街市叫卖起来了的时候，他们总照例买上一点豆芽，堆在茶桌上，一根一根地撷着根，恰像绣花一样的精致。从他们的神情上看来，这还是一种近乎阔气的举止呢。这撷好了的菜，家里的孩童们，是自会来收回的，用不着他们动步：只需千篇一律地关照道：

"说不说得来，——多加一点醋，炒生一点，嗯！"

早饭的时候，直到家里的人催过三五遍了，他们才一面慢腾腾地，把茶碗端到茶桌子中间去，叫堂倌照料着，说吃过饭再来，一面恋恋地同茶客们闲谈着，好像十分不愿意走开去似的。

"又怎样呢？"

"又怎样，还不是认错了事。"

"我早就说罢，再让他吃一点辣子；我倒凉爽呢。……"

到这时，全个早晨的时间，已经给他们花费干净了。但他们毫不觉得可惜。其实，也没有想到这一点。等到肚子一饱，又有许多时光，在等待着他们，像阔人使用资财一样地浪费了。

在这里，我但愿目前的震荡不会搅扰他们。

原载民国二十三年（1934）十一月二十七日《申报·自由谈》，署名尹光

选自沙汀：《沙汀文集》，四川文艺出版社，2017 年

贾汤罐

这是一个十分健康的老人，留着一划尖锐而雪白的胡子，脸孔像孩童一般的饱满，发闪，只是生满了皱纹，黄里带黑，看来好像焙制过的黄连一样。不管两三个自命为懂得幽默的年轻人，一望见他走进茶馆，就免不了稀开嘴笑，抿一抿嘴唇，其实在县城里，老头儿还算是声望极好的人。他在县里当了十五六年的公事，但在功名上他不过是一个监生，一清查起他的瓜葛来，却又并非什么重要

角色的"老表的老表"。单就这一点看，我们也可以知道轻视他是怎样毫无理由的了。

这或许是所谓老运吧，他无声无臭地活到将近六十岁的年龄，才开始在县里的政治舞台上出现，而且竟是那样地突然，就是他自己也有点相信不过。那时全县当政的正是陈三代王，一个狡猾刻毒的汉子，大哥是拔贡，本人住过几天官班法政，兄弟是出名的哥老会的头目，凭着这几种势力，一年秋天，他终于打倒了他那诨名疯子举人的政敌，于是老头儿也就开始了他的政治生涯。

原来三代王一上台，几个机关法团的首脑人物，有的自命清高，有的和疯子举人的关系太深，都一致取了不合作主义，陆续辞职了。对于继任的人，有的他不放心他们，有的他们又不放心他，这使得他好为难。但是一天早上，他正蹲在圈椅上吹水烟，感到懊丧，却忽然把手掌在额头上一拍，大笑着自言自语道："我怎么把贾汤罐忘记了！"于是从这次起首，一直到死，老头子很少在他那农会会长的位子上动摇一下，仿佛那是一种终身职位一样。

他的为人很和气，时常总是笑眯眯的，闪着聪明而温和的眼色。他对什么人都谈得上几句，虽然不多，却也不会使你头痛。生气和急躁是和他没缘的，他那全部性格的特征，似乎就只算他的安详和开脱了。他有一个儿子，人很漂亮，住过三个月陆军小学，但在他刚满花甲时死掉了，即连这也并没有使他激动多少。半年以后，他还不慌不忙地把一个使女收上房，说是，"这样方便一些"。

这事以后，每当人问起他怎么会像中年人一样的健康呢，他便十分酣畅地笑一笑，用指头捋一捋胡子的尖端，于是故作正经地答道，"你不记得四书上讲过吗：'小，补之哉！'"他的笑容又立刻在脸上布满了。

他的家境并不丰裕，仅仅有佃客每年送来的两三石糙米好吃，房子是租佃的，可是他却生活得很安适，没有什么奢望，对于一般不干净的钱财，更是不愿意沾手；也正因为这一点，县城里公事上几次关于财政上的污浊的纠纷，他连证人都没有做过。他认为不应该放手的，单只一笔正规的薪水。因为带点义务性质，这笔钱是很小的，而且还不时闹点拖欠。但即使一连三个月地从地方收支所空起手回来，他也并不失望，他尽可以平心静气地去等待一种机会：当那些各地方机关的主管人，发起一份公文来要他盖章时，他只需白着白眼地多和他们谈几句天气，就消了。原来依照老头子的习惯，是一见着马封筒子，就会毫不打闪地摸出他那寿山石的私章来的。甚至有些不知道他的脾味的人，为了名分和责任起见，一定要他看一看公事的内容，他也会加以拒绝。

"我不看，"他摇着头微笑道，"我给你们盖章好了。"于是他极随便地在自己的台衔下盖上一颗印章。

他这样朴实的举动，倘是换一个人，那一定会立刻引起对手方面的不舒服来的，但对于他，却从来少有过。因为天地间尽可以有着这样一种人，他们平常总是难得出声气的，永远默着声息，显出和气的样子，可是当他们冷不防一字一板地说出句把话来时，第一分钟你会不禁红起脸来，觉得那些话里面是生了骨头的，但当你下细一审视他们那聪明而坦白的眼色，便又会自自然然地松一口气，陪着他微笑了。老头儿就恰是这种角色。

而且在有些机会里，他那种脱口而出，有点使没经历的人狼狈的言辞，还能引导出若干意想不到的实际效果来，不仅叫人觉得有趣。有一回在县行政会议的席上，为了附加亩捐，两个势均力敌的政治首脑，一个不对劲，忽地拍起桌子争执起来，甚至两方的党羽，已经准备动武了。这时候老头儿不慌不忙地，用手指摸着茶碗，微笑道："争什么呵，横竖要通过的！"于是大家都立刻皱了一下眉头，但随即就禁不住失笑了。

县行政会议开会时，他是每次都要列席的，虽然他从来很少发表意见。他总是挨着县长坐在一起，默着声儿喝茶，有时望一望那些高喉大嗓地陈诉着意见的与会者，于是又立刻俯视着自己的茶碗笑一笑，仿佛他是来旁听的人，或者是应景的东西一样。不过每当把一桩议案提付表决时，他也不会忘掉举一举手臂，而且还从来没有不举手赞成的事。虽然他和那些偏僻小镇上来赴会的代表相似，很多的时候并不清楚他们表示赞成的议案的内容，所不同的，那些老实而胆小的乡绅，在散会后，总要拍着别人的肩头问一问，"唉，刚才通过的是什么呀？"而在举起手来时，还要瞻一瞻别的与会者，若是举手赞成的人太少，或是他们认为重要的人物依旧在稀里哗啦地吹着水烟的时候，便又红着脸忸忸怩怩地赶紧把手臂拖下来，老头子却并不这样，他只要表示赞成，就好像万事皆了了。

对于别的集会，如像欢迎新到任的长官之类他也很少缺席；尤其是各种宴会。在每一种宴会上，他总是坐首席，而且一上桌子，总是忘不掉一面笑嘻嘻地从怀里拖出一张已经变色的白色手巾来，一面自言自语道："让我给我那个孙儿子带点回去。"于是从从容容地把手向那些水果和各种腊菜盘盏里伸去。

他是在五年前去世的。他的死给几个地位重要的人物带来很大的不方便，每当他们为要解决各机关法团的人选而感到苦恼时，总会记起他来，于是生气道："龟儿子！要是贾汤罐不死也好哩！"

原载民国二十五年（1936）七月二十四日《申报·文艺专刊》第三十七期，署名尹光

选自沙汀：《沙汀文集》，四川文艺出版社，2017 年

女巫之家

　　我的女房东是个女巫，当我才找着这个房子的时候，觉得各方面都很满意，尤其是房租便宜，但我知道了下面的客堂，是一个供神的地方，四周都挂着"有求必应"、"诚信则灵"这类的匾额时，我当时就犹疑起来，旁的倒没有什么要紧，第一我就是怕来烧香的人太多，那就一定会闹得人不得安宁。其次是怕她供的是狐仙，因为据别人告诉我说，这东西是很小气的，稍微一句话说得不对，马上就会弄点鬼把戏给你看。我虽然不迷信，然而和这种东西朝夕相处一定是很讨厌的。于是我便问和我接洽的这个老太婆——后来我才知道她就是女巫：

　　"你们是，供的什么菩萨？"

　　她回答道："是吕纯阳太太。"

　　我忍不住笑了笑："烧香的人多么？"

　　"不多，不多，你住久了就知道了。"她像是看出了我怕吵闹的样子，很着急的摇着手这样回答我。

　　我因为她既不是供的狐仙，又不会吵闹，便决心搬来住下了。现在将近住了有三个月，这一家人的生活情形，我也很熟悉了，而且还对他们感到悠然的兴趣。

　　他们一家共六个人，两老夫妻，两个儿子，两个女儿，一家人都是不折不扣的农民，好像长久的都市生活对他们毫无影响一样。

　　老头子有四五十岁光景，然而人非常康健；身体高而瘦，头很小，头发花白，眼睛小而深陷，但是有一个小而尖的鼻梁陪衬起来，样子倒还不过分讨厌，声音非常粗暴，平常和人谈话都像吵架似的。当我第一天搬来的时候，因为一把拖布还没有找着适当的地方放，暂时放在楼梯口，他看见了便用起他的大喉咙，对着替我搬家来的朋友吵起来。我的朋友吓得不敢开口。我想这可糟了！怎么那天看屋子的时候，并未见着这样一个老头子呢？

到现在我才清楚了他是生成这样一副喉咙，并不是安心和谁吵架，然而这是使人够受的。

他是在替一个外国人种花园，每月有十五块钱收入，他爱贪小便宜，哪怕是一段锈了的铅丝，在他也是好的。他常常从外国人那里拿许多东西回来，什么绿的油漆呀，白的油漆呀，桐油石灰呀。这些东西都是用香烟罐或是别的罐子盛着，再用报纸包好，小心谨慎地端回来，一到下午他没有事情可做了，便提起一罐油漆，不是把那扇门油成绿的，便是把这扇门窗油成白的，你总见着他在不停地油就是了。因此将一个屋子里弄得来这里一块绿，那里一块白，这里又一块黑，不成个样子。我想在他看起来或将是很好的。他们的神像面前每天都供着鲜花，这不必说也是老头子拿回来的了。他很怕他的妻子——那个女巫，每遇着她不高兴的时候，他用了他的大喉咙和谁在谈话的时候，他妻子放下了脸孔来这样对他说：

"你又在哇啦哇啦做啥？"于是他会一声也不响地跑去做事情了。自然又是弄他的油漆。

他们一家都很节省，吃得很坏，穿得也很坏。老头子常常对别人这样说：

"你不是看有些人穿得很好么？其实他连房租也付不出哩。"

他们的大儿子，是在一家皮鞋店里学生意，也是这家庭里面唯一漂亮的人物，他好像与这家庭没有发生多少关系了，只是每晚回来睡，天一亮又去了。

第二个儿子，是某小学的快要毕业了的高小学生，奇怪的是他对他母亲做这种生意并没有什么不满意的表示。一个暑假只是和别的孩子们玩玩蝉子，烧饭时替母亲生生火，并未见着他摸过一次书本，他的年龄并不算小，十六七岁，看起来很高大，有一次我问到他的母亲说：

"他小学毕业后，还打算再读书么？"

"不再读了，你看隔壁的中学生不是闲在家里好久了么。我是没有那样多钱给他读书的。"她说的时候样子很愤慨。

她又继续说道：

"我的根弟进学堂，还是先生答应只收半费，半年共有四块钱，不然怎么读得起。"还附带地说到了她的二女儿进学校的原因。

二女儿是个娇养惯的七八岁的孩子，读了半年书，连男女先生也分不清楚，至于书本上的字，更是一字不识，倒是和着别人哇啦啦的念得很好。

大女儿很像母亲，尤其是那双有长而黑的睫毛的大眼睛，看起来是一个假精灵的样子。不过她那一张苍白色的脸孔，和那个完全是骨头的身体，是远不及她的父母了。她在一家香烟厂做工，包够一条烟卷，有一角半的工钱，然而就是这样廉价的工作，也并不是每天都有的，多半隔一天去一次，甚至要碰到一月以上的长期失业。

现在要说到这家庭里面的主要人物——女巫了。单看她的外表，并不像一般的女巫那样阴阳怪气的可怕，和平常一般的四五十岁的老太婆没有大的差别。身体矮而微胖，头发乌黑，眼睛很大，睫毛长而黑，说话时眼睛眨得很快，一望而知是一个厉害的老太婆。她的右脚颈比左脚的粗些，走起路来不很方便。她会替人医病，替小孩挑惊。医大人的病，是靠她的菩萨，医小孩是靠她自己的经验。生意倒还不错，常常都有人来求签，药方是签票上印就的，至于一次给多少钱，那是随便病人了。我看这个收入倒很有限，主要的是要靠她医小孩的病，对于自己的儿女，人们是乐意多出几个钱的。——她并没一定的时间，随到随看，一次总有四五毛钱，据说出一次诊，还有两三块可拿。我有一次曾亲眼见着她替一个婴儿挑口里的白点，她不慌不忙地从药箱里取出一根寸多长的针来，并不用消毒，一只手掀开了婴儿的嘴，一只手送进针去，挑得啵啵啵的响，血顺着她的手指流了出来，婴儿哭得失掉了声音，母亲把头掉开了不敢再看。但她仍是很镇静地挑着，脸上没一点表情，好像她是在一块木头上挑。手续完了，便用一根金属制的管子，一头放上一点白色的药粉，吹进了婴儿的口里去。等别人走的时候，送上一小卷角票在她手里，她这才笑了，说道：

"不要客气啰！"一面慢慢地送进衣袋里去了。

她们的菩萨是装在一口玻璃箱里面的，有一次我要求她大女儿给我打开来看看，她很严肃地拒绝道：

"我不能开！"

"为什么呢？"我奇怪了。

"要等我妈来，她是仙骨，菩萨不会怪她。"于是我便问起了她们的"吕纯阳太太"由什么地方得来？她很慷慨地把她们供神的原因告诉我了："我们从前没有供神，在三年前我妈病在床上一动也不能动，我爸也病了，还吐过血咧！有一天晚上菩萨附在我妈身上，说要她供她，因为她是仙骨。若相信，他们的病都会好起来的。后来果然病都好了。还医好了许多别的人。"

"那么菩萨又在什么地方请来的呢？"我说时用手指着神像。

她很自若地回答道："那是在城隍庙买来的。"

"菩萨也能用钱买吗？"我几乎这样地叫出来！但实际上却含糊道："唔！"便支吾过去了。

这老太婆病倒是没有什么病，只不过在她那只特别粗壮的右脚颈上，有一团红色的丹毒，每月总要发两三次，一发作起来，就一步也不能走，只好躺着，发出厉害的呻吟，而她那喜欢吵闹的丈夫，便也暂时间便成了一个哑子了。

原载民国二十五年（1936）九月十一日《申报·文艺专刊》第四十四期，署名尹光

选自沙汀：《沙汀文集》，四川文艺出版社，2017 年

任白戈

｜作者简介｜　　任白戈（1906—1986），四川南充人，1933 年担任中国左翼作家联盟秘书长。著有文艺评论《关于国防文学的几个问题》《现阶段的文学问题》等。

念祖母

祖母死了！这是最近才从伯父底信中得着的消息。看伯父底口气，似乎他们很轻松地对于这一桩大事，既没有什么哀悼的呼叹，亦没有什么追念的感伤。而且，还很宁静似地向我说："祖母已经是将近百岁的人了。在这样离乱的年间，能够安然地归天是祖母一生修得的福，我们当子孙的，总算在心上又释下一挑最大的重担了！"伯父底话是不错的。前几个月，我曾经听说过我们那兵团丛的家乡底人已经快要跑完了，只有一部分上有老母下有幼儿的跑不动的人家才在那里忍受着残酷的压迫。而我底伯父和父亲们就正因为有了年高的祖母不得不被压迫在那里，想起来恐怕祖母和伯父们彼此都是愿意分手的吧。至少，在我是应该作如此的想。我还能作别样的想吗？是的，我应该作如此的想，而且更应该想到：从此后，伯父们可以放心地去奔走各自底前程了，我亦总算是在心上又释下一挑最大的负担了。然而，我却苦于不能如此的想去，结果倒被感伤的追念引起了我底呼叹的哀悼。

我能说些什么呢？我不能说，什么也不能说。我只能说这样的一句话：我是随着祖母而生存的。但是，现在祖母是死了，祖母已经死了多久了！

一般都这样地说：孩子是由母亲底怀中长大起来的。在一些有钱能雇奶妈的人家，自然亦可以说孩子是由奶妈底怀中长大起来的。我呢？却是由祖母底怀中长大起来的。据祖母说：母亲刚将我生下地来就塞在她底怀中。因为那时候，父亲正在外面做生意，家里只有母亲和祖母两人，而事前又毫无一点准备，事实中非要母亲亲身去烧水来洗婴儿不可。以后，除了啰嗦的晚间得和母亲睡在一起外，所有一切的日子我都是在祖母底怀中过去的。这样，一直在不知什么时候，谁能使我将祖母忘去呢？

祖母是一个受尽了人间底一切折磨的人，无论在外表或内心上都是非常慈祥的。她只能教出一个纯谨朴的儿童而不能管着一个放浪不羁的大人，有些人也就说她没有出息。自小就失掉了父母的她，中年又失掉了丈夫的她，一颗孤苦的心自然只有寄托在自己亲生的儿童身上了。然而，年轻的伯父，却将一家人赖着生活的田产荡光，静悄悄地跑了，倒给她留下了一批难于偿清的债务。随着无边无底的岁月过去，拖着两个弱小无力的幼子在难捱的悲愁里爬逡，于是她那饱经忧患的眼睛便被血泪淹瞎了。自然，从此她只得永远地生活在黑暗的世界里，一切的五光十色都与她绝了缘分。我还记得她常常爱这样地说："到了儿孙满堂叫我可以享受的时候，我却连看也看不着你们了。"而且往往总是摸着我底脑顶接着感叹似地说着："乖孙儿！长大起来为祖母争一口气啊！我命苦。"为了掩埋过去的不幸，为了填补现在的失望，她不能不在与她形影不离的孙儿身上挂上一串将来的希望！这是任何人都可以体谅得到的。所以，我一向就作了她底怀中的太阳。我相信，当她临死的时候还一定要喃喃地问着："我底亮晶晶的孙儿呢？我底亮晶晶的孙儿呢？……"这，我是想得到的！然而我啊，我这寄着祖母底将来的希望的孙儿啊……

儿时的事情，已经不大记得清楚了。但有一点使我最难忘记的，就是关于父亲在我母亲死了以后的续弦问题。中年的父亲，除了忍受着情感上的鞭挞以外，还要将一切内外的事务和儿女底抚养都放在自己一人身上，自然是很苦很苦的。在姑母们底意思，都希望父亲再得着一个贤内助，而祖母却不同意。祖母说："没娘的孩子是很可怜的，有了后娘的孩子是更可怜的，我不愿意亲眼见着我底孙儿孙女被一个陌生的女人虐待，要讨也要等我死了再讨。"这是一个隆冬的夜里祖母向着她那特来为她贺寿的女儿和女婿说的，我记得说了以后接着就是将我拉入怀中抱着啜泣。从此后，再没有人敢提到这件使她伤心的事情了，而家中一切原由母亲担任着的事情就由祖母分配给那忽然回到家来一心侍奉祖母的伯父担任。伯父对我们是很好的，有些地方甚至比母亲还好，单就我能受着教育这一点说我也不能不感谢伯父对我的一番好心，但大半的感谢还应该归之于祖母，倘若不是为了体贴亲心的关系，也许伯父对我们的好底程度又有差异吧。

及到我入了高等小学以后，祖母对我的爱似乎更加热烈起来。每个星期日回来，祖母必定要将我拉入怀中，用她那颤颤的手从我底头上摸到足下，再从足下摸到头上，然后再紧紧地将我抱着说："乖孙儿！你又长高一些了。"倘若是学校有接连放到两天以上的假期，她就一定要留我在家中住宿，通夜睡在床上和我讲故事，结尾总不外是说她一生受别人底欺侮和咒骂不少，希望我长大起来为她争一口气。她从来不曾想到，恐怕连梦也不会梦到她底孙儿不但没有为她争一口气，而且居然像那年时候的伯父一样，一离开了家就长久地不回转去，以致使她临终的时候都不能再看着一眼。

长长的追念已经很可以不必要了，我不能再这样地追念着。空空的哀悼又有什么用处呢。我只希望伯父们真的能够因为祖母之死而放心地去奔走各自的前程，使祖母这一死得成为给她底子孙们以自由的代价。再说呢，为了自己在心上真的释下一个最大的重担，我更希望祖母在生前心中还未对我失望，在死前口中并未念着这样的一串话："孙儿是不回来了！孙儿是不回来！孙儿是不……"

原载民国二十三年（1934）六月十五日《社会月报》第一卷创刊号

选自《今文观止》，山西教育出版社，1996 年

朱大枬

｜作者简介｜　　朱大枬（1907—1930），四川巴县（今重庆巴南区）人。1923 年与李健吾、蹇先艾等组织文艺团体曦社，出版不定期刊物《燔火》，1926 年与徐志摩合编过《晨报·诗镌》。作品见于《灾梨集》（与人合集）与《她的遗书》。

少女的赞颂

对着那冷艳的脸，那脸上仿佛敷着一层洁光泛滥的晴雪，我恍惚漫游在雪后的荒山中，遗忘掉枯寂的心情，领悟到凄寥的静趣。这潜静的心，也恰好比喻做积雪的原野，不论受什么情绪和意念的践踏，只一度践踏过去，便留下深深的印迹。

爱慕跨上了心头，羞怯跟在他的后面。爱慕迂缓的爬着而羞怯飞似的奔驰。一会儿，羞怯追越过爱慕的脚踪，仍自单人独骑的在我心里驰骤，爱慕便悄悄的遁去了。

后边还有一行列，影影向我心头进行。仔细辨认得出：是希望的马驾着苦恼的车，猜疑飘飘的摇动着走，决断显露出铁青的脸色，妒忌携着怨恨，忿怒直冲上前，忍耐则病恹恹的挣扎着。

于是他们都蜂拥上心头，遍心深深的刻着纵横的辙迹，蜂窝似的穴孔。再偷看那冷艳的脸，脸上还铺着坦荡荡的雪层，没经过丝毫的凌践似的。我可不知道她内心的情状，我极想知道的，她的心是和她的面孔一样光艳呢，是像我的心一样凌乱呢？也许竟是一包泥浆了，啊，那可难说！你瞧，那脸上堆积的雪层够多厚，我眼光又没有太阳般的热力，怎能够探索她心里的秘蕴。

　　但是你仔细看去，她的嘴唇边不还有一点融化的痕迹？那不是曾经过情爱的嘴唇的烙压？看罢，她满脸的冰雪就要从这一点热情的烙印化起！那烙印像从绽破的石榴里挤出来的一颗鲜红的米粒。

　　但是我抽身走了。

　　爱慕悄悄的遁去，羞怯飞越过爱慕的前面，便也缓了下去，却还在脚爬手搔的乱动；希望脱掉缰绳跑去，剩下苦恼停在心里；妒忌怂恿起怨恨咆哮，忿怒更在一旁呐喊着助威：忍耐跌倒在地上；决断毅然赶走了猜疑，而冷淡趁这扰乱之间便瑟瑟的跨上心头。

　　于是泞泥的雪野渐渐变作坎坷的冰地。虽然我没有回头窥望，但是我猜想，我也希望，那冷艳的面孔将要渐渐晴霁了，满脸绚烂的红旭比那寒冽的洁光更美，那完全绽破了的石榴啊！

　　选自赵家璧主编：《中国新文学大系·散文二集》，良友图书印刷公司，民国二十四年（1935）

周 文

| 作者简介 |　　周文（1907—1952），四川荣经人，著名小说家、文学活动家，代表作有长篇小说《烟苗季》等。

雪 猪

西康有一种兽，短短的，不过两尺长，毛很浅，黄黑色，很像狸，但是尾巴很短。后两脚走路，前两脚则捧在头前，打拱似的。口中似乎念念有词，人说它是在念经。常常在雪地中夹着尾巴摇头摆脑地走来走去。一见着人，它就钻进地洞里去。人叫它做"雪猪"。它的肚子里面存一种油，白色，可以擦冻疮。也许是口中念念有词的缘故吧，很和平，常常打着拱无抵抗地被人从洞中抓出来让白晃晃的刀子破开它的肚子，叽叽叽地口中又似乎念念有词。

这东西在西康的金沙江西岸很多。不过，那地方已是英国军官率领下的藏兵的区域了。从前在打箭炉的时候，因为常常生冻疮，听见这东西的油很效验，我就随时向人物色。有一回遇着一个被藏兵割去鼻子的三十九旅的代表。我以为他一定有办法了，可是刚刚一提到金沙江西岸他就流泪抹眼。据说他们也是汉族，在西藏住了好几代了，可是藏兵一到，便在英国军官的指挥刀下割去了鼻子。而且逼着逃出了金沙江。我恐怕他还要说下去，抓着一个机会就问他雪猪好不好找。可是他向我摇头，似乎表示他家已亡了，哪里还说得上雪猪！他告诉我，在藏兵的范围内，对汉人是只许出不许进了。提到这，他脸上就表现着愤愤的颜色。真是！所答非所问！我只好站在旁边，从他胸前挂的银盒装的佛像望到他那一动一动地烂了的浅浅的鼻根。他两眼望着天，口中又似乎念念有词。

据说他们从前曾经是抵抗过的，也许就因为他们常常是口中念念有词吧，终于又和平地无抵抗地让白晃晃的刀子割下他们的鼻子，像雪猪似的口中依然念念有词。

我很自幸，幸而我不在金沙江西岸，不致于被割去鼻子；而且更自幸，以为是生于受了科学洗礼的内地，不致于就那样口中念念地让刀子割去鼻子了。虽然多少总不无惴惴然，总以为终会有这么一天似的。一离开了西康我就把它忘却。可是现在我又担心起来了：现在许多人们不都又手弄佛珠口中念念有词了么？而且在最近期间，许多自以为懂得科学的人们都也手弄佛珠口中念念有词起来了，居然还像煞有介事地要把它普遍的趋势。在这所谓"国难"的期间，在这样指挥刀到处飞舞的时候，我很担心，割去鼻子倒不怕，怕的是在那被割的时候真能口中念念有词。

"哀莫大于心死！"不知怎么，我又想起了那打着拱在雪地上走着的雪猪。

原载民国二十三年（1934）二月二十七日《申报·自由谈》，署名何谷天

选自周文：《周文文集》，作家出版社，2011 年

关于《山坡上》的原形

编辑先生：

贵刊五卷六期《文学论坛》栏，一篇《一个小小的实验》里，谈到关于我的作品的问题——水先生说："我们就他最近的出产看来，发见他有一个重要的缺憾，就是写人物的动作过分繁琐。其实写人物的动作是最吃力而难见好的，他最近流露出这个倾向，不知是否存心要往难处走，但成绩并不怎样好。即如现在这篇，他把全力用来描写王大胜和李占魁两个人物的动作，以致整个战场的可怕氛围反被忽略，同时也就不曾把篇中的主题充分发挥。但是仔细分析起来，也许还是题材的关系罢？因为倘使题材十分充裕的话，作者就可大刀阔斧的断取，不致像舍不得似的，牢牢抓住一个无甚关系主题的断片来细磨细琢了。"这对于我自然是极重要的。我对于无论任何批评，都极愿诚恳地听取，虚心地加以自省和检查。到我翻开我那篇《山坡上》来一看，却发现了我的原作不知怎么被拦腰砍去一大段了，并且因这一砍，我的作品中的两个人物都完全失掉了生命，失掉了灵魂，那剩下的最后一小段，就简直变成了硬扎上去的一条恶俗的尾巴，因此整个地看来，这篇东西简直变或了莫名其妙的奇怪俗物。（改这篇文章的先生是在企图讲故事似的使他讲快一点吧？但是太性急了！）这不能算是我的作品；我不能不表白一下。

1. 关于我的创作态度。（一）自从现实主义在中国被提出以来，虽还不过两三年光景，但很显然地这问题已经一天天地更加具体，明确，深化起来了。许多人都已经注意到，艺术作品决不是"故事的编排""政治的杂音"，而应该是以现实的人为主体，于是描写人物创造典型这些问题特别被强调了起来。从现实里抽出典型，并从那内的联结的复杂关系上去把捉他的变化和发展。这变化和发展，不能是作者脑子里凭空空想的产物，而应该是作品中人物在和各种必要的环境相互作用时的心理的发展，对于这问题，在两三年来，我从写《恨》起，就一直是这样不断地在研究在探讨着。

（二）随着这问题的研究而来的，在创作过程中的写作方法，也必然要引起大大的改变。要写出客观的真实，应该是由人物在事件发展中自然的流露，那么写法上采用叙述，或作者随时从作品人物行动间伸出头来插说几句的办法，究竟不妥当了。因为叙述的，常常会多出许多作者主观的议论，而不是现实自然的流露。这样看来，要做到完全是写实的，必然地应该是素描的，因而也才是形象化的。描写人物的心理怎么办？当然不能是拖沓的叙述，抽象的说明，最好是从人物间的关系上动作上去反映。最近还有一个朋友告诉我，在艺术作品里最忌"然而""但是"这些词；因为这些词是只有"做论文""讲故事"里面用得着。自然，读惯"然而""但是"这些顺口句子的人，要来看那似乎并不铿铿锵锵的似乎各个孤立着的句子的素描，自然是有些不顺眼的，但其实，凡是理解一切发展的事物，都要经过先难后易这一阶段，只要看得多了当然也会慢慢地顺眼起来，反过来说，用素描的方法，在目前当然是"最吃力而难见好"，但是为了向更高的艺术冲进，虽难，也只得拿出毅力来用全生命去试验。这就是我从今年一二月写《一天几顿》写《热天》时起所决定的改变作法的根据。

2. 我为什么要写这篇《山坡上》的？当我十七岁的那年，在一个部队里当一个小"军佐"的时候，第一次看见的一场战争是在家乡的一个"山坡上"。我是站在坡下的，看见我们的部队冲上山，把敌人冲败的时候，我跟着骑马上坡去，只见坡上的石板桥头横呀顺的躺着十几个尸体，有的虽还没有死，但衣服已被剥去，全身和全脸都冻得惨白而带土色，而且发抖，恐怖的两眼一翻一翻地看着我们这些胜利者的敌人跨过他们的身边，我那刚才开始上坡时的那种胜利的快活心情立刻消失了，换来的是恐怖和凄惨。当时我曾激动而痛苦的想道他们也是人呵！以后我的军营生活继续过了四年，后来还在一个"训练所"，受过半年的军事训练，体验了一下类似士兵的生活。中间经过三次战争，我虽没有亲自拿过枪去参战，但都亲眼看见的，可是印象的较为最深还是山坡上那一次，因为那一次我的一个弟弟是参战的，我还曾在一篇《弟弟》中提到过。今年二月我写那篇士兵题材《热天》的时候，山坡上的那些尸体又浮到我的眼前来了，从敌人中认出了都是人的那种激动，到回想起来，还使我全身发冷。于是这篇《山坡上》的那后一段，两个敌人活转来再打，打出肠子来，后来遇着狗，又从打狗变成互相防护，而且变成朋友，这一个活生生的影像居然在我脑子里出现了，我于是决心写它，渐渐地一个较强的王大胜和一个较弱的李占魁也在我的脑子里活动起来了。我要写出这两个人物性格的发展，要写出他们相互关系中从敌人认出互相都是人这一个主题上，所以一开头我就抓着许多兵士中之一的王大胜来写，为了免得浪费，我把战场的情景完全通过王大胜的眼睛来看，一方面是写战场的变化，同时也就利用这变化来反映王大胜的性格心理，因为把他的性格一介绍，就应该急转直下，到两个肉博，一直到两个性格的发展变化。所以我一开头写的并不是战争的才开始，而是战争快逼紧了的一刹那。这一刹那，通过王大胜的眼睛看来，一切都是紧张的，只有刻刻变化的环境和心理，没有和身边弟兄们发生什么来往的工夫，所以写他周围的弟兄们，只是在他看他们的时候写几笔，不必再大刀阔斧地堆积一些东西。当我计划这题材的时候，的确煞费了一点苦心的。敌人是两个不相识者，要写来拉到一块来，最容易写成"凑巧"，或者"传奇化"，同时人物也就会变成不真实，没有血肉的影子似的了。我在二月的时候，曾经和两三个在文艺圈里活动的朋友们谈过。随时想，随时计划，到七月才开始动手，但换稿四五回都失败了，人物不是模糊了，就是发展得太不自然。我于是只得搁下。到十月用了一个月的工夫，才写成功。才把两个活人画了出来。我承认这篇东西是磨琢出来的，但并不是因为题材缺乏，这是可以想见的了。

3. 现在我这篇《山坡上》被砍坏了的是什么地方？我写这篇东西的第二段，李占魁在晚上苏醒转来，发现了曾经打昏死了他的敌人王大胜，爬起来又和他相打以后的那一大段，简直是非常重要的，是整篇变动发展的重要关头，是非常必要的过程，没有这过程，他们两个决不会从仇敌变成自己人，而且这篇作品也就会不知所云了。我那原文的大意是这样的，较弱的李占魁看见许多狗吃死人的时候，是非常难过的，在潜意识中感到这世界的悲惨和自己的孤独，忽然发现了人的呻吟声，他忽然高兴了，以为眼前的这世界还有同类，但一看，却是打死他的敌人，他于是又愤怒了，和他打起来，王大胜究竟强些，居然翻起来把李占魁压在地下，后来王大胜又被摔下地来了，肚破肠流，因为痛得太厉害，也就抓着李占魁的手咬。李占魁当然不让，还想踢他，但王大胜终于昏过去了。李古魁开始是感到胜利，但不久也就觉得可怕，凄凉。有一条狗跑来要吃王大胜的肚肠，他忽然下意识地要保护他了，把狗打开。王大胜醒来的时候，看见面前的敌人，他非常痛恨，伤口很痛，但他不愿娘儿们似的在敌人面前哼声音，他痛苦地想，假使能够一枪打死就好了，但他又不愿说。忽然又有几条狗来了，像要吃他的肠子，他立刻更恐怖，以为就这样在敌人的眼前给狗吃完了，谁知那敌人倒拿起石头来打狗，他才觉得这敌人并不可怕，自己才痛快地哼出来了，一看李占魁的脸才感觉到彼此间有一种互相共同的什么，于是他就想叫他拿枪打死他，但他究竟是要强的，为了习惯的招呼上该要喊一句平常喊滥了的"弟兄"两字，但他刚刚要喊却又不好意思地吞了回去，只是硬生生地叫他拿枪打死他。他喊过的时候，自己很痛，就拿手来自己扼自己的喉管，想扼死。李占魁这才来扳开他的手，叫他，"弟兄，你别这样，"王大胜这才感动，伤心地喊出来了。这样，从两个不同性格的发展变动才是自然的。但这一大段给砍掉了！砍掉了！变成了王大胜一醒来马上就哭叫，这就失掉了人物的真，而且接着还改为他"早已忘了是朋友是仇敌"（?），便叫李占魁弄死他。王大胜这样强的人，这一下简直被改得变成娘儿们似的软弱，向着敌人"哀求"的不要脸的人物了！凭我的经验，兵士的性格决不是这样的。这成了没有灵魂的兵士，画成一个没有骨骼的鬼脸了！而且李占魁虽较弱，如果不经过两次的打狗所引起来的他的心理的变化，那么他不会马上就变成同情而且想帮助王大胜的。因而也就不会互相从敌人中看出同自己一样的人。我要加重的说一句：这是最重要的过程，没有这过程，就决不是现实的东西，而且连主题也就没有了。除了这一大段以外，在第一段里还被改了一些字，以至弄得有些不合战争的情势，但我不想再举它了。现在重要的是请先生设法补救，请把那些被修改被删掉的原文，连着这信在贵刊六卷一期上刊登出来。盼切！顺祝编安！

周文 十二月三日

原载民国二十五年（1936）一月一日《文学》第六卷第一号

选自周文：《周文文集》，作家出版社，2011 年

范长江

| 作者简介 |　范长江（1909—1970），四川内江人，著名新闻工作者。主要作品有《中国的西北角》《塞上行》等。

匆离额济纳

　　骑骆驼作沙漠长征，在我尚为第一次。我们在北平和平绥线一带所看到的骆驼，体格总不很大，驼峰小而倒仆的多，这五只骆驼，因为被喀尔喀人终年休养着，精神焕发，体格壮美，其中三匹有出乎寻常的高度，人骑在驼峰间，只剩了一个头部比驼峰略高一筹，骆驼肚子肥大得可怕，从背梁到肚底，我们这般骑士们的腿长只够它五分之二。新长的秋毛，是那样的鲜嫩，那样的舒展。

　　驼主兼向导的这两位蒙古喇嘛，一个叫道尔济，一个叫苏牧羊，同胞兄弟俩。道尔济是聋子，真正负担向导工作的是苏牧羊，翻译是久留蒙古的汉人老杜。老杜从前拉骆驼惯走外蒙古，酒泉到绥远一路也很熟，蒙古话说得很漂亮。关于走阿拉善带的东西，如吃的面粉、羊肉、盐、醋、绿豆、大米等，作饭的锅、铁叉、铜勺，睡觉用的帐幕、铁锤，补织用的针线，各人的行李，特别是饮水，我们预备了四五日用的饮料，举凡生活所需，或有关的用品，全须带上。他们是老行家，我托福不必自己操心。

他们知道我是初行戈壁，选择了那匹比较矮而年青的骆驼，给我作骑驼，顾虑大驼不好驾驭，恐怕跌我下来。实在骑驼比骑马平稳安适得多。

用汽车行戈壁，并不感觉戈壁的十分广阔，骑上骆驼，就感到缩地之无术了。由白音泰来东南过东河，额济纳肥美的森林水草区，慢慢留在我们的后面，骆驼舒缓平稳的脚步，前后摇荡着骑人的上身。驼背上不必要很完全的骑鞍，有相当垫隔的工具就行。驼不要缰，牵着连在它鼻上的单索，就可以对它指挥如意。

你要想骆驼自己加速它的行进速度，最好让它们并排着前进，平行局势下，谁也不肯让谁，它想赶过它的同伴，而它的同伴却没有一个愿意落后，你快我更快，它不相下，我们赶路的人，却占了便宜了。生存是竞争的，为了竞争，各方面不能不全力奋进，否则将成落伍者和失败者，一个民族在最纷乱的时候，各种势力并存的时候，往往是最进步的时期，而大一统天下之后，内外无忧，则又往往堕落下来，丝毫没有进展，这完全看竞争因素是否存在来判断。

戈壁中无鲜明的道路，只是望着山头走，走过一个山头又望着另外山头，作为前进的指针。

连续通过两大戈壁滩，骑得乏了，下驼休息。下面是干燥的沙地，寸草不存，四望遥远的天边，有时有山，有时我们的视线，消灭在阴灰的地天相接的气氛里，人是这样的四个，骆驼是这五匹。两个蒙古人和我语言不通，他们三个相互间谈得起劲，我自己除了偶尔和翻译谈几句而外，没有方法可以表达我的思想和感情。我这时才感到戈壁之辽阔，及其给予旅人之空虚。

一片戈壁盆地的中心，沙地上存留着灰白色的细泥沉淀块，整个来说，这些沉淀泥块，已经破碎了。远远看去，还保存着蜂巢式的平面。假如回到若干万万年以前，戈壁正是碧蓝海底的平沙，我们如果坐在探海器里，沉坠到汪洋的中心，那时可能遇到许多鲨鱼，乌贼，珊瑚之类，隔着玻璃我们可以和许多水栖动物见面。可惜我迟生了若干万万年，沧海已成荒漠，风沙而外，所余的只有极少的古海征侯了。

途次，常遇成堆的白骨，狼藉戈壁中，盖为过去横渡沙漠而牺牲之骆驼。骆驼本生于沙漠，其所恃以生者，以其能食各种杂草，有水囊可以蓄水，有驼峰可以耐饥，故能纵横大漠，独傲群兽。待其一定时期经过之后，一代之生命即告结束，黄沙广漠，即为此漠上英雄白骨之陈列所。过去若干代如此，今后若干代亦莫不如此，此盖为骆驼生存史之本质。然而我们所骑未死骆驼，对于彼等先代之白骨，仍时现惊避之行动。是盖有惧于"死"。生物必不能不死，而生物皆不欲死，此生物之所以特奇也。

午后走过了一个十数里的大沙窝区，黄昏后又走进另一沙窝，我有点不愿意走，一方面是骑驼骑得饿了，一方面是恐怕走进沙窝，夜间走不出来。但是老杜告诉我，苏牧羊的意思是再过了这片沙窝才住下，过了沙窝有草可以喂骆驼，沙里没有办法。我当然只好听话。天是慢慢由太阳的世界，走入月亮的世界，朦胧的月光射在紧密的沙浪上，半明半暗的浪头，无尽的绵连着，起伏着，四望都是茫茫。五匹骆驼在苏牧羊领导之下，转来转去，浮沉在沙浪之中，飘荡，飘荡，到嫦娥小姐都有休息的意思了，我们仍没有发现沙海的边沿。看苏牧羊东张西望的神气无疑的是迷路了！既然丧失了方向，也只好暂时找地住了下来。沙里无水无草，因为沙是松的，帐幕也立不起来，草率的烧些茶吃，我们就露天睡在沙上了。

仰面看到明月和星光，她们陪着我们，她们的态度非常温和活泼，似乎有几分嘲笑人类，笑人类的活动太迟缓，太小气，太自私，太白费气力，因为她们想来，人类正当的生活期，应该是集中所有的力量，克服自然界，增加全人类的享受。现在还停滞在民族压迫民族，阶级压迫阶级，事业压迫事业，个人倾轧个人的时期，人类的进步太慢了。墨索里尼和希忒拉现尚拼命提倡压迫弱小民族，说是"传播文化"，这完全是开人类历史的倒车，在她们看来，是更加可笑了。

我们这一小队人驼，实无异大海中的孤舟，假如我们今夜就消火在沙漠里，等于大西洋上沉没了一只帆船，不会引起世人的注意。这种遭遇，常常令许多有志的人灰心。他们努力的苦心，总希望世人的了解和同情，如果一番热忱放在冰窟里，往往令人伤心丧气，然而，真正从事艰难事业的人，又应该有更深的了解。人与人间之彻底了悟，因生活环境之不同，与修养之有别，纵然平心静气，障碍已多，何况利害不齐，观点各异。故明名将俞大猷说："真丈夫处世，唯自信而已，又何穷通得失之足动于其心哉！"这实在是紧要的秘诀，我们认定事情做去，旁人是否能了解我们的苦心，大可不管。

白昼本来很热，而夜间却盖了很厚的羊皮才勉够温暖。蒙古人出门睡觉方法简单，一条羊毛毡子垫在地上，白天穿的大羊皮外衣盖在上面，头脚都缩在皮袍里，无论多么冷，他们都如此睡法。所以蒙古骑兵的行军，因为少带行李，可以异常迅速。成吉思汗时代之能横行欧亚，蒙古军之生活简单，行动便利，当为重要原因。

太阳刚从地平线的东方放出红光，我们已经骑上骆驼随沙梁而起伏，骑驼有如骑龙，因为它的头颈有几分像龙，走路的风度，又复安详落大。驼上四望，风景索然，于是转而运用思想，往往能把一个问题想得很远很深，没有什么另外的刺激，可使我的思想混乱。我这时才明白了"淡泊明志，宁静致远"的精义。淡泊指生活，宁静指环境，即生活之物欲不能过高，始能建立高尚之志趣。

同时自己心内心外，都要保持安宁与清静，才能集中相力，致力于精深远大之事功。

因为是清晨，看准了方向，约二小时走出沙窝。飓风区海浪式的沙窝，上上下下，象征人生之崎岖，崎岖中正是有人生最精彩的节目。一人戈壁，宛如人入顺境，平顺生涯，又无大可称述了。

细想我们这一小队的构成，其中包含重要的政治原理，我为了生活上某部分工作需要，须由额济纳走阿拉善，然而我自己没有走沙漠的经验和准备，所以以一定代价，雇蒙古人之有此经验和准备者，来作我达成这一任务上的指导。用政党政治的国家来说，我是人民，蒙古喇嘛是当权的政党，他们在领导的过程中，当然要以我的利益为前题，以他们的经验，在茫茫的戈壁中，引导我前进。在技术领导上，我当然服从。但是有两点，我是不能不注意的：第一，他们是否忠忠实实的在走路；第二，我自己应有一个根本的方向，从大处看他们走得对不对。所以如果他们在半途停顿，另外作他们自己的打算，我们应该加以干涉，如果走的方向，觉得不对，应该提出质问，这是人民的制裁权和言论自由权。也许因为地势气候等关系，要走一段反乎平常方向的道路，也许一时有错误，我们不能干涉太严，不过我们最后的制裁权是不能放弃的。在一党专政的国家，甚至在古代君主专政时代，情形比较危险，他们未上台时，总是些"吊民伐罪""解除民众痛苦"的口号，上台以后，大权在握，问题倒有些麻烦。因为他们不但要有高明的政治技术（大智），而且要有很好的政治道德（大仁），否则自私自利，横行，完全违反民众利益，民众辛辛苦苦捧上台的力量，即刻成为大家最头痛的东西。阿斗要不是遇到光明磊落的诸葛亮，老早被人当猪仔卖了。人民没有政权的国家，前途不会光明的。

言论自由，在复杂的国家情形下，是让各方面的人民表示其各自意见的最好方法，许多新闻纸的本身，自然难免各有其背景，然而它的背景，即代表一种社会意见。

　　沿途间有青嫩的红柳，骆驼对于这种东西，非常爱吃，最初我是任它去吃的，所以它只要看到前面远处有红柳，即以轻快而平顺的步调，向前迈进。后来因为要赶路，不让它随处吃草，它就怒鸣，甚至于以不走相抵抗。这事使我发生重大的感触。就是骆驼完全是为了它自己的生存而活动，它并不想驮客驮货，人们把它们制服来作交通工具，在它们原是一种不得已，它们并不对于运送和它们不相干的客货，感到兴趣。利害不同，观点自异。我们希望赶路，它们希望永远优游于水草之间。利害既然不同，如果没有强力强迫着，大家是无法合作的。

　　　　　选自长江：《塞上行》，大公报馆，民国二十六年（1937）七月

唐君毅

|作者简介|　唐君毅（1909—1978），四川宜宾人。中国现代著名思想家、哲学家、教育家，当代新儒家的主要代表。2016 年《唐君毅全集》出版，全三十九册。

导言附录——我所感之人生问题

　　本文原名古庙中一夜之所思。盖一随笔体裁。乃廿八年十月宿于青木关某部时所作。该部原为一古庙，以一小神殿而为吾一人临时寝室，当夜即卧于神龛之侧。惟时松风无韵，静夜寂寥，素月流辉，槐影满窗。倚枕不寐，顾影萧然。平日对人生之所感触者，忽一一顿现，交迭于心。无可告语，濡笔成文。此文虽属抒情，然吾平昔所萦思之人生根本问题皆约略于兹透露。此诸问题在本书虽不必一一有正面之清晰答案，然至少可见本书所以作之个人精神背景之一主要方面，故今附于导言之末。此文之情调纯是消极悲凉之感及对人生之疑情，与本书之情调为积极的肯定人生者不类。然对人生之疑情与悲凉之感实为逼人求所以肯定人生之道之动力及奋发健往精神之泉源。乐观恒建基于悲观，人生之智慧恒起自对人生无明一面之感叹。悲凉之感者大悲之所肇始；有智慧者若不能自忘其智慧以体验人生无明一面，亦不能知智慧之用，此吾之可以附入此文也。吾所自惭者惟文中之悲凉之感尚不免于局促，对人生无明一面之感叹尚未至真切耳。（三十二年君毅）

日间喧嚣之声，今一无所闻，夜何静也？吾之床倚于神龛之侧。吾今仰卧于床；唯左侧之神，与吾相伴。此时似有月光自窗而入，然月不可见。吾凝目仰睇瓦屋，见瓦之栉比，下注于墙，见柱之横贯。瓦何为无声，柱何为不动。吾思之，吾怪之。房中有空，空何物也。吾若觉有空之为物，满于吾目及所视之处。空未尝发声，未尝动。然吾觉空中有无声之声，其声如远蝉之断续，其音宛若愈逝愈远而下沉，既沉而复起，然声固无声也。吾健觉此空，若向吾而来，施其压力。此时吾一无所思，惟怪此无尽之静□，自何而来，缘何而为吾所感。吾今独处于床，吾以手触吾眼吾身，知吾眼吾身之存在。然吾眼吾身，缘何而联系于吾之灵明？吾身方七尺而吾之灵明可驰思于万物，彼等缘何而相连，吾不得而知也。吾有灵明，吾能自觉，吾又能自觉其自觉……相引而无尽；吾若有能觉之觉源，深藏于后。然觉源何物，吾亦不得而知也。吾思至此，觉吾当下之心，如上无所蒂，下无所根，四旁无所依。此当下之心念，绝对孤独寂寞之心念也。居如是地，在如是时；念过去有无量世，未来亦有无量世，然我当下之念，则□然独立于现在，此绝对孤独寂寞之心念也。又念我之一生，处如是之时代，在如是之环境，在我未生以前，我在何处，我不得而知也；既死之后，我将何往，我亦不得而知也。吾所知者，吾之生于如是时，如是地乃暂住耳。过去无量世，未有与我处同一境遇之我；未来无量世，亦未必有与我处同一境遇之我。我之一生，亦绝对孤独寂寞之一生也。吾念及此，乃恍然大悟世间一切人，无一非绝对孤独寂寞之一生，以皆唯一无二者也。人之身非我之身，人之心非我之心，差若毫厘，谬之千里，人皆有其特殊之身心，是人无不绝对孤独寂寞也。

吾念及此，觉一切所亲之人，所爱之人，所敬之人，所识之人，皆若横布四散于无际之星空，各在一星，各居其所，其间为太空之黑暗所充塞，唯有星光相往来。星光者何？爱也，同情也，了解也。吾尝怪人与人间缘何而有爱有同情有了解。吾怪之而思之，吾思之而愈怪之。然我今知之矣，人与人之所以有爱同情了解者，所以填充此潜藏内心之绝对孤独寂寞之感耳。然吾复念人之相了解也，必凭各人之言语态度之表示，以为媒介。然人终日言时有几何，独居之态度，未必为人见也。人皆唯由其所见于吾之外表者，而推知吾之心。吾之心深藏不露者，人不得而知也。而吾心所深藏者，不仅不露于人，亦且不露于己。吾潜意识中，有其郁结焉忧思焉非我所知也。我于吾心之微隐处，尚不能知，何况他人之徒由吾之言语态度之表示以微知吾心者乎？人皆曰得一知己，可以无憾，言人与人求相知之切也。然世间界有知己乎？己尚不知己，遑论他人？人之相知，固有一时莫逆于心，相忘无形者矣。然莫求逆者，莫逆时之莫逆；相忘者，相忘时之相忘耳。及情移境迁，则知我者，复化为不知我者矣。而人愈相知，则愈更深之相知。且求永远之相知。其求愈切，其望弥奢，而一旦微有间隙，则其心弥苦。同情也，爱也，均缘相知而生。相知破人心之距离，如凿河导江。同情与爱，如流水相引而至。人无绝对之相知，亦无绝对之同情与爱。不仅仅他人对己不能有绝对之爱与同情，己之于己亦然。吾忧，吾果忧吾之忧乎？吾悲，吾果悲吾之悲乎？忧悲之际，心沉溺于悲忧之中，不必能自忧其忧，自悲其悲，而自怜自惜，自致其同情与爱也。己之于己犹如此，则人对吾之同情于爱，不能致乎其极，不当责也。

吾复思吾之爱他人又何若？吾尝见他人痛苦而恻然动矣，见人忧愁而欲慰助之矣。然恻然动者，瞬而漠然；慰助他人之事，亦恒断而不能续。吾为社会人类之心，固常有之。然果能胜己之私者有几何。吾之同情与爱，至狭窄者也。吾思至此，今古之圣贤，其以中国为一人，天下为一家之仁心，如天地之无不覆载，本其至诚恻怛之情，发而为言，显而为事业，皆沛然莫之能御。吾佩之敬之，愿馨香以膜拜之。然吾复念古今之圣哲多矣，其哓音瘏口，以宣扬爱之福音，颠沛流离，以实现爱之社会，所以救世也。然世果得救乎？人与人之相忌嫉犹是也，人与人之相残害犹是也，试思地球之上，何处非血迹所渲染，泪痕所浸渍？而今之人类正不断以更多之血迹泪痕，加深其渲染浸渍之度。人类果得救乎？何终古如斯之相残相害也？彼圣哲者出自悲天悯人之念以救世，固不计功效之何若，然如功效终不见，世终不救，则圣哲之悲悯终不已。圣哲之心果能无所待而自足乎？吾悲圣哲之怀，吾知其终不能无所待而自足也。吾每念圣哲之行，恒不禁欲舍身以遂成其志。吾固知吾生之不能有为也；即有为而世终不得救也。吾今兹之不忍之念，既不能化为漠然、舍身又复何难？然吾终惑世既终不得救，而人何必期于救？宇宙果不仁乎？何复生欲救世之人以救世也？宇宙果仁乎，何复救世者终不能得遂成其志也？忆吾常中宵仰观天象、见群星罗列、百千万数，吾地球处于其间，诚太空之一粟。缘何而有地球中有如此之人类，而人心中有仁，人类中有仁人欲遂其万物一体之志乎？宇宙至大也，人至小也。人至小也，而仁之心复至大也。大小之间，何矛盾之若是？吾辄念之而惑不自解，悲不自持。吾之惑吾之悲，又自何来，终于何往，吾所不知也。

　　吾思至此，觉宇宙若充塞一无尽之冷酷与荒凉之宇宙。吾当舍身以爱人类之念，转而入于渺茫。吾之心念复迟旋而唯及于吾直接相知之人，直接相爱之人。吾思吾之母，吾之弟妹，吾之师友，吾之妻，若唯有念彼等，足以破吾此时荒凉寂寞之感者。吾念彼等，吾一一念之。然吾复念吾与吾相知相爱之人之相遇，惟在此数十年之中。数十年以前，吾辈或自始未尝存，或尚在一幽渺之其他世界。以不知之因缘而来聚于斯土，以不知之因缘而集于家，遇于社会。然数十年后，又皆化为黄土，归于空无，或各奔另一幽渺而不知所在之世界。吾与吾相知相爱之人，均若来自远方各地赴会之会员，暂时于开会时，相与欢笑，然会场一散则又各乘车登船，望八方而驰。世间无不散之筵席，筵席之上不能不沉酣歌舞，人之情也。然酒阑人散，又将奈何？人之兴感古今所同也。吾思至此若已至百年以后。吾之幽灵徘徊于大地之上，数山陇而过，一一巡视吾相知相爱之人之坟茔，而识辨其为谁，为谁之坟茔。吾念塚中之人，塚上之草，而有生之欢聚，永不可得矣。

吾复念吾爱之弟妹，吾复爱吾之妻及子，吾之弟妹亦将爱夫或妻及子也，然吾之爱吾弟妹及弟妹之爱吾也，及各爱其夫或妻及子也，皆一体而无间。而吾之子与弟妹之子之互待，则有间矣。彼等之相爱，必不若吾弟妹之相爱也。爱愈传而愈淡，不待数百年之后，吾之子孙与吾弟妹之子孙，已相视如路人矣。彼视若路人之子孙，溯其源皆出自吾之父母之相爱。吾父母之相爱，无间之爱也。吾与吾之妻子之爱，弟妹之与其夫或妻及子之爱，亦无间之爱也。缘何由无间之爱，转为有间之爱，更复消亡其爱，相视如路人？此亦吾之所大惑也。大惑吾不能解，吾悲之，然吾悲之，而惑之为惑如故也。无间之爱，必转而为有间之爱，归于消亡，此无可如何之事实也。吾果能爱吾疏远族兄如吾之弟妹乎？此不可能之事也。吾缘何而不能？吾亦不自知也。人之生也，代代相循。终将忘其祖若宗，忘其同出于一祖宗而相视如路人，势所必然也。

吾思至此，吾复悲人类之代代相循。"前水复后水，古今相续流，今人非旧人，年年桥上游。"数十年之间即为一世。自有人类至今，不知若干世矣。吾尝养蚕，蚕破，卵出如沙虫而食桑叶，渐而肥，渐而壮，而吐丝而作茧，而成蛾，而交牝牡，而老而死。下代之蚕又如是生，如是壮，如是老，如是死。数日之间，即为一代。由养数蚕月余，蚕已盈筐，盖蚕已易十余代矣。其代代皆循同一生壮老之过程，吐如是丝，作如是茧，化如是蛾。吾思之，吾若见冥冥中有主宰之模式将代代之蚕，引之而出又复离之而去。然此主宰之模式何物？吾不得见也。吾思之而惑，吾亦惑之而悲。吾今念及人之代代相循，盖亦如蚕之由幼而壮而思配偶而生子孙，异代异国之人，莫不如是。亦若有一主宰之模式，引之而出而又离之而去非吾所能见者；而吾则正为自此模式所引之而出复将离之而去之一人焉。主宰我者谁耶？吾缘何而受其主宰耶？吾惑吾生之芒，吾惑吾相知相爱之人所自生之芒。吾惑之悲之，又终不能已也。

　　吾思至此，吾念人生之无常，时间之残忍。爱之日趋于消亡，人生所自之芒；更觉此宇宙为无尽之冷酷与荒凉之宇宙。然幸吾今尚存，吾相知相爱之人，多犹健在，未归黄土也。然吾复念吾今在此古庙中，倚神龛而卧，望屋柱而思，不知吾之母，吾之弟妹，吾更之妻，吾之师友，此时作何事？彼等此时盖已在床，或已入梦矣？或亦正顾视屋顶不能寐，而作遐思？如已入梦，则各人梦中之世界变幻离奇，各梦其梦，梦为如何吾所不得知矣。如亦作遐思，所思如何，吾更不得知矣。或吾所爱之人及梦我，正思念我；然我今之思念彼等，彼等未必知也。彼等或已念我之念彼等，然我今之念"彼等可有念我之念彼等之念"，彼等亦未必知也。吾今之感触于宇宙人生者，彼等更不必于如是时有同一之感触。吾念古人中多关于宇宙人生之叹，吾今之所叹，正多与古人之相契。然古人不必知在一之感，若干年后，如是时，有如是之我，作如是念，与之相契也。在数十百年后如吾之文得传于世，亦可有一人与吾有同触，与吾此时之心相契。然其心与我之心相契，彼知之，我亦不必能知其相契与否也。吾于是知吾今之感触，亦绝对孤独寂寞之感触也。此时房中阒无一人，不得就我今兹所感触而告之。我今兹所感触，唯吾之灵明自知之。然吾之所以为吾，绝对孤独寂寞之吾也。吾当下之灵明，绝对孤独寂寞之灵明也。吾念吾此时之孤独寂寞，吾复念吾所亲所爱之人此时之孤独寂寞，彼等之梦其所梦，思其所思，亦唯于梦思之际，当下之灵明知之。如彼等忽来于吾前，吾将告以吾此时之心境。而彼等亦将各告以此时之心境。然相告也者，慰彼此无可奈何之绝对孤独寂寞耳。相告而相慰。相慰也者，慰彼此无可奈何之绝对孤独寂寞耳。

吾念以上种种，吾不禁悲不自胜，吾悲吾之悲而悲益深。然吾复念此悲何悲也？悲人生之芒也，悲宇宙之荒凉冷酷也。吾缘何而悲？以吾之爱也。吾爱吾亲爱之人；吾望人与人间皆相知而无间，同情而不隔，永爱而长存；吾望人类社会，化为爱之社会，爱之德充于人心，发为爱光，光光相摄，万古无疆；吾于是有此悲。悲缘于此爱，爱超乎此悲。此爱也，何爱也？对爱之本身之爱也，无尽之爱也，遍及于人我、弥纶宇宙之爱也。然吾有此爱，吾不知此爱自何而来，更不知循何术以贯彻此爱。尤不知缘何道使人复长不死，则吾之悲仍终将不能已也。然此悲出于爱，吾亦爱此悲。此悲将增吾之爱，吾愿存此悲以增吾之爱而不去之。吾乃以爱此悲之故，而乃得暂宁吾之悲。

二十八年十月

选自唐君毅：《人生之体验》，中华书局，民国三十五年（1946）六月

第三节　宁静之心境

一　说宁静

人类灵魂最高的幸福是他的宁静。

在宁静中你的思想情绪在他的自身安住。

在宁静中你的性灵生活在默默的生息。

在宁静中你的精神在潜移默运，继续的充实他自己。

在宁静中你的人格之各部交互渗融凝而为一，表现于你自己心灵之镜中，而你的心灵之镜光能自相映射。

二　说孤独

"在群众中你生活于当时的时代，在孤独中你生活于所有的时代"。

"孤独的一个人，在一个人与莫有之间蕴藏着无限"。

在群众中你不能认识世界的无限，因为你只注意别人如何认识世界，你只觉他人的世界在你之外，你的世界被限制了。

在孤独中你开始面对着苍茫的宇宙。

所见所闻所思的一切，在你孤独的时候表现为你心灵的图画。

画轴的展开依着你心灵内部的天枢。

心灵的光辉自天枢纵横四射，运行浸润于无穷的画境。

你的孤独永远不会使你寂寞的。

三　说凝视

宁静使你充实，孤独使你无限，凝视使你在最平凡的事物中认识最深远的意义。

在凝视之始你的心灵与外境间渐渐起了朦胧的轻雾。

世界带着面纱向迢迢的天边退走。

你也似乎随着世界退走，你忘掉了你的立脚之地。

忽然轻雾散开，日光映照下的万物对于你分外的亲密。

"一片花影将引起你眼泪不能表出的深思"。

"一颗沙粒将启示你以永远的天国"。

心灵在其所凝视之事物中，他可以流注他全部的灵海之潮汐。

如是在任何平凡的事物中他都可认识出最深远的意义。

四　说安定

安定的心灵犹如太空，任白云舒卷明月去来，他永不留痕迹，总是空阔无边寂然不动。

你不要说待我的什么问题解决时你的心便安定了。

因人生总是有新的问题的。

你亦不要说待我那些重大的问题解决时，留下的小问题将不会如此扰乱我的心。

当你的重大问题解决时，你的小问题便成为你重大的问题了。

你不能等待何时心灵才求安定。

你等待的心理之本身是向外驰逐的，他自己便会创造出你无尽之烦恼。

你要求安定，你必需当下就开始安定，除此以外莫有第二条路。

五　说失望

你不要悲叹你的失望。

失望时你发觉你所驰逐之物的幻灭。

你的心灵在有的依恋与无的空虚间颤动。

你当反观你这心灵中之韵律。这韵律是你当下的诗境。

你真能如此反观，你将暂忘了失望的苦恼。

因为你能反观的他自身是安定的。

你只要有暂时能反观失望而自身安定的心，便证明你是可以渐渐从失望中摆脱出来的。

暂时的安定便可以扩张他自己成永远，安定，因为他们是同质的。

假如在失望中，你不能由反观你的失望而获得真正的安定，仍可保持你的乐观。

你要知道世界是万象的流转，你有限的生命就流转的万象中选择一部以为爱恶，你是免不掉时时感到你所执取之幻灭的。

但是你可以随时掉换你新的追求，任你所选择的之幻灭。

好比二三月瀑布上流的冰解冻，许多冰块向瀑布下奔流时，你所站立的冰块虽马上快要为急流冲下去，你可以很快的离开那冰块而踏上另一块，另一块快要落下，你再踏下一块。

于是，你纵然永远站在瀑布之旁，你永不致随波覆没。

你的失望使你幻灭，你新的追求又代替了你的幻灭。

如是你将能承担你一切的命运，而超越了命运。

你建筑乐观在悲观之上好比搭一桥，你在桥上可静观命运在你心灵中度过。

由此静观，你可以由另一途径获得真正之安定。

六　说烦恼

你不要为过去的事烦恼，那是上帝已写定的历史。

你不要为未来的事烦恼，未来的事尚未来，未来的你自己会承担其自身之遭遇。

对未来的你作准备的事是现在之你的义务。

但是在准备的工作之进行中是莫有烦恼的。

假如此外尚有现在当前的事使你烦恼。

你当分析你烦恼之事之内容至于完全清澈，你必可求得一比较好的方法去解决他。

对于你比较好的方法就是宇宙间唯一最好的解决你的烦恼之事的方法。

当你真在用一种方法解决你的烦恼之事，认真在处理当前的事之过程中，你也不会有烦恼的。

烦恼生于健全生命活动之停滞。生命之流莫有一定之轨道而瘀积而乱流。你只要在当前的事中找着一生命活动之方向你必不会有烦恼。

这方向是可找着的，只要你反观你生命之流如何瘀积，如何乱流而加以疏导，他一定会集中于一方向的。

你必需战胜烦恼，烦恼使人生成为黯淡。生命犹如种子，他要企慕日光，必须自淡黯的泥土中长出。

七 说懊悔

你不要懊悔你的过去。因为时间之流永不会逆转。

而且，如果你之懊悔是因你觉得你过去犯了罪恶，作事未尽责任。你只要当下一念清明一念奋勉，你努力保持当下一念清明一念奋勉。你将永不再犯过去之罪恶，再不会不尽你应尽的责任了。

假若你只是觉得过去某事产生之结果不好，你憎恶那结果，你的懊恼大多是这一类。

那你便要想当时的你只能见及此，现在的你当原谅当时的你，而且或许以世事之参伍错综，当时的你不如此做，会发生其他更坏的结果。

当你懊恼过去时，你会疏忽你现在当作的事，未来的你又会懊恼你的现在了。

你承认过去之不可挽救，你一方在精神上似有一种退让，然而你同时自烦恼中超拔解放而感另外一种精神的胜利。于是你可以开辟新生命于未来了，所以一个能不懊悔过去的人被称为伟大的善忘却者。

八 说悲哀

你能避免烦恼，然而世间有不能避免的真实的悲哀，如：离别与死亡，那怎么办？

真实的悲哀吗？他来了你当放开胸怀迎接他。

烦恼只是扰乱了你的心灵，真实的悲哀洗你其他的萦思，净化了你的心灵。

雨后的湖山格外的新妍，你的视线从真实的悲哀所流的泪珠看出的世界也格外的晶莹。

你将更亲切的了解世界了。

九　说苦痛之忍受

当你无法超脱烦恼失望及其他一切不能避免的苦痛时，我不将责备你，人有他无可奈何的时候的。

但是，你当知道人心灵之深度，与他忍受苦痛之量成正比。

上帝与你以无可奈何之苦痛，因为他要衡量你心灵之深度。

苦痛之锄挖你的心在你心上印下惨刻的锄痕。

上帝就在你的心田之锄痕处洒下他智慧之种子。因为在苦痛中你的心转回来看你生命自身了。

青青的茁芽自锄痕深处日渐萌兹，你的智慧之花将要开了。

十　说快乐与幸福

你不能忍受过多的苦痛时你需要快乐。

但是你当使你的快乐是严肃的。

你须要在快乐中保存你内心之宁静。

那是你精神的高贵之最好的象征。

你永不可化你的快乐为狂欢。

不过你为解除你深心的忧郁，你有时会需要狂欢，因为他可以在一刹那间烧化你深心的忧郁。

但是你必须在第二刹那，就要舍弃他，如急流中之勇退，而回复你精神之高贵。

不然在狂欢以后继起的心态，必然是你永不能填补的空虚。

其次你须知道人间的幸福，常把人的精神往地上拖，而苦痛则如一鞭子，鞭人精神往深处走。

所以一切求精神上升的人们，无不感觉他所得之一些人间的幸福，常是一精神的负担；觉一切崇高的荣誉，美满的爱情，舒适的物质生活之足以窒息其心灵的呼吸，而愿自动的逃避他，或在心灵中自己筑成一防线，以防幸福之享受将其精神向下拖。

但如你精神真能支配你一切生活，你也可以不怕一切幸福之来临，你也可以求一切人间的幸福。

因为一切快乐与幸福之生活中，均有一种生命力之饱满之感，你可以转化此生命力为你精神上升之生命力。

然而你若真是在以快乐幸福为生命力之泉源而求他，你将永不愿沉溺在幸福与快乐中。你对于快乐幸福将永是取积极之利用态度，而不是消极的享受态度。如你不能对于快乐幸福取积极之利用态度以帮助你精神之上升，你便宁肯选择苦痛来磨练自己，对于快乐幸福之自然的来临，你也永不要撤消你心灵内部之防线，以免他使你精神下坠。

还有你当知道，快乐与幸福是一古怪东西。

他常如你之影子。当你追赶他时他走了，你当决心远离他而逃跑时，他反来追赶你了。只有静静地踏着自己之影子者，才能获得真正的快乐与幸福，这是说真正的快乐与幸福，在你能体验你自己内部生活之价值与意义。

十一　说宁静之突破

人类灵魂最高的幸福是他的宁静。

我们当努力保存我们内心的宁静。

但是我们不可视我们已有的内心的宁静，当作已完成而自足于其中。

无论什么好的心灵境界，当我们视之为完成而自足于其中时，他便成为我心灵本身之桎梏。

人常为要使其心灵往深处走，求其内心之宁静而自己筑成一精神的围墙，来与世俗隔绝。然而此围墙又常常会窒闭一人之心灵与他人心灵及世界间之呼吸，而将其心灵闭死。

你必须突破已有的内心之宁静，去经度一切生命之狂涛，唯有在逆浪翻腾中，你仍能安定的掌着你心灵之舵，你的内心之宁静，才是真正的内心之宁静。

在你徜徉于大自然时，在你默坐于室中时，那种内心之宁静你必需突破他。你当从事于人生之各种活动，各种工作，看看你能不能于其中获得内心之宁静，表现你精神之独立与自由。

一个有勇气去经历世界之狂涛，体验人生各方面的意义价值的人，可以说是以他之生活经验为饵去钓取人生智慧的人。

选自唐君毅：《人生之体验》，中华书局，民国三十五年（1946）六月

说自我之确立 （节选）

一 说唯一之自己

在无穷尽的空间，无穷尽的时间中，你感到你的渺小吗？

你便当想到你能认识广宇悠宙之无穷尽性，你的心也与广宇悠宙一样的无穷尽。

其次你要知道，你的身体亦非如你所见之七尺形骸。

你呼吸，你身体便成天地之气往来之枢。

在你身体内每一刹那有无穷远的星云之吸引力在流通。

在你身体内，有与宇宙同时开始的生命之流在贯注。

你身体是宇宙生命之流的河道，宇宙生命之流自无始之始渗透过你身体而流到无终之终。

你生命之本质来自无始之始，终于无终之终，同时你如是之生命是一亘古所未有，万世之后所不能再遇。

你犹如海上的逝波，你一度存在将沉没入永远之过去。

你感到人生的飘忽吗？

然而如是之你是亘古所未有，万世之后所不能再遇，这证明如是之你是唯一无二的。

你之唯一无二使你之存在有至高无上之价值。

因宇宙不能莫有你，他莫有你；他将永无处弥补他的缺憾。

宇宙莫有你，他将不是如是的宇宙，如是的宇宙将不复存在。

你要珍贵你唯一无二之人格，如是的宇宙依赖你而存在。

十三　说留恋

你永远努力实现理想求生活兴趣之扩张，然而两个东西拖着你，一是留恋一是疾病。

留恋使你最难堪，因为他表示一种有价值的东西之不复存在，你是爱有价值的东西的。

儿时的欢笑听不见了，青春的喜悦不再来了，壮岁的豪情已消失了，一段一段的生活经验，向迷离的烟雾中沉入。

你愈是捕捉他，他愈是远——远——

你在时间之流中荡着行舟，只看见烟雾迷离中的舟行之迹，再也不能溯回。

过去不能重来，现在也要过去，过去又似一无底之壑，它将吞尽我们生命自身之流水。

但是你错了！

一度存在的东西便是永远存在的。

你的生活经验不□来，因为他长住在你曾经验的时候。

他永远在你经验他之时。

亦即永远在你经验之中。

过去的欢笑喜悦豪情，永远在你心之深处灌溉你生命之苗。他们似乎离开你，为的要让位给你的新经验，使你开更灿烂的生命之花，你不能努力你的现在生活未来生活而只留恋他们，你辜负他们离开你的意义了。

十四 说疾病

你不要只诅咒疾病，你要想想为什么在病后觉一切的风物分外的清新，这证明在疾病中你精神之渣滓随疾病而倾泻了。

疾病呼召你的精神从外物的世界到你的身体，凝注你精神于身体中；然而他同时使你感到你身体对你精神是种束缚，是赐与你精神之痛苦的。

你的精神因而认识充实革新他自己以求得自由之必要了。你的精神于是在你不知的境地开始作充实革新他自己的工作，把他内部的渣滓自行倾泻。

如是你在病后总感到一新生命的开始。

所以如你在病后不能开始你的新生命时，必你的精神自身病了，那需要精神之药物。

原载民国三十五年（1946）六月中华书局《人生之体验》（再版）

说价值之体验（节选）

十三　说死亡

在亲爱的人死亡是你永不能补偿的悲痛。

这没有哲学能安慰你，也不必要哲学来安慰你，因为这是你应有的悲痛。

但是你当知道这悲痛之最深处不只是你在茫茫宇宙间无处觅他的音容。

同时是你觉得你对他处处都是罪过，你对他有无穷的咎心，你觉得他一切都是对的，都是好的，错失都在你自己，这时是你道德的自我开始真正呈露的时候。

你将从此更对于尚生存的亲爱的人表现你更深厚的爱，你将从此更认识你对于人生应尽之责任。

你觉唯有如此才能挽救你的罪过于万一。

如是你的悲痛同时帮助你有更大的人格之实现了。

选自唐君毅：《人生之体验》，中华书局，民国三十五年（1946）六月

说日常生活之价值（节选）

二　说饮食

假如你说饮食是为的满足你的食欲，你错了，因为你不知道何以有食欲。

假如你说你有食欲为的保存生命，你也错了，因为你不知道何以有保存生命之本能。

假如你说保存生命之本能是生物所同具，生物要求存在，所以有此本能，你也错了。因为你不知道世界何必有赖很多饮食而后存在的生物自无生物的世界进化而来，矿物不须什么饮食，岂不更存在得久吗？

人饮食为的什么，我们说：人饮食是为的使他生命的意义贯注到食物里面。

当食物到口中时，身体外的物流到身体内来了，身体与外物开始沟通了。

这沟通是要产生一种身体与食物之互相渗融，粗糙的食物将变成精致的细胞，低级简单的构造将变为高级复杂之构造，高级复杂的构造中将呈现更完整的和谐。

更完整的和谐即是新的价值之实现。

我们在饮食，我们是在新开始实现一种新的价值。

饮食之实现价值与人生之一切活动之实现价值，在本质是同类的。

一切价值联系成一由低至高的层叠，最低的价值上通最高的价值。

假如低的价值之实现为高的价值的实现之必需的基础，低的价值之实现与高的价值之实现是同样神圣的。

所以饮食本身不是罪恶，罪恶只产生于为低级价值之实现而淹没我们高级价值之实现的努力的时候，纵饮食之欲才是罪恶。

然而我们真知道我们之饮食是为实现一种价值，我们是为实现此种价值而饮食，我们将永不至纵饮食之欲。因为一价值观念透露至欲望之前，它将牵引高级价值观念来权衡此欲望之自身。

我们将为实现更高级之价值而节制我们的饮食。如果更高级价值之实现与饮食冲突，我们将全牺牲我们的饮食之欲来实现更高之价值。而且如果宇宙间有一种最高之价值，其中包含一切价值，如宗教家所实现之价值，我们实现了那种价值，我们当不需饮食。——这是可能的，假如人不信，这证明他还没有了解饮食的意义。

三　说男女之爱

假如饮食不是为求生存，男女之爱生于性的要求，最后为传种的学说，亦明显错了。

我们不要因看见两性间有形色的慕悦，身体的接触，以为真有所谓生理要求。

要知道身体的接触只是一外部之象征符号，这符号所象征的真实意义才是身体接触的内蕴。犹如诗意本身为诗句之文字之内蕴。

这内蕴是一个生命精神要待另一生命精神来完成。两个生命精神要共同创造一种内在的和谐，而后每一生命都具备一种内在的和谐。

形色的慕悦其实只是所以祛除两性间距离之一种工具，其作用是消极的而非积极的，男女之必需衰老而失去他们青春的光彩，就是因为在他们的距离既祛除内在的和谐既创造成功以后，便须复归于那本原的素朴。

我们也不要看了两性的结合将生出儿子以为真为的传种，儿子的身躯也只是一象征的符号。

象征的是他父母曾有一种内在的和谐。这内在的和谐需要一实际存在之儿子的完整的躯体来作证明，而表现于客观宇宙。

儿子的躯体是父母之内在和谐的象征，父母的躯体是父母之无穷代父母内在和谐之象征，而儿子又将与其他异性共同创造内在的和谐而有无穷子孙，所以每一个男女的躯体都是无穷的内在和谐之系统相渗透之象征。又将渗透入一无穷之内在和谐之系统而被象征。

和谐是宇宙之一种美。

和谐之价值，宇宙之美之价值，要求具体实现他自己，创造出男女的爱情，子孙的身躯，要人类的生命永远延续下去。

所以在男女的爱中根本无所谓生理要求，身体接触，它们只是象征之符号，它们只是和谐之价值要求客观化具体化，而透露于我们的影子。人们之常须经度此影子，他们只为达到"真实"。

所以为了达到"真实"，人们可以毁灭此影子，相爱的男女可以殉情而共同焚化他们的身体于火山之下。

男女之爱依于和谐之价值之一种表现要求，他有宇宙之意义。

生物学家对它的解释永远只是表面的。

四 说婚姻

婚姻是男女之爱凝注成的形式。

但是婚姻制度存在之根本意义，不是为的保障男女之爱，也不是为避免社会的纠纷，那些只是婚姻制度之附带的效用。

婚姻的要求乃依于男女之爱要求永远继续，互相构造，而日趋于深细，以实现两人格间最高度的和谐。婚姻制把男女关系固定，使有真正心灵之渗透，如我们之把两镜之地位固定下，而使它们真能传辉互泻。其所以要互守贞操，不是依于互相占有，而是因为必需，镜对一镜，乃能映放下彼此之全部的影子，不然则将镜光交加而错乱。

人类不是为要保障男女之关系，避免社会的纠纷，而制造出婚姻制度以互相限制，乃是因为男女之爱生于两人格间要求和谐。和谐之价值自身要求绝对的继续，永远的表现于男女两人格间，所以形成了外表似乎在互相限制之婚姻制度。

假如我们只认识婚姻制度之限制的效用，我们不算了解婚姻之积极的价值。

五 说男女之爱之超越

我们了解了男女之爱是实现两性间生命精神与生命精神之和谐价值。我们在男女之爱中当努力于此和谐价值之实现。

但是正因为我们了解男女之爱不外是实现两性间之一种和谐价值，我们便可超越男女之爱。因为和谐价值之观念到了我们男女之爱之欲求之上便能转以支配此欲求本身了。

于是我们可为实现更高尚之和谐价值，如民族之和谐，人类之和谐，其他更高之价值如真美之价值而与男女之爱冲突时，牺牲男女之爱。

于是我们在不幸的婚姻中，我们觉不能实现我们理想之和谐价值时，我们可以立刻转移我们的活动以实现其他和谐价值，其他之价值。

于是我们亦可以学许多伟大的哲人宗教家之反顾其灵魂的秘藏，在自己心中发现永远的女性，具备最高贵的男女之爱中同样内在的和谐，不必待人间的伴侣，在终身孤独中仍然能获得宁静与满足。

选自唐君毅：《人生之体验》，中华书局，民国三十五年（1946）六月

自我生长之途程（节选）

第三节　爱情之意义与中年的空虚

我现在了解爱情何以会在少年后的青年出现之理了。

爱情爱情，为什么要求之于异性？为什么要求之于家庭以外之异性？

这正是因为我之需要爱情是为的补偿我在人群中所感之孤独，我要在陌生的人群中与我隔绝的心中找一个与我可以打破彼此之隔绝者。

我要求那与我心灵似乎隔得最远者，而打破彼此之隔绝。

异性间的性格正是隔得最远以致相反，而其他家庭中的异性血

缘愈疏的异性与我隔得更远。

所以异性之为我所注意，最初觉她好像在另一世界是一彼界的天国。

爱情爱情，你只使我体验什么什么，而不去问为什么。

"为什么"在爱情中止息，为什么所生的空虚在爱情中充实。

所爱的人一言一笑都是新妍，一举一动都令人信仰。

于所爱的人之一言一笑，一举一动，都好似直感他的原因，不待去问为什么。

爱情亦使人焦燥不安，爱情亦使人歌哭无端。我几次想逃出爱情之外，自问我为什么要爱她，我愈问愈得不着答案。

因为我之爱他即因我不知为什么，我就是因为他能使"我"不问为什么，才会爱他。

爱情使"我"忘了问为什么，也使"我"忘了用什么以得什么，爱情使人初见时不好意思，爱情使人初见时难以为情。

怎么我在初见我所爱之时曾手足无措？我知道了，这正是因为这时所重的不是用什么以得什么，手足成为多余的了。

在爱情中最初我不特不知用什么，最初也不知我的目的安在。

我爱一个人追随他而行，他忽然转身问我"要什么？"我竟恍然若失不知所答。"我"最初原不知"我"要什么。

当我吞吐的说出我要他的心时，我并不知我说的是什么，因为"我"并不曾了解他的心。

我可以在朦胧中觉到我之目的是得那神秘的心。然而我不能以我任何身外之物为手段，压雪的盆于今用不着，因为盆子太不神秘了。

我要得她之心，只有把我之情怀向她倾吐，把我之情怀向她贡献，我只能以我"现在之整个自我"为手段以换取"对方之自我"为目的。

我此时不复是如从前之以现在之我为手段，而憧憬一将来之我以得将来之我为目的了。

她是我前途的光明之所在，她是我将来生命意义之所托。她就是我生命之前途，就是将来的我。

而她是现在存在着的生命，她是现在存在着的"将来的我"。

我童年憧憬着将来的我，同时憧憬着其最后之死亡——那最大的空虚。

我现在以她为我之将来，而她存在着，于是死我成不可想象。

最大的空虚变成最大的充实。

死我不能想象，死自己死了，于是我获得两重生命。其中一重在我自己之儿子身上具体表现出。

我的儿子是我之另一重生命，即我之化身。

我的儿子最初是婴儿，于是在爱情中"我"觉我将化身为婴儿，"我"憧憬着我复归于婴儿。

当我自己是婴儿时，母亲养育我，母亲制造我。我现在想诞育婴儿，即是希望我爱情的对象成未来的母亲，我现在也在制造另一种母亲。

而我是母亲所创造，所以这只等于母亲在创造她的同类。

这尚不仅是我母亲的意旨，也是世世代代母亲的意旨。

在爱情中我体验到世世代代母亲之意旨，我只是在承顺她们，我真复归于婴儿了。

我复归于婴儿，爱情将诞育婴儿。婴儿成长后复将诞育其婴儿。

我将化身为无尽的婴儿，在无尽之将来出现，"我"获永生。

在爱情中我不问为什么，诞育的婴儿长成在爱情中也不问为什么，——我现在由爱情以制造婴儿，同时也制造了婴儿成长后之爱情中之"不问为什么"，所以"我"现在是绝对的不问为什么。

当我实际上生了婴儿时，"我"自己知道了我之爱情是为什么。

但是当我知道我之爱情是为什么时，在那一刹那间，"我"即不能真体验爱情之什么。

我觉到爱情是一工具，我即离开了爱情。

我与她之爱情，成更高的友情，"我"的爱情移到我的婴儿。

但是我的婴儿的心不是我的心，他愈长成人，愈离开"我"。

"我"的心系带在"我"的婴儿身上，他离开我，使我也觉离开我自己。

只有在我儿子回精神向我对于我表示孝之敬爱，"我"才回到"我自己"，"我"才是"我"。

我于此才真了解我不孝父母，等于毁灭父母。

我应当孝我的父母，然而我的父母不能永远承受我的孝，因为我的父母将要死亡。

我希望我的儿子永远承顺我，然而我的儿子不能永远承顺我，因为他要成长。

我儿子成长后，待他也有儿子时，可以知道孝我，然而我这时总难免在深心怀着恐怖，我在生命相续的连环上两头的环，都会一齐拉断，而把我抛入无际的空虚。

我的恐怖逐渐的增强，我觉我快要掉在我生命所系的连环之外。

我忽然抬头一望我生命所系托之连环，一环一环上摩霄汉，然而其端是悬在渺茫的云中。其下也不知落到何所，我不知我——之祖宗为谁，子孙是些什么。我再看其他与我同时存在的一切人其生命所系之连环，也莫不如是。

但我尤怕我现在即要自我系托之生命之环连降落，"我"想去握与"我"同时存在的人之手。

第七节　美之欣赏与人格美之创造

我从梦中醒来犹余恐怖。在梦中我觉脑髓虽不存在而我恐怖之情仍在。我了解了我不只有理智的脑髓，还有情感。我不仅需要冷静的理智，我还需要温暖的情感。

我不仅需要永恒的真理之存在，我还需要永恒的真理之具体的表现。真理是抽象的无血肉的，只有具体的表现的真理才是有血有肉的。有血有肉的真理是美。

真理要我超出直接感触之世界，美则使我重回到直接感触之世界而于其中直接感触其所表现之真理。

美是现在的永恒特殊中的普遍。

美，美，我在美的欣赏与创造中，战胜了无穷的时空之威胁。

谁说宇宙大？当我凝神于一座雕像时，一座雕像便代替无穷宇宙。

空间，无尽的空间，他不出我的视野，我的视力笼罩着全部空间。

当我凝神于一座雕像时，我全部视力沉入雕像中，也同时将其所笼罩之全部空间一齐沉入。

谁又说宇宙是无尽的悠久？何处渔歌惊晓梦，——忽尔渔歌顿歇，但闻波心摇橹，我顿忘了人间何世"欸乃声中万古心"，一声欸乃代替了无尽的时间之流水。

普遍的真理表现于不同的时空之事物，把不同之特殊事物贯穿，但是它不能把不同特殊事物之"特穿"。

一切美的景像都是各部份不同，各呈特殊性的复杂体，而复杂中有统一，可以使人忘了复杂之存在。

"山虚水深，万籁萧萧，四野无人，惟石嶕峣。"你不觉山水石之存在，但觉一片荒寒，使人思深，使帷幕开了，电光下的人影，静聆台上演奏着交响曲。无数音波荡漾，交响如潮，然而音波正好似海于海波起伏中，我们忘了不同而特殊的海波之独立存在，但觉其存在于大海。

音波的起伏亦使我们忘音波之独立存在，而但觉其存在于音海。

各种艺术的各部需要彼此和谐，即是说我们必需忘了各部之独立存在而各需通过他部来看她之存在。

艺术品的各部之各通过他部而存在，正如海波之互相通过而存在。

所以在美的和谐中，我们有了不同而呈特殊性之各部所构成之复杂，而复杂销融于他们共同之统一中。

有特殊而特殊销融，如是才真统一了特殊。

特殊销融于统一中，统一亦即在特殊中表现。

特殊中表现统一，统一不碍特殊，于是每一艺术品都是独一无二。

独一无二使艺术品成为一真正之绝对。

一切真理都是相对，只有绝对真理是一。

一切艺术品都是一绝对，一切艺术便都为一绝对真理之表现。

我欣赏创作任何艺术品，都须视之为绝对，我在每一艺术品中直接接触绝对真理：

于是我在任何一艺术品之欣赏创作中均宛若与绝对真理冥合。

我可以把一切宇宙万物视作艺术品而欣赏之，凝注我之全部精神于其中，我将随处与绝对真理冥合而获永生。

我不只是自一沙中透视一世界，一花中看天国；一沙即一世界，一花即一天国。

一切美的景像离不开声色之符号，声色之符号由感官去接触，感官属于我之身体。

我从声色中欣赏美的景像，我同时印证了我感官之存在身体之存在。

我的精神于是从脑降到身之他部，通过感官，到声色之美，到美所表现之真理。

如此在美的欣赏与创作中，我才会同时感到心与身之沉醉。

醉了的心弦与脉搏及身体之各部同时跳动，因为他们为真美所鼓舞亦欲飞升。

飞升飞升！身体由沉重化为轻灵，精神的翅膀已在天上翱翔，我的身体如何还不上升？

我的身体何须上升？以我美丽的灵魂来看我的身体已为一艺术品。

它本是美的表现美的创作，它应当地上存在。

我的身体何须上升？我的精神我的生命可以凝注在一切物而视之如艺术品。一切存在物都是艺术品都是我精神生命凝注寄托之所，便都是我的身体，我的生命遂无往不存！

我的生命是日光下的飞鸟，是月夜的游鱼；
我的生命是青青的芳草，是茂茂的长林；
我的生命是以长林为髯的高山，以芳草为袍的大地；
我的生命以日月为目而照临世界，照见我在长空中飞翔在清波中游泳。

我所生活之所在，即我之所在。我信仰我，也信仰世界，亦如婴儿。

但是婴儿不自觉他所信仰的世界，即是他自己之所在而我能自觉。

婴儿不知道他的身与万物之分异，我知道。

但是我知道万物与我身体之分异，我仍能把万物作为我生命精神流注之所，视如我之身体。

我看一切都感新妍，都觉惊奇，亦如婴儿；

但是我不只是觉一切之新妍，我是时时在发现一新妍的我。

我于一切都惊奇，但我不把惊奇看为我有；我赞叹一切惊奇，歌颂一切惊奇。

我不须把一切的惊奇看为我有，因为一切的惊奇本身即我生命之表现。

如是整个世界的形色，都是我生命的衣裳。

我耳目之吸收一切形色，即自己吮吸自己之生命泉源。

整个世界之形色，是我自己生命自身所流的乳。

我的生命之源泉在宇宙万物中流，我在宇宙万物中发现我无穷无尽的生命。

我欣赏一切自然物，赞美一切自然物，视一切自然物如艺术品，我更欣赏我自己或他人在自然中所创造之艺术品。

我欣赏图画，欣赏音乐，欣赏一切艺术。

我欣赏各时代之图画，各时代中各派之图画，各派中各家之图画；我欣赏各时代之音乐，各时代中各派之音乐，各派中各家之音乐。我如是欣赏一切艺术，我欣赏之兴趣无穷无尽。

我以所欣赏者之美所在为我生命意义之所在，我在欣赏之生活中沉没我自己。

美的崇拜始于欣赏自己之创作，终于欣赏一切人之创作一切自然之创作，欣赏之趣味成为无尽，然后美的世界才能无尽的展开。

在无尽之欣赏中所欣赏的每一艺术品亦都是唯一的绝对的。然而当我只注视一切所欣赏者之绝对性时，我自己接触了种种之绝对，我自己却成莫有绝对性的了。

我在无尽之欣赏过程中，在一切自然的万物，他人所作的艺术品中追寻我之生命意义，我原来的个性渐渐丧失了。一切中都有我，然而我却莫有我。

不错，一切是我，我是一切，那等于一切是一切。我呢？

我忽然想我之沉没于欣赏生活，会使我一无所有，我快要成另外一种混沌，——艺术的混沌。

我要肯定我自己，我要把捉住我的个性，我要恢复一我。

我要把捉住我之个性，我要重新由欣赏美而注重创造美。

但是我此时已不能只以创造一艺术品为自足。

因为创造一艺术品，创造成它便离开我，而只是我欣赏的对象之一，是与其他一切自然的人造的艺术品平等的。

我此时反省到我创造之艺术品固是唯一的绝对的，然而一切艺术品都是唯一的绝对的。

一切都同等的唯一绝对，唯一性绝对性之分布于不同之艺术品，成许多唯一许多绝对，于是唯一不是唯一，绝对不是绝对。

于是我所造之艺术品不能表现"我"之为"我"，因"我"之为"我"是唯一的唯一，绝对的绝对。

我所造之艺术品，一创造成便离开我，而为唯一之一，不复是唯一。

我要表现我之唯一，只有永远去创造艺术品。

然而纵然我一生永远在创造艺术品，我最后所造成之艺术品仍将离开我，我死时将感到我生命之表现全落在我生命自身之外，我生命自身仍一无所有。

于是我知道我要表现我之唯一与绝对，我必需不只去创造客观的许多艺术品，我当创造一唯一绝对与我永不离的艺术品。

这只有把我之性格自身当作材料，把我之人格本身造成一艺术品。——我的身体为我所欣赏，虽可视为艺术品，但它是自然的艺术品不是我所创造。

我之性格永远与我不能分离，与我俱来俱去，我只有把我自己之性格造成艺术品，我才能真永享有此艺术品。

我造成之我之人格，是亘古所未有，万世之后所不能再遇。

这是唯一的唯一，绝对的绝对，我只有把我之人格造成一艺术品时，我才创造了宇宙间唯一绝对的艺术品，才表现了唯一的唯一，绝对的绝对。

我于是了解了我要求最高的美即是求善，最高的美是人格的美，人格的美即人格的善。要有人格的善，必需以我之性格为材料而自己加以雕塑。

我需要自己支配自己改造自己，以我原始之性格为材料，我要把自己造成理想之人格。

第十节　悲悯之情的流露与重返人间

我心如大海之不波，清冷，清冷；虚明，虚明；灵通，灵通；寂静，寂静；渊深，渊深；我在柳下寒潭边真正证"道"。

我此时亦复无所思，无所了解，无所闻，无所见，我复归于原始之混沌，然而此混沌自身是光明的。

我在永生中永生，我不求打破混沌，我不求诞生。

我静静的坐着，我不觉我身体之存在世界之存在，我在绝对之光明的混沌中。忽然一种声音惊破了我之混沌。

远远的茅屋中来了一声婴儿之啼哭，另一婴儿诞生了。

我回忆起我初到人间来的啼哭，寒风吹拂了婴儿之身而婴儿啼哭。

　　这是人初到世界来所感的凄凉，人生苦痛之最早的象征。——我心重坠人间世。

　　啼哭的婴儿，你是谁家的婴儿？啼哭声自茅屋中出来，我知你是贫家的婴儿——你父亲是种田者或是别家的仆人？

　　我恍惚如有所见，见他父亲正忙着取被来包裹婴儿，母亲尚未息产后的呻吟。婴儿，你在父母劳苦中降生了！

　　你将吃乳，吸去你母亲之精华，你将使父亲更劳苦。

　　你将成童成青年逐渐长大，但是你可能真长大，你的寿命有多大？我想起在百年中你在一段时间会死亡。

　　你死在婴儿期？在童年，中年，或老年？

　　你死在你父母之怀，你妻子之侧，或你朋友之前？或任何人也不看见你而死？我想你会死我感到凄恻。

　　死，你为何而死？你为饥寒交迫而死？为所爱的人抛弃你而死？

　　或因为你所爱的人们之死过于悲掉而死？或为无故被人轻视侮辱或社会无正义含冤未伸而死？

　　你为你事业失败心碎而死？为尽瘁过劳而死？为学问不成为探求真理到蛮荒之地生疫疠而死？为艺术创作过于兴奋而死？为殉职殉道而死？或为举世无知者寂寞疯狂而死？

　　在你人生之行程中每一段生活都可以使你觉永生，然而处处亦都可以使你死。

　　除非你到了能在永生中永生之阶段，不知你有死，你将不免于抱恨而死。

　　然而这一切都是于你于我，同样之渺茫。现在不可知的未来！

这渺茫的未来！你将遭遇什么命运？这不可知的命运！而你现在真是一无所知，你根本不知有未来有命运。

我想到婴儿之未来的命运，想到他的死，他各种可能的死。

我看见各种死神都好似围在他之前，要此初生的婴儿投到他可怕的怀抱，只为死神们势均力敌他才莫有死。

我内心感着凄恻与同情之恐怖，此凄恻由我之心快弥漫到我全身，我感着人世间之悲酸。

我顿想着在此茫茫的人间现世不知已有多少婴儿在降生，多少父母在忧他婴儿之长不成？我想此时有多少婴儿死了，多少孩童青年中年老年以各种不同的原因而死？多少又正在与死挣扎正在努力求生？多少正在努为他的爱情名誉事业真美善而奋斗在捕捉他渺茫的未来？然而未来却在命运之手里。我想古往今来多少人在残酷的命运之下，含冤饮恨，我感到人生是苦海，我的凄恻与悲酸化成悲悯。

悲悯！悲悯之情之来临，如秋风秋雨一齐来，一来使日月无光万象萧瑟。我对我所体验的心灵明若自生憎恶。

然而当我刚一憎恶时，我同时发现我心体并非只是灵明之智慧，我心之大觉之本不在理之无不通而在情之无不感。

我发见我之心体，唯是无尽之情流。

何处是我心？我心唯有情。何处是我情？我情与一切生命之情相系带，原如肉骨之难分。

"我情寄何所？我情寄何所？不在山之巅，不在水之浒。

高天与厚地，悠悠人生路。行行向何方？转瞬即长暮。

嗟我同行人，兄弟与父母，四海皆吾友，如何不相顾？

人世多苦辛，道路迂且阻。悲风动地来，万象含凄楚。

恻恻我中情，何忍独超悟？怀此不忍心，还向尘寰去。"

不忍不忍，这恻恻然有所感触之不忍，这一种对于一切生命之无尽的同情与虔敬的不忍？这非一切言语所能表达常只在一刹那忽然感受之不忍，这一种无数的生命之情流在交会，彼此照见彼此的悲欢苦乐，欲共同超化到一更高之所在而尚未达到之际的一种虔敬的同情，这一切生命的深心中的一种共感的忐忑，只能感触不能言语表示。

啊，这恻恻然有所感触之不忍，至仁至柔之心，这才是我应当培养之充拓之的。只有由如此之充拓，我才能识得我之仁，我心之体。

如果我莫有此恻恻然之仁，我的心之灵明算得什么，它将会堕入枯寂。

如果我莫有此恻恻然之仁，我之以理想之善向人宣扬算得什么，他将会堕入傲执。

如果我莫有此恻恻然之仁，我之爱美算得什么，他将化为一种沉弱。

如果我莫有此恻恻然之仁，我之求真理算得什么，他将只得一些抽象的公式。

只有从这恻恻然仁出发去求真爱美，才能将所得的真美无私的向他人启示，使真与美的境界成为我与他人心灵交通之境介，而后真理，不复只是抽象的公式美的境界不复为我所沉溺。

只有从恻恻然出发去宣扬我理想之善，才能在他人不接受我之理想之善时，而仍对他人之愚痴过失抱着同情，对他人之人格抱着虔敬。

只有从恻恻然之仁出发才能不堕入枯寂，而用各种善巧的方法去传播真美善到人间，扶助一切人实践真美善以至证悟心之本体之绝对永恒，自知其永生中之永生。

当一朝人类社会真化为真美善之社会，人人有至高的人格之发展，证悟到心体之绝对永恒时，人类当不怕一切，而重为宇宙的支柱，盘古真可谓复生了。

这时纵然太阳光渐黯淡，地球将破裂，人类知道宇宙其自心之本体所显造，心之本体所显造，心之本体所显造之宇宙无穷，亦可再新显造另一宇宙。

纵然宇宙不是由心显造，宇宙只一个而宇宙又真有末日之来临。人类此时既都已完成其最高人格，他将有勇气承担一切。

他纵然见宇宙马上要破裂散为灰烬，一切将返于太虚，他内心依然宁静安定，亦从容含笑的自返于其无尽渊深之灵根。

至少人类知道他之一切努力不是为他以外的东西，他之求真求美求善都只是所以尽他之本性，他之一切行为之价值意义即在其自身，他将视外在的宇宙之成毁为无足重轻，如一物之得失之无足重轻。

万一人类在此时还觉他文化之创造要成灰烬不免叹息，他亦能马上会本他大无畏的意志而愿自动的去承担此悲壮剧。

他已把他自己所能作的都作到，他于宇宙无所负欠，只是宇宙负欠于他。他自宇宙中光荣而高贵的退休，这样退休仍然是值得歌颂的。

但是如何使一切人们都有这样伟大的精神，于一切都无恐怖，这种坚强高卓的人格，以至可迎接宇宙之毁灭而无畏？这诚然是太遥远的事，然而我们现在已当抱此宏愿抱此理想。

要实现此理想之第一步，是要使人都知真美善之价值知人格培养之无上的重要。

但是如果人们尚不能免于饥寒，免于贫苦，免于自然之灾害，不幸之早夭，莫有家庭之幸福，社会不能保障人之安宁，人与人不能互相敬重共维持社会之正义反互相残害，人尚无稳定之现实生活使人心有暇豫进一步求精神向上时：我们要使人人都爱真美善以至证悟至心体之绝对永恒，培养出大无畏之精神，那却是根本不可能的。

我于是了解了经济政治之重要一般社会改造一般教育之重要，

一切的实际事业的重要。

我肯定一切实际事业之重要，是根据于整个人类理想生活之开关，不能不先有合理之社会组织。而我之所以要谋整个人类理想生活之开关，是本于我恻恻然之仁，而此恻恻然之仁是宇宙中生命与生命之一种虔敬的同情。

我的心重新启示我以如是如是之体认，我欢欣我鼓舞。

我自柳下寒潭边站立起来，此时已不闻婴儿啼声，天上的曦光已渐明了。我已肯定了一切实际事业之重要，我在归途中看见一切农人工人一切工作者，我发现他们都负着神圣的使命，他们是对人类社会尽最切近的责任者，我对他们真有无尽的虔敬之情绪。

我惭愧，我只在我的玄思中过活，我不曾作一件于社会有益的事，我发现我之渺小与卑微。

呵，我原是如此渺小如此卑微！

我之一切自觉伟大的感情，最后如不归于自觉渺小卑微，那些感情又算什么？

我发现了我自己之渺小与卑微我知道我一无所有，我原来仍在光明的混沌中。

我现在要肯定我自己，我得再冲破此混沌。

我要重到人寰，我要去作我应作的事。

我带着惭愧重新自混沌降生。

我复化为婴儿。

我在工作中发现我，不是在母亲的怀中，是在人类的怀里。

我在现实的人类中永生。

三十二年二月

选自唐君毅：《人生之体验》，中华书局，民国三十五年（1946）六月

司马訏

｜作者简介｜　程大千（1912—1979），原名程沧，笔名"司马訏"，四川华阳（今四川成都双流区）人。民国时期先后在重庆《新民报》、南京《新民报》工作。撰有《重庆客》《重庆奇谈》《重庆旁观者》等作品二十余种。

"吉普女郎"辩非

"吉普女郎"所受的"打击"，并不止一颗石头。

这是一只有泪有笑的插曲，必须从远远说起。发明"吉普女郎"这个名词的是谁？是一家著名的小型报。这个发明的代价是巨大的；因为它使我们的外交官增加了新的头痛。美军总部并非好莱坞的明星，不谈风情，只谈邦交。魏德迈亚上将为这件小事举行记者招待会，那家报纸得到了"你们要反美吗？"的警告。

"乔"们初到山城，用汽车载了打扮得花枝招展的男性旦角，到郊外兜风，有人为他们作善意的解释，说"还保存着好莱坞捧明星的作风"。但另有一种"有心人"却为那个旦角焦心。这种"亨利第五"时代的风趣，当然不能使"乔"们满足，于是"吉普女郎"就"应运而生"。

"谣言"追随香车而来，说是在"山洞"一个贵人的别墅里，会有一位美貌的姨太太被劫走，直到一星期后才放回来，临行还给了她一卷钞票。一家"国营"的报纸，且用"读者来函"的方式，刊登了一个命妇在路上被劫，随风而去的新闻。体面而正直的公民们，为这事表示了"不敢言而敢怒"。

一位知名的学者，蒿目时艰，以"关于吉普女郎"为题，在报上发表了论文，指出一般人嘲骂吉普女郎，乃是心理上的"醋意"，因为她们都"乖巧活泼"。说明世界日渐缩小，社交必须公开，且举出英国奖励吉普女郎为例。这篇文章，恐怕是关于吉普女郎的最早的"文献"了；我们应该把它保存在下面：

"近年来屡次见到若干报纸上讥嘲所谓'吉普女'，并在街上看见吉普车上载有女子时路人对待的各种态度，早认为应该有一种纠正的办法，以无暇执笔，而心中终觉不安。最近阅大美晚报上一篇评述此事的文章，实在感觉不可不尽一唤起告知之责。

"老实说吧，我看见一些乖巧活泼打扮新式的女孩子，同外国人那样亲热，也不免有一些醋意。因而我也欢喜看见在街上或报上有人嘲骂她们，侮辱她们，甚至有时也想写一篇稿子或在街上当面辱骂她们，不过我想，这是不对的，我压住了自己的醋意。如今看惯了，只觉她们和那些美国孩子们多是天真活泼，两小无猜，也再不起别的念头了。

"一些美国人到了中国，都愿意多交一些朋友，期望中国人热情接待他们，尤其是愿意我们能够欢迎他们进我们的家庭，这个心理，和中国留学生出国的心理是一样的。在美国，男女社交是完全公开，和女孩子玩耍算不了一回事情，家里来了男客总是叫女人出去做陪。所以我们不要以为他们都是一些专门来中国想玩姑娘，诱拐女人的。

"许多人以为'吉普女郎'多半都是妓女，话说干脆一些，假使是妓女，管她们做啥子，随她去做生意好了。不过中间当然不少良家子女，大家闺秀。假使她们爱上，愿意结婚，又有啥关系。中国的留学生和华工娶外国的太太的，岂少也哉！为啥我们自己可以娶外国女子，而我们的女子就不许嫁给外国人。这岂不是太不恕道么？英国人奖励他们的女子嫁美国人，所以美国队伍成双回国的很不少，而英国政府还为她们编印刊物，告诉美国风俗人情，教她们如何做好美国良好妻子。

　　"美国人是来中国帮忙打败敌人的，他们是我们的好友，他们多半是天真坦白的，我们应该把他们当自己一家人看待，不可以对他们冷酷。现在的世界是日渐缩小的，男女的交际是越来越公开的，国际及种族间的婚姻是不可避免的。我们应该打开胸襟，奖励中美的男女社交，这不但对于战事有帮助，也有助于两国的友谊，因为任何的联系都没有婚姻的联系坚密。我们可以预料，将来遗产，重婚，私生子一类事情也许不可避免，但是这些在任何时地也是会发生的。我们可以善为指导与纠正。"

　　这篇文章，立刻得到同情的反响，市长先生也在报纸上著文论吉普女郎，题为"中美男女社交关系之澄清"，从"天下一家"说到"有朋自远方来"，中美男女的"同游"，"乃平等互尊人格之现象"。尤其是"当此交通困难之际"，盟友"车助人为乐之精神"，"使妇女便乘其东"，乃为"美国热情的社会构造之成分"。

　　这是中美文化交流史上一个有趣的边页，这种文章是未必会收入市长先生的"言论集"的；将来的读者要找到参考资料，就只好翻阅我们这些"小家"的笔记了：

　　"自盟军进攻太平洋，配合我国担任击败日寇之神圣使命以来，一部分美军远来中国战区，中国人民还与在华美军人时有接触，精诚合作之情形至为良好。重庆为战时首都，中美居民接触频繁，互敬互助，尤为融洽。此盖由于两国传统之崇高友谊，与共同远大理想之表现，绝非偶然的事实。惟迩来一二报纸，对于乘坐吉普车及与盟军交际之中国妇女，畀以'吉普女郎'之名，颇多讽词，甚且谣传本市警察将加以取缔。本人于此少数传说，初以为谣言止于智者，无追究之必要，乃最近传说愈多，少数无知市民，竟因此对于我国妇女往来之盟军发生误会，甚至引起若干意外纠纷，即每当盟军与中国妇女行经街道时，群众即闹观喧嚣，此实为不应有之现象，而应该加取缔。

"此种现象之出现本市，骤观之似出于民族自尊心表现，但细查谣言发生时间与由来，或系敌伪及少数不逞分子，利用中西生活习惯之不同，造作谣言，鼓动群众情绪，藉以破坏中美间密切之友谊。我陪都人士，务须提高其政治警觉性，使此种离间无所施其技俩。我舆论界为民前锋，尤应烛照机先，一谣言之来，即须洞察隐微，立予纠正。昨日××报上×××先生对此事所做之快语，有识者无不寄以同情也。

"事实上中国妇女与盟军往来者，往往系担任通译职务，并非私人交往，间有名媛淑女，系受盟军之友社请托而从事招待外宾之工作，以谋盟军之便利，亦作国际间应有之交谊。乃一般浅识之人，以为凡乘坐吉普车或与美军人同行之女子即为妓女，至少必有暧昧之行为，此实为不明事实之重大错误。须知美国为爱好自由之先进国家，其本国男女社交，至为天真纯洁而自然，其男子来自至我国者，与我国妇女交际，仍保存此种态度，即中国男子在美国，与美国妇女亲昵交往，美人亦决不以为怪。此在苏联，亦复如此。且同游乃平等互尊人格所生之现象，如不平等，决不共同游玩，此理之至显者。美人以其优美之习惯，行之于中国，国人已无排斥之理由，何况当此交通困难之时，美军本助人为乐之精神，使妇女便乘其车，由甲地驶赴乙地，此美国热情的社会构造之成分，尤应为吾人所揣摩仿效。

"退一步说，即令乘坐吉普车或与美军人游玩之妇女与美人已有深密之关系，在高唱民族保护自由之今日，任何人之言论或行为皆不应干涉他人之自由。法律上规定成年男女均有其决定自身事务之自由，虽父母不能干涉，何况路人？如或真有中国妇女违犯法律，亦应根据事实诉之法庭，抑或女子遭遇强暴，如造谣中伤者之所传，尤不难依法解决，决不容群众麇集街头，任意干扰，或谣言蜚语，任意传播，破坏社会秩序，影响中美友谊。故吾人对此等行为，立应严予取缔，作有效之制裁。

"吾人素知新大陆之友人依其国家之现实组织，养成爱好自由与天下一家之精神，殊非狭隘的民族国家主义者所能想象。因此其对世界之远大理想，亦只有我国天下为公，世界大同，及乐于友朋自远方来之传统观念能与之匹敌。美人远在第一次世界大战中之所表现，兹不必说，只就此次战争之初，美国会通过之租借法案而论，不私其宝贵之物资，尽量援助各同盟国家，其气魄之伟大，亦实非任何其他国家之所能为。尤其渠等远涉重洋为世界永久和平之远大理想而奋斗，尤为吾人之所敬佩。吾人自宜深体击败共同敌人，实现共同理想之艰巨任务，正待密切合作，以谋完成，决不能任间谍之挑拨离间，而归于破坏。本人昨自报端读悉魏德迈亚将军在译员训练班之演说词，深佩其眼光之远大，益信中美两国之崇高友谊，由指导者相互依赖，将击破一切挑拨离间之诡计，而增加其深厚之程度。"

"民族自尊心"如果仅表现在这一面，诚然是可悲的；但是天下事往往如此，我们的故事还没有完，这不过只是一个插曲而已。

选自司马訏：《重庆奇谭》，中心书局，民国三十六年（1947）一月

方　敬

|作者简介|　方敬（1914—1996），四川万县（今重庆万州区）人，现代诗人、散文家、翻译家。著有散文集《风尘集》等。

圣洁的门

辽阔的荒野中亮着一朵火花。"忧郁的光。寂寞的光。"我想。这朵火花闪烁很多年了，且在慢慢地憔悴。我祝福，我感慨，对于在无声消逝着的时间。昨日于我生疏了，夜是记忆的间隔。但我想唤起一些淡淡的影子，使我感到亲切的。我行过的路途很荒芜，一点年青的悲哀和叹息就会使我充实吗？于是我愿憔悴的火花为我开启一扇门。从很多生疏的门前我低头而过了。我惧怯那些门如大胆的眼睛。

现在我徘徊在一座圣洁的门前。

在我幼小的心灵里它描着它的崇高和宏伟。对它，我歌，我乐，然而又有点畏敬。"我是一个礼貌的孩子，让我走进这座门吧。"我心里亮着一道希望的光辉。

悠扬的钟声与和平的歌声唤醒我了。我仿佛听到很多新的东西了。望着圣洁的门，我惊喜，我问："这座门是为谁开启的？"我退回，回到自己的住地，遂感到空乏。我不能忘记那些囚牢似的屋子，阴沉，低湿，使我的童年过得荒凉。但是，自从我知道这座门以后，我就有了很多明净的幻想，让我说它们是我童年的灯亮吧。放射温柔的光，照着我的行程。

我的家宅附近耸立着一座高楼，带着蓝天白云的背景，对于我，不能不说是一个壮观。我常驻足在它拱形的门前，常迷失在自己的幻想中。这座门是象征的什么呢？跨过它就会达到一个什么境界呢？那时我不曾想到这些。我有的只是幼稚的好奇和希望，但也渴望着童心的满足和安慰。

那座门前有时设着一个长桌，上面陈列很多圣书，福音书和彩色图，一个庄严的中年人坐在桌旁守望着。他看着一些行人走过了，但没有什么关心他书画的。他寂寞地等待着。现在，我走上前去了。他微笑，说："孩子们的灵魂新鲜如清晨的露珠，如清晨的天空，无论在快乐或悲哀的时候，都显得最完整。"于是我第一次想到自己的灵魂，我愿它是一朵美丽的花。从他那里，我得到一些祝福和圣训，同时我回答他以礼貌。你看，他拿着一本福音书说了，"礼貌的孩子，收下这份上帝的礼物吧"。是的，这本书说我永远有个悲哀的记忆：有一次在学校里，我骄傲地显示它于同学们之前，不幸被老先生发觉了，他说这是叛逆的书，孩子们不应亲近，话后便残忍地把它焚烧了。

后来那位送我书的先生带我走进那座门了。广大的庭园，其中布置着各式的盆花，一圈走廊绕着庭园，廊里整齐地开着很多长长的窗子，这种优美的景象在我心里只能引起喜悦。在我们那个寂寞的地方，这简直是个罕有的建筑。我们坐在一个大厅里，听着一个异邦人的讲述。他以不纯熟的语言和浊重的声音解说一些道理，从他所讲的内容里，我听出他的冷静，严肃与固执，而他新鲜的异邦神情使我多少发生一点趣味。关于他我有很多好奇的询问。我常与邻座的那位先生私语着。不意我们低微的声音竟引起他发出责词："为了上帝的原故，别耳语吧，因为不正当的耳语也是一种不可宽恕的罪过。"于是，我觉得羞惭，恐惧，第一次想到自己的罪过。而我的同犯者仍安详地坐着，也许在思索着他自己的罪过吧。现在，我想，那位刻薄的说教者为什么把"罪过"对着纯洁的孩子说出呢？难道这不是他自己的罪过吗？对于一切我都有一个诚实的态度，这回我也诚实地走出那座门了。

于是，那座门永远为我关闭着。

我不能忘记我们家里聘请过的一位老教师，朴素，刻苦，温和，一个漂流在外的孤独者。靠着一点小小的聪明，他在我们这个地方立足很多年了。他的精神很健旺，成天不倦怠地教诲我们。他还有一种坚强的宗教信仰，早晚诵经礼拜，有时斋戒，很看重生活善的一面。很多的时候，他对我们说："神是人的支柱，也是人的领导，神赐我们以福，我们应以诚报神。不信神的生活是贫乏而偏邪的。"久了，我们偶然知道每个午夜他还秘密地在床上打坐，这不啻是个奇闻，使我们兴奋。于是有些好事者披星戴月，跑到他卧室的壁缝前去偷看了。

后来那位老先生竟至在我们的课程中加入一些经谶了。他热忱地解说着其中的教义。希望我们都得到一个崇高的寄托，还说在神灵之前，我们不能迟疑，退避，应大胆而诚虔地说出我们的诺言。有一次，他把我们带到他与他同道者建设的社坛里去参观了。在那儿，他们为人祈福，禳灾以及降谕等等。他们寂苦地生活着，显然看清了善恶间的界石，把这社坛当作连接神与人的桥梁，祈求着最后的超度。

虽然我曾熟读好几本经书，能朗背很多咒语，而这种宗教表现总嫌杂芜，平浅，使我不发生兴趣。现在，望着西天的云彩，想：

"笃实的老先生，我很悲哀，不能走进你为我开启的那扇门。"

我平淡地生活了很久。

在另一些圣洁的地方，"天堂"，"幸福"这些响亮的字眼，在我耳里有过甜蜜的震动。但是，很久以来，我的想象和情绪已归于宁静和平实。对很多往事只能发出一声轻微的叹息。我双手空空，没有从在无声消逝着的时间得到一点恩赐。因为它们总是羞涩的。枯窘和贫乏梏桎着我了，悲我没有什么东西供我挥霍，是的，我得安贫地生下去，我将从很多门前低首而过，我惧怯它们如骄傲的嘲笑的眼睛。

在一个破陋的矮房里，我看见一个穷苦的老人成天念着圣书，含糊的发音就是不可解的叹息。在一个尼庵里，我看见一个年青的修道女，在灰色的神灯光下，苦念着经念得面色变得很苍白。记得有一次江行，薄暮船泊在一个小乡镇，在那儿我兴奋地过了一夜。经一个当地人的介绍，我去拜访了一位异邦女传教师。她热烈地谈论着宗教，说到灵魂，说到罪过，因此我知道她在这个荒凉的地方生活得很寂苦。最后，她收束道："我很感快乐于这次的会见，我希望我们这个宗教能在你心灵里发射异样的光辉，更希望你走进圣洁的门。"于是她很礼貌地送给我一本圣书。快五年了，这本厚厚的圣书，除了不断地作我书架上的陈设而外，很少被我翻动，虽然已细念了好几章。在这无眠的夏夜，我的情感很明净，倒想窥它一个全豹；但是，我问，当我打开这本书时，谁会在冥冥之中为我开启一扇圣洁的门？

现在，让我再回顾一下吧，辽阔的荒野中亮着一朵火花，我说："忧郁的光。寂寞的光。"圣洁的门隔我更加遥远了，因为那朵火花在慢慢地憔悴。

原载民国二十五年（1936）九月十五日《作家》第一卷第六号

选自《今文观止》，山西教育出版社，1996 年

夜　谈

　　在深山间或者幽谷里的居民，常夸耀僻俚地带的夜是丰富无比的，有时一种神奇的事物的出现使他们惊喜莫辨。一个很能赞赏月夜的人看月归来说，一幅恬美绝伦的天然画图，使他满足得无法施展他的口才了。而沉默之后又仅有叹息。至于我，虽然生长在一个荒凉的城市里缺少陶情怡性的养育，对于夜却有特别的喜爱。我并不嫌弃黑夜的阴暗，就是在夜行的时候，虽难于辨识我的路向，可我的幻想因之能达到更深沉的境界。假如觉得夜太冷静，那么我们给它一次辉煌的装饰吧：或者燃烧起我们高擎的火把，在森林间，在广原上；或者放下河灯像繁星在一道曲折的河流里。也许在狂欢之后会更厌世，而古人的醉酒夜游，倒教我学得许多哀乐。

　　在儿时的许多夜里，在澹黄的桐油灯光下，我熟习了许多动听的故事。白发老祖母坐在古式的太师椅上，儿孙们绕着她成了一个圆圈，大家都倾听着从她颤动的口中吐出的欢乐或恐惧。对于鬼怪的故事，她算是广识博知，在讲述的进行中，她常用巧妙的传神法使我们小的几个毛骨悚然，甚至埋头在身边坐着的姐姐或者母亲的怀里。这时，老祖母的声音会低下来，终于停住了；继起的是一群热烈的要求。她微笑了，咳咳嗽，然而迟缓地接续下去。以后故事的起伏更能惊心动魄，往往在三更后才结束得了。而最巧的是，每当煞尾的时候不是隔壁房里发出一点响声，便是灯光快灭熄，大家都怕得不敢稍动。最后，在父亲镇静的言词之下分散了。留下祖母独个儿守着那阴湿的小房，我常替她担心，怀疑她的胆量。有一次，她对我们说，人到晚年已很接近死，夜来虽少睡眠，但也不会怕什么的。……我童年的夜过得并不寂寞，至今想来，那好像是一个迷人的景象。

回溯到好多年以前，那时我们的祖父尚是一个孩子，他的祖父抚爱他也如我们的祖母抚爱我们一样。我们那位祖父的祖父是个刚毅的人，性情很坦白，对人也厚道，舒适的环境养成了他豪华的癖好。他终生没有职业，可是先人的遗产已很能使他的生活优裕。那时我们家还在乡间，很大一所坐宅靠近山麓，在修建这所坐宅的时候，据说费了很多心血。宽广的天井，与繁茂的园林使我们祖父的童年过得很快乐。可是现在这所坐宅已为别的姓氏管业了。离坐宅十多里路，有一座村落，我们祖父的祖父在那儿是有着好名誉的。到那座村落去得经过一片荒冢，更前一点，得经过一个为竹林掩藏着的古庙，在复修古庙的捐款碑石上，他是以重金而得了第一位的。对于本地的穷民，他总慷慨地施与，不过他有着嫌厌人家当面说他好话的坏脾气。由于闲散，他把他的早年浪费在狂饮与豪赌上面了。到了中年，他戒禁了赌，但有时还是喝喝酒。此外，他另有了养蜂与种花的嗜好。一到晚年，他得了孙子，我们的祖父，他所有的欢喜与希望都放在他一人身上了。

我们的祖父是被他骄养成他那一样的人了，那所大坐宅就是在他手下出卖了的。在夏天夜里，他们祖孙两人有时到丛生芦苇的浅流畔去捕捉萤虫，倦乏归来的时候，两人跑到床上，将帐门紧闭，放出猎获的小生物，然后相对大笑。有时半夜起来到附近的溪沟里去照螃蟹，携一篓回来放在米缸里，常使家里的老仆人在背后咕噜。而有一次最有趣：我们的祖父同他的祖父进城去，一家铺店窗前悬着一只猫头鹰，我们的祖父一见就站着不走了，想把它买回去，自然他的祖父就将就了他。可是在刚走进大门的时候，他的父亲见着他手提的野禽，就忿怒起来，严厉地责骂他，骂他将来会变成一只猫头鹰，一只无情鸟。这种紧张的情形急得那个老头儿举起拐仗去打他的儿子。后来我们的祖父长大了，才了解他父亲的责备，不过他总很爱他的祖父。他的祖父是个健谈者，且熟习很多神秘的故事。我们祖母口中所述说的大半是得自他那儿。他的晚年，与很多的老人的不同，是在快乐的状态中过去了的。

　　某个冬天夜晚，我们祖父的祖父应村庄上的一位亲戚的邀请去赴夜宴，那时他已到了中年，在一切筵席上，那是拒绝饮酒的，出乎意料地当晚到了几个多年不见的亲友，在热烈的劝说之下，他多饮了几杯。他并没有觉得他的醉意，实在他的心情已有点乱了。当他向主人告辞的时候，已敲过三更了。不顾主人的挽留，他坚持着要回家去。自己提着纸灯笼，在黑夜里，很兴奋地走上他的归途。四野静寂，凉风吹得他有点冷了。他走着，他是熟路的人，对于他所取的路向毫没有怀疑。他隐约地看见那遮着古庙的竹林，想起他早年深夜晚归的情景，他不禁感慨了。他转了一个大弯，突然引起他惊异的是一堆熊熊的火焰。燃烧在乱冢间。他停住了，踌躇着，一些夜间可怖的事物在他心上涌现着。终于他前进了。他鼓着勇气走近那坟场了。他的灯已为风吹熄了，这里居于村庄及坐宅之间，真是进退维谷，他恐怖而又很兴奋。他的想象转变了：也许是一群无家可归的难民，此时正燃起薪柴，环坐着吐露他们的灾苦；也许是一群穷叫化在那儿从熊熊的火焰里取得温暖。倒不如前去借一根薪火点上他的纸灯好完结他的夜行。带着颤栗，他走近那火焰了。在他的眼前，是五六个面容相似的赤身汉子正在用心地斗着牌。以树叶为纸牌，以树枝为筹码，各人面前压不很大的赌注，他们都沉默着。这奇异的景象使他愕然，立刻他好像入了迷阵，神志飘忽，如失掉了确当的主宰，无论怎样也走不上他的路途。后来其中之一抬起头来，向他作一次和善的招呼，他被一种无比的力量引诱去参加了这一次神秘的牌戏。他毫不解这种玄妙的游戏，可是被他们决定他胜了三局。他们都叹息了。那时他染受了一种魔法，已为当前的现象所迷惑着了。他享受了一夜的娱乐。不觉远处已有鸡啼，东天欲曙，他渐渐清醒过来，呵，他眼前却是一块荒凉的坟场。第二天早上，他颠簸地走回家去，全身为泥土所污，手里提着一个干瘪的南瓜，这种疯狂的态度引起全家人发笑。在一日夜的酣睡之后，他才将这神秘的夜遇说了出来。而在收尾的时候，他还解说道，在传说上，道路鬼是一种吉利的鬼，他们生前有善行，不幸无罪而入了地狱之门，冥府很爱惜这种阴魂，命他们夜间到路旁去，到坟场上去燃起阴火，以树叶作牌戏，用迷人的魔法引诱夜行者去参加，以胜负决定超度他们的时间，如能连胜凡人三局者可即转人世，反之须再勾留地狱三年。……唉，他叹息了，在一度酒后的夜行，却不知不觉地断定了五六个吉利的鬼的命运，这奇异的偶遇神秘得使他发愁了。

在儿时的夜里，在澹黄的桐油灯光下，从白发老祖母颤动的口中，我听熟了上面那个富有幻想的故事。这是，一支动人的哀歌，至今我还觉得那幽远的余音。一种虚玄的力量给我幼稚的心灵一种指引，一种启示。由于好奇的动机，我常跑到堂屋去凝视那墙壁上悬着的我们那位祖父的祖父的真容。这幅缺损的遗留物，是他生前，在三月之内，每日坐在堂前为一位精细的脚工所描绘成的。古老的事物常使我向往，却又惆怅于昨日之既去。从时间的替换里，我获得了无数悲哀的回忆。

我十二岁的那一年，祖母患了一次小病，在她病愈之后，我就起程出门去了。在一个离家约有六七百里的地方，我继续住了三年。从每次的家信中，我知道祖母精神矍铄，没有什么病痛。因为一个不幸的转变，我所住的城子发生了兵乱，在一个炎暑的七月天，我仓猝地逃出那个危险地方，从通我家乡那条大道上迈进。五日艰辛的步行之后，到了一个离家只有四十里的小村庄，天就黑下来了。不顾疲劳，我想当晚赶回家去；但当地的村民都说，现在正是兵荒马乱的时候沿途很不清吉，夜晚走路危险极了，劝我就在那里宿一夜。在一家小旅店的木床上，终宵展转不能成眠，次日拂晓我就背着包袱起行了。我一进屋，见着全家为哀恸的空气所弥漫着，就不禁凄酸起来了。从母亲痛楚的语调中，知道我亲爱的祖母为七日七夜的险症所苦，已于昨天半夜永寂了。我用眼泪表示我的悲哀，还忍受着许多无法表示的阴沉的情感：心里感觉很大的空虚，很大的损失。十年已经过去了，现在我只能在记忆里重温那些从她亲切的口里谈吐出来的故事，而她本身之死，也就是一支动人的哀歌，令我不胜悲。假如我不独身以终老，在我的晚年，在灯光下，在黑夜里，我将把这凄婉的曲调传给我后代。

选自方敬：《风尘集》，良友图书印刷公司，民国二十六年（1937）四月

车　辐

|作者简介|　车辐（1914—2013），四川成都人，著名记者、编辑、作家、美食家。著有长篇小说《锦城旧事》、散文集《川菜杂谈》等。

致许广平

景宋女士：

关于鲁迅先生生平所用物件，大而至于心爱者，小而至于衣履等，务望永久珍护，俾后世人所谨（敬）仰。处此黑暗年代，一切固说不上，但百年后之鲁迅先生，又未尝不是今日之果戈理、普式庚么？斯时先生所用各物，自有莫大用处了。专此

近好

车辐

一九三七年七月十日

在《作家》悼鲁特辑图片上，见海婴体不健旺希努力锻炼，注意健康

选自周海婴编，北京鲁迅博物馆注释：《鲁迅、许广平所藏书信选》，湖南文艺出版社，1987 年

杂谈四川的洋琴

四川的洋琴与广东洋琴，做法相同，而形式略异（广东的为蝴蝶式，称为"蝴蝶琴"），同为四十二弦，用削就的竹筷子敲打发音。如按照西乐的分类方法，它可以归于打弦乐器内。

它的附属乐器有：

（一）怀鼓（调济节拍。鼓签子则用以配垫工尺。）

（二）檀板（多用合字板，规定音乐进行的时间。）

（三）碰铃（配合檀板用。）

（四）小木鱼（同前。）

（五）三弦（南方三弦，多用岭南制造的。）

（六）头胡（多用成都六律斋与琴瑟斋的。）

（七）二胡（晚近以来，亦有用南胡者，可以大大提倡。）

（八）苏笛（配合特殊大过门及昆腔头子时用。）

（九）小提琴（即 Violin。）

（十）大鼓（配合一定的曲谱。）

小木鱼在民国初年后，已渐少使用，至今老洋琴玩友中何茂轩尚存的有。小提琴是洋琴名旦角李德才（即"德娃子"）在民二十年以后新加的，极为受听，如再大胆的加上大提琴（Violoncello）

或低音提琴（Double Bass），以"老配少"的调子奏出，当更能增加趣味。名角石光裕（即"石老三"）曾用二胡以"老配少"手法奏出，颇得内行称道。洋琴的演奏，不是一成不变的，改良乐器，变换奏法，运行新腔，都要有大胆作风，要把老顽固派抛在后面。重庆俞伯荪曾用日本的三味弦代三弦，又用改良国乐合奏，不管有无新成功，但他总朝着一个新方向在开发，虽则他们的洋琴彩排失败，并没有失败到令人讨厌的地步；可惜因了他们的生活，把这一个新的方向中辍了。玩友中习于传统的保守性，至今仍无人尝试，歉然！

四川有洋琴，据老玩友谈及，大概在满清中叶。那时在家里清玩，后流于坊间，用教瞽者。瞎子打洋琴的，都戴着"喜帽"，穿马褂，出堂会多在午后，一直打到夜深，常唱于喜事人家，后来益加普遍，传至其他县份，如遂宁，犍乐的牛华溪，自流井，泸州，叙府，重庆，今年笔者到大巴山参观筑路工程，与陕西接壤的万源县也有这个玩意。清末有票社兴起，居然风靡一时。那时候的票友，限定在家里玩琴，很少"出箱"尤不参加红白喜事。惟"内盘"不在此例。

民十年后，其势渐衰，近六七年票友加多，又勃然兴起，直至今日。

关于洋琴卖唱的方面，民国以来到①出了不少的人物，顶顶大名的李莲生，民二十五年以后渐次凋谢，于今仅留下李德才，廖学正（工老旦小生。），以鼓板见长的阚瑞麟，别树一格打琴手法的易德全（即"易麻子"。）郭敬之，今去重庆与俞伯荪合班，唱腔别具风格。

洋琴卖唱中属于另一系统的为慈惠堂，这是从前尹昌龄主办慈

---

① 编者注：原版如此。

惠堂而兴起的一支，特请有老玩友何茂轩，邓范渠两人教导，唱法古朴，与李德才他们那一支有着区别的。

洋琴卖唱的，清末原分南北二派，界限分明，民二十年后二派合流，加之书场兴起，为了班的协调，配搭书场节目时间，已不分轩轾。社会在变，洋琴一道，又焉能不变。惟至今能保持纯粹唱洋琴的书场，仅西御四街安澜茶社一家了，班底为洪凤慈，大章，赵龙，刘曹霖等，刘以年事过大，疾病缠身，已少有登台献艺。他是应规入洋琴正宗派的，年老踏实，善于在行腔中耍技巧，妙处惟对洋琴有研究者可以领略。

谈到洋琴来源，无史迹可考，过去票界中老于此道者亦无文字记载，晚近以来，虽有人为文记之，然多不可靠，甚至还有人加以臆测，从而断定是外洋来的。假如稍对音乐有点常识的，当不会出此武断说法。

前面说过四川洋琴制造与广东无异，就是三弦，怀鼓，亦从广东采购，苏笛多采自苏州，从大体上说，它的主要乐器来源，得至南方，至少亦应属南方音乐体系无疑。满清中叶渐输四川，组成一套完美的乐器而已。它是综合了弓弦乐器，拨弦乐器，打弦乐器，木管乐器，打击乐器等。本身调门不高（与川剧比较。）决无浮燥①气，听惯了大锣大鼓的川戏去听清幽的洋琴，确实有一种飘飘欲仙的轻快感觉。按照一班中国人欣赏音乐的习惯，洋琴对于中年以上的人，尤为纠缠不清。成都是洋琴的发源地，有每天专听洋琴的老琴迷，一听就听了五六十年的，也有早晚两场听琴过生活的小市民，虽大雨大风，迅雷闪电，亦在所不避。

这批老听众是洋琴的拥护者，亦是促成洋琴进步的人，一字之讹，一腔之错，他们都能马上查出，可以这样说：没有这批琴迷，

---

① 原版如此。——编者注

四川的洋琴，决不会达到今天这样完美的境界。欣赏四川洋琴者，多喜欢北京大鼓的，有几位北京留蓉的老成都，他们也把琴①爱上，一听就是几十年，因此也有人叫四川的洋琴为"大鼓洋琴"的。

关于琴迷对于角色的取舍，有一个问题必须提出：有不少自命"懂"得洋琴的听众，多贬李褒刘，说李德才多花腔，吐字不清。赞扬刘朝霖是正宗派腔，其实这是皮相之见。李德才诚然多花。如《祭江》中孙夫人唱："虎牢关战吕布四海名扬"，加成："虎牢关战吕布四海兜（都）名咯火扬。"确为不当，把悲哀气氛的孙夫人唱成"摇旦子"了，但，《祭江》中李德才也仅仅有这一句，批评者决不能以一点概括全面，更不能把那仅仅的一点夸大得要逼着德娃子陪着孙尚香去跳江，须知《祭江》中末段德才唱夺子板加清水令，确实把孙夫人投江时一千种忧郁，一万种悲哀表现得最为具体，这段夺子点眼尤慢，更非其他所可能及。德才在月调中对于板眼之灵活随意，更不是一般自命不听琴多年的"雅"人所能了解的了。

除了它的琴音秀雅而外，词谱尤为典雅，有名的唱本多为黄吉安先生所创作，如《天雷报》，《状元目》，《黑虎缘》诸剧。《活捉三郎》阎惜娇唱：

> 秋老山空万木凋，一程行过一程遥，
> 荒郊尤记来时路，流水依然过小桥，
> 残月半钓寒雁过，疏星几点白云飘，
> 行来已至深花柳，见几点松柏出墙高，
> 将至书斋天未晓，待奴来稍停便把门环敲。

---

① 原版如此，似脱一"洋"字。——编者注

描写景致，平淡中显自然，无废字堆砌，有香山通俗诗趣。《活捉》一剧最易为听众接受！每一个陈年琴迷，大都能哼上几句。不过有等"半罐水"是讨厌的！角儿在台上唱，他在台下，一唱一和，合得又不高明，只有令众人讨厌麻肉而已。在书场里谁都怕遇见这种"半罐水"的。

《黑虎缘》中的梁红玉唱：

> 一席话问清楚并无别样，夜深沉搅扰君未免话长！
> 奴家住杨柳桥门儿西向，君何妨趁闲暇来叙衷肠？
> 儿今年二十一马齿加长，闹热场虚度了荏苒韶光，
> 怕的是守空船司马江上，抱琵琶泪洒浔阳。

即使用典，也并不深奥。说白中有一些骈四俪六写在下面：

《活捉》惜娇白：

> 奴，阎惜娇鬼魂。自幼生就美人面孔，习成院客行职，日每依门卖俏，勾引些豪华子弟，偷眼传情，结交些轻薄儿郎，踰墙钻隙；玳瑁帐中，常结鸳鸯之好；珊瑚枕上，竟成鸾凤之交；是奴先与宋公明苟合，后与张文远私通，岂知恩多成怨，乐极生悲，致使宋江嫉妒于奴，手执短刀一把，嗳呀呀，断送奴的残生呐！一霎时阴阳阻隔，红尘永别，飘飘荡荡渺渺茫茫，来至黄泉路上，竟做了无处孤魂，刀下怨鬼。……

又，《黑虎缘》中梁红玉白：

> 奴梁红玉，乃金陵京口人氏，自幼生来才华第一，色艺无双，以月殿之仙人，自应有郎仍玉；爱霓裳之旧队，何愁贮屋

无金？不幸桃花逐浪轻薄依人；柳絮随风，癫狂肉客；浅斟低唱，作尽日之绸缪；万唤千呼，不隔宵而还往；未遇多情才子，先遭好色将军，今宵主人带醉，众宾逃席，是奴怀抱琵琶各自出府。……

骈对相偶，字字铿锵，既合于说白的音乐成分，又能表达惜娇与梁红玉各各的个性，把欧洲第一流诗剧作者的作品拿来比较比较，也并不捆板①的。

通俗的句子中尤善于利用地方语言，如《红玉从良》中梁妈儿唱：

> 儿是个南边人你是老陕，真果是一根线千里姻缘，
> 大家是性爽人书归正传，把南腔和北调一概不谈，
> 我女儿从良你我先情愿，喜的你吃良人容易做官，
> 我的儿自幼把私房积展，身价银一千两不要你填，
> 儿择婿不嫌贫雪里送炭，依傍你无非是有个靠山，
> 好得是你无亲他又无眷，得一个好内助发迹何难？
> 夫妇顺家道兴为官为宦，她有情你有义团团圆圆，
> 切不可学王魁后来心变，贪新婚忘旧好不记从前，
> 如今人说假话赌咒都干，新贵人该不是那样心肝。

《天雷报》中用的地方语言更生动，实在不胜例举。

但，故意在那里作文字游戏的唱本也有，如《驼子拾子》，摘了全部《诗经》句子，堆砌成本唱词，实在并不高明。有不少"雅"人也麻麻胡胡地跟着打合声，大赞这个本子好，实则是以不

---

① 四川话"捆头板脑"的略语，意为突兀、生硬、难以消受等。——编者注

知之为知之的自我陶醉心情在作怪。不少琴迷也认为德才这个戏很好，一是他在这里面很多"架桥"的地方哭得条声夭夭的，一是他自己杜撰一句："这是小妇人受大妇人的威迫……"又哭又白，惹得不少三姑六婆发动哀怜，实际上说来，这完全是在迎合低级趣味。第三，是说这个本子长，很过瘾。——这是属于拣"堆头"多的听众，圣谕的一类人，更说不上谈洋琴了。《弃拾》中周桂英的唱句与张氏二老的唱词，完全不调和，破坏了全剧的统一性。

琴迷不一定是批评家，琴迷不见得懂得洋琴。听安澜书场的老琴迷，他们鉴赏的工夫未见得就比知音书场的够，正相反，听知音那批内行有时也能谈得头头是道。不能以地域关系去区分琴迷，应当问他懂不懂？是否真正懂？

洋琴唱本除了文人创作的剧本外，很多民间流传的评话故事，也搬进了洋琴唱本中，如：《许士林祭塔》，《琵琶记》等。最早的洋琴唱本，可能是从民间故事流传评话移植过来的，这种"说书体"在唱本中经常可以发现，尤其是在帮"大腔"时，如《红玉从良》末二句"大腔"：

　　"红玉从良又一段，黄天荡立功大团圆。"
　　《赐环拜月》中：
　　"不言王允闲步走，再明貂蝉把神求。"
　　《赐剑浣纱》中：
　　"不言君臣怨渔丈，再表裙衩漂水乡。"

关于乐谱方面，调子不多，通常伴奏的有：一字，快一字（又叫紧中慢）。苦平，三板，二流，夺子。月调中有月头，月尾，平板，半边月，背工，赞子汉腔等。月调剧本不多，如《秋江》，《抢伞》等，采取民间音乐，不过换换口胃而已。专门演奏的乐调有：

闹台，大小开门，哭皇天，迎送，将军令等。大腔是一段唱词完结的帮腔，通常五六人玩弄乐器，到大腔时一齐合唱，与川剧中高腔帮腔有异曲同工之妙。大腔很可以改良，或采西洋歌曲中的二部四部合唱。唯洋琴玩友中多趋于保守，有待将来的研究者大大努力发展。粤曲在音乐上与歌唱上的改良，难道不可以借镜么？玩友中的走顽固派是不能与他们谈这些的，因为他们除了私人兴趣发生爱好外，什么不懂，自然更谈不上其它了。

年来以票友加多，票社兴起，老玩友组成的超弦社解体后，代而兴起的有新声雅集，社员有：马再知，黄如初，陈仲枢，蓝光荣，任正奎，四二弦主等。友声雅集：杨备九、李叔清等。陶怡琴社：刘静庵，韩海清，唐文龙，李公亮，李先治等。邮声雅集最近成立了，是邮局里一些爱好洋琴的组合而成，有谭东明等。

这些票社之成立，与超弦社有着血缘的关系，当时的超弦社玩友中的老前辈何茂轩，邓范渠，萧绍徽，谭秀甫等，后来加入了黄如初，四二弦主，陈仲枢。规矩极为严格，由邓何传授，但有三原则必须接受：

（一）先念工尺及基本曲牌与板眼。

（二）进行极严格的道白与唱腔。

（三）必定要一人学习一样乐器。

三者缺一不可。因为限制太严，把很多爱好洋琴的人关在门外了。可是到今天看来，票社虽然增加，研究的精神，确不及超弦社远矣。因为过瘾玩票的太多，遂成今日票友中之滥觞，工尺不懂的，板眼全无，居然登台票唱，麻外行有余，遇内行不通，且诩了自得，当不为识者一笑。

洋琴值得提倡，大前题①要提倡的票友们切实研究，通力合作，

_____

① 原版如此。——编者注

仅仅站在私人遣兴怡情方面，那是不够的，唯其是遣兴怡情，更要精深研究，才能娱乐心身，贪图过瘾与不求甚解，说不上谈洋琴。

川戏艺人里也成立了一个嘤友票社，有周企何，徐伯铮，蔡如雷，杨肇庵，易征祥等。

票友们偶尔登台票唱，年终循例亦为瞽者等募捐票唱数日，热闹异常。

洋琴的另外一派——是叙泸一带的唱法，他们的调子称为"中河调"，有别于"上河调"的成都"省调"。

泸州有律音琴社，设于慈善路明泸茶社，有社员：孙剑扬，罗光德，杜宗尧，李澄秋，王绶华，吴德芳，温小犀，汤丕文等二十余人，泸州对岸蓝田坝亦有票社。

"中河调"的打唱与"省调"完全不同，唱法里插入滇剧新腔，别是一番风趣。

重庆还有一种洋琴，配合汉调唱，于今已绝响。

以目前情况而论：好角日见凋零，且内部不协调，殊为可虑，又无新角产生，前途堪虞；票友虽人才倍出，超过民元时代，但票友终是票友，好在下来票唱机会日多，藉此也许可以说是提倡提倡，普及普及。

在成都这个古铜色幽静的环境中，产生洋琴这个玩意，到是非常自然的事，它可以以最经济的方法去换去两三个钟头的时光，花上一元多钱（金元），剥剥瓜子，抽抽香烟，"又得浮生半日闲"的情趣，便在每一个人的心中感到满足了。值此物价高昂声中，这些地方尤为小公务人员闲情娱乐之所。

前面介绍的刘朝霖，近已病故，成都洋琴票界，特为募捐，轰动一时。

此文在《风土》催稿之下，草草写成，遗漏处甚多，敬望同好有以补正。我是希望"抛砖引玉"，引出一些有关洋琴历史的文章出来，作为进一步研究。今日通讯社社长张履谦兄，说他也有几篇考证洋琴的文章，我到愿意拜读，有时间的话，更愿意为《风土》集成小册子的。

选自民国三十八年（1949）五月《风土什志》二卷五期

一个被侮辱与被损害的女人"大周二"

> 不要脸的人在我看来都是一样不要脸，不管你中国外国阴间头。
>
> ——周二

稍为留心一下成都一般社会情况的人，在最近二三十年来，很少有人不知道大周二的。

近五六年来，由于她生活的特殊，有好几件事情，她简直成了G社会新闻中心人物了。必须说明：她没有出风头的打算，她做梦也没有想到要出名。她唯一的希望是在人们所不知道的秘密地方，或阴暗的所在去寻找可怜的生活，养活自己。可命运偏要向她这样可怜的人开玩笑，偏要从秘密阴暗为人们所不知道的地方把她抓了出来。报纸的本市版上，她成为头条新闻中的要紧人物；茶楼酒肆，她成为人们谈论的中心；大周二，嘿，好响亮的名字呀！

她，究竟是甚等样的人物？是多年以来官准登记为凭的乐女，是开台基的鸨母，是一个被侮与被辱损害的——这社会上最可怜的人，有点像杜司退益夫斯基在《罪与罚》中写的那位索菲亚；她的性格上，又有点像法郎士写的女优泰绮思；不幸的，是她的职业，更不幸的是，是这社会塑造出她这样生活的人型。

"大周二"是她底的别名，她真正的名字叫周玉清，已经是四十开外的人了。

"我是甲辰年生，今年四十五岁。"

甲辰，今年只有三十六岁，恐怕是甲午年，今年应为四十六岁，照四川的算法为四十五岁。户口登记上，她报的是四十五。出生地在成都北门外龙潭寺门坎坡，家里是种田的人，出嫁以前，就像中国农村中千千万万的女人一样，终日在田里过活，帮助穷家务烧茶煮饭，随便怎么样，她也没有想到今天会落在风尘中讨饭吃，一提到她过往的生活，她便流下泪来。

"我的生活，不能完全写出去，有些人要隐藏，就是死去了的，也是不能写。"她猛烈地抽着纸烟，牙缝间已浸上一层厚黑的牙垢了："有些事，时间地点都不写，还有方手。"

笔者谨照她的意见，把她的经历综合起来，作一个忠实的报道。

到了成人的年岁，她出嫁了，生了一个小女孩，丈夫不久死去。生活无着，从几十里外的门坎坡进城，投靠她的舅父，舅父比她更穷困，当时她希望去帮人或者当奶姆。事情那有容易，一混就是一年，奶子中断了，舅父家里不能长久的处下去，为了小孩，真不知道怎样活下去才好？她下定决心是要把小孩抚养成人，一起交给了命运。

那时她住在城南横陕西街，正是年轻貌美，身体结实，像滥熟了的苹果一样。稍微在街上走动，就有人盯梢，不晓得在好多次的男人的盯梢中，她真地被一位崇庆州的南路人，名叫陈仲文的勾搭上了，于是他们成为夫妇。她想："这时小女花花有个搁手了。"

来得容易，去得也容易。这位姓陈的达到目的后不久，一个黄莺儿叫得很好的晴天，他居然一去不返。隔不到几天，姓陈的朋友—— 一位军人来向她说：

"大嫂，我有话给你说，我们到少城公园里去谈一谈。"

"啥子话？"

"当然是陈大哥他哥子的话。"

他们去到公园，坐在荷花池旁，一任那军官东说南山西说海，而她竟从他口中听不出陈仲文的下落。军官又扯淡很久，不知道怎样的，看到她白嫩的的手上戴了一只玉石戒子：

"大嫂，请你摩下来看看，水色太好了。"

她老实地摩下，可是那军官居然戴上，要挟她，要她到旅馆里去！

"这有什么，陈大哥他哥子看到也没有来头，为啥子你手上的箍子会戴在我手上哩？"凶恶的人把话头一转，"给你说，他早已把你丢了，没想头了，跟我去——"

她在威逼，失望，软硬手段夹攻之下，一个年轻没有知识的女人，第二次被骗了，她到旅馆不久，军官又引着其他的男人去玩，从这个时候起，她在非正式的状态之下已被迫卖淫了，她说：

"丈夫死，接一连二受人骗，来的男人又时常不同，气是气够了，想也想横了，就是这样下海的，不过，那时候也爱年轻小伙子，只要我喜欢，没有那个跑得脱。"

大约在民国二十年左右，在成都下层社会里有一位著名的流氓梁钊，便作过她的面首，那个流氓吃她喝她，又用她的钱背地里去玩另外的女人。有几次梁钊偷了她的金首饰跑了，她又十扒鼻涕九扒泪的四处寻觅他，当她找着梁钊时，又笑嘻嘻地把他带回香巢去了。后来梁钊终于离开了她，那时眼睛也快弄瞎，死在外面了。

往后，她继续找年轻小伙子，她的理由是："我平常同不愿意的男人玩，为了吃饭，我也要找我看得中的男人呀，我受够了男人的气，我也要找我喜欢的男人。"从这些谈话中，显然的，由于她不规则的性生活，平时不满的情绪之压抑，她完全以女性中叛逆的姿态出现，她要向男人们寻找报复。但，她没有武器，于是只好凭着她从男人身上来的钱，用到男人身上去。病态的敏感和对于嫌恶相并，年轻放荡与堕落，性心理的变态，塑成了二十几岁的大周二。

这其间她找过好几个面首，他们都席卷了一切最后离开了她。倘若我们说大周二是出卖肉体的人，而那些面首实则已将灵魂都出卖了，贞操是什么？在都市里，很多名门闺秀为了一双尼隆丝袜或一件衣料而去失贞操时，大周二是人们可耻的对象吗？

叔本华说过："妇女无论在那一点都是下等的第二性。"他忘记了一个前提：这"下等的第二性"是要社会负责的。就是我们普通一般认为合理的一夫一妻制，那里就没有掺杂有买卖观念的杂质么？

凡是妓女遭受到的可悲的一切事情，她都遇到过，日复一日，这样她混到中年。因为她的身体很肥胖，人也高大（只是脚是缠过的"改组派"），体质也不坏，徐娘半老，风韵犹存，她使一些性起变态的人疯狂了，专门玩弄女人的，以同大周二要过为荣。这一段时间，钱是像潮水似的进来，由于她平时大方，钱也像退潮似的用出去。当她知道这钱的贵重时，已是人老珠黄，美人迟暮的时候了。

她从单纯卖淫的娟妓职业，转变到邀约姑娘，掌握姑娘开设台基。住地不得一定，因为台基纠纷是多着的，她不知道看过了好多拆烂污的所谓英雄豪杰，他们吃得烂醉，估倒要姑娘，掏出手枪打人，捣毁器具，有的流氓同姑娘睡了不但不给钱，还要估倒姑娘"倒贴"。这类似的悲惨生活，在平常人一天也受不了，简直就没法对付，而她，居然处之若素，应付自如，她说：

"怕啥，吃倒这行饭了，那个不是皮包骨头父母所生？一只杆枪打不倒两个眼睛，这些事老子们见多了，咱个我还没有打死？我们这行道做得来白天怕人，黑啰怕鬼，我不该去喊善人老爷，锅巴剩饭。"

她这样一说，竟使很多流氓式的"英雄"瞠目。连醉酒如泥的歪人她都能从从容容打发起走的时候，清醒白醒存心要去拆烂污的流氓，自然不在她的话下了。有不少流氓喊她叫："二姐"，在鄙视女人流氓纵横的世界里，一个老鸨能够被人喊老姐子，那比拿钱去买令名的人的确高超到那步田地了。

能够轰动一时的人，他总有他底特点。在大周二其人，我发现了她说话在某些地方是有魄力的，由于她那复杂透顶的生活，每天接触社会上各式各样的人，从门坎坡一个乡下大姑娘一变而为娼妓，鸨母，她向这吃人的社会学会了一套对付人的方法，见人说人话，见鬼说鬼话，尽八面玲珑之极；运交际大全之法；撒娇，温暖，泼辣，拼命，你请我吃夜饭，我请你吃少午。诚如高尔基说："生活在无法解答，无数矛盾的黑夜里。"倘使她会提笔，他自己会写出比"荡妇自传"，"娜娜"更其动人的作品出来。

她是千面人，但是，有一个特点，当她说到她不幸的命运时，往往流下泪来，而且哭得很伤心，这道理我不大说得出来，我记得《夷坚志》上载：台州官妓严蕊有词：卜算子一阙"不是爱风尘，似被前缘误，花落花开自有时，总赖东君主。去也终须去，住又如何住？若得山花插满头，莫问奴归处。"严蕊的心情，大抵是周二的写照，虽则她是一字不识的人。

使她成为报纸上的新闻的中心人物，是抗战中，美空军来华西某地的时候，那时当局要为美军调集乐女，使他们在安逸中帮助我们作战。要集合大量的乐女，第一个使当局想到的人物就是大周二。说好听一点，她为了联络美中感情，一口承担了这件工作，一方面她在西门青龙街设了盟军招待所，时常送往迎来，也算尽了她一部分任务，可是，更多的人，从这里而却发了洋财。她所邀集的姐妹们，都是身体健康，颇能胜任的乐女，当时成都人给她们取了一个外号叫做"马灯"，马灯者，装洋油之谓也。我们的阿Q时代，穿着不同衣服的阿Q，成日的嘲笑她们，倘使一个乐女陪着密斯脱上街，后面就跟了一大群人，被讥讽的对象是自己的同胞，而天之骄子正看得发笑哩!

招待所里面的经理——"熊儿子",是她的面首,据说:先前是一位流氓中学生,一直往下堕落了。"熊儿子"一切吃用都靠她,就像普通商品交易一样,"小熊"也把一个人作为生存攸关的精气神卖与她了。后来这家伙染上不良的嗜好,随时向周二要烟钱,几次当着她要自杀,虽一次他都没有真正死下去。"熊儿子"说过:"我还是知识分子呀,说起都惭愧,有啥办法!"在最初开招待所一段时间内,美钞来得方便,她私下存了一笔大数,她这样打算过:把美钞拿到安乐寺市场上去翻囤生意,抗战胜利后同她底"小熊"到上海去看热闹,她抱定一个雄心,要向上海发展她的事业哩。

说到这些美钞的得来,可真不容易了。招待所里的姊妹们出完了生意时。她以领班的地位也要与密斯脱应酬。我曾经问过她:"你一天接过好多密斯脱?""这咱个记得清楚。"她发笑了。

后来,当我们的盟友熟悉了地方生活后,他们也拆烂污来,同招待所里的女人们玩过了后不给钱,借酒发疯,打毁家具。我们的警察无权干涉,只有上前劝解。打不过别人,有时只好嬉着脸皮作尴尬的苦笑,要等到人家的MP来到之后才把紧张的心情放松了。

有一次,两个带酒的军曹要她找女人,她见势不佳,找了一个历史悠久的乐女去应付。不久,听到房间里喊救命的声音,愈来愈大,多么凄惨的声音呐!她们同"熊儿子"及警察跑上楼去看,一个酒醉的军曹把门挡着,不准进去,但是里面的救命声更凄厉而紧急了,为了救人,警士用枪指着门望风的醉鬼,破门而入,周二说:"不错,是禽兽,文明禽兽,他究竟在作什么?""嘿,"她拍地吐了口水说:"它狗入的把姑娘衣服脱光光,伸手进去,姑娘痛昏,它一手是血呀!我们当时气极,大家围着他痛打,后来两个挨了一顿逃跑了。"

"我在后面跟,捡石头打他哩!""熊儿子"说得比她还津津有味。

亲爱的读者们，写到这个地方我无言了。我知道他们产生过贾克伦敦，司丹倍克，爱迪生，霍桑，林肯，华莱士这类的优秀人物，他们有全世界最长的金门大桥，全世界最高的纽约摩天大楼，还有他们思想上凝铸成的求实主义的精神，可是，我不明白，为什么也会产生堕落到禽兽般的"人"哩？

招待所的后半期生活，直到第二次大战结束，周二每天都在这种突然来的意外事件中过活。她不但学会了对付中国人的拆烂污方法，而且也学会了对付外国人拆洋烂污的方法了。

"不要脸的人在我看来都是一样不要脸，不管你中国外国阴间头。"她气忿的说过这一句话。

盟军走后，招待所结束，她以辛苦挣来的钱，按照原来的计划做去，一部分法币存到提督街协成字号。

"那个字号的经理王一立从前同我好过，存在他那里比较放心。"

一大部分美钞拿到安乐寺市场里去做买卖，可怜，她做买卖的钱随时都放在手提包里，不离左右，睡觉时放在枕头下，仔细小心，无微不至，谁知道祸苗就从这些地方种下了，谁知道往来她台基上复杂的人流中，就偏偏有人打了她钱财的主意。一个夜晚，大约在八九点钟时，她正从电影院出来，登上了黄包车，走到成都市热闹的市中心区，突然，几个人包围了她的车子，东说西说，动手动脚，她正在难以对付的苦况中，手里的皮包被抢走了，她眼睛一黑，旋又恢复神志，刹那间，大周二疯了，从商集场的这头跑到那头，不断的呐喊，悲惨的呐喊："那个抢了我的皮包，那个看到我的皮包，哎呀天呐！我的命呐！我这辈子完了！"

街上人潮奔流。巧得很，当时我正同一位友人走到商集场门口，看到这一幕带有戏剧性的悲惨故事，我们上前问她，但已完全疯狂了。

这是一个不折不扣的抢劫案件，她向有关的治安机关报过案，不知道怎样的，平时藉公事在她台基上提劲"打靶"的那些"英雄"们，对她并不热心。直到今天，她最后的希望幻灭了，更进一步的使她认清了那些特殊的人物，在需要女人时候的诺言比狗屁都不如，除了吃酒，爱财，玩女人而外，什么也没有的。

这件事成都不少的报纸为她呼吁过，要求治安当局严拿罪犯，结果还是没有回响。

现钞失掉了之后，她到协成字号去取存款，存款折子放在手提包里，一起丢掉，字号以没有存折拒绝付款，她又去找她底老相好王一立，这位老相好原来是一位市侩的典型人物，东支西吾，半点也不讲交情，对她取了拖延政策，——其实协成字号，当时已陷入胜利后的倒风中，隔不到几天，竟然倒闭。报纸上载出这条消息，大周二又是这条消息中被牵涉进去的债权人之一，她的户头虽不大，但名声超过了所有的债权人。当债权团招待记者报告倒闭情形时，大周二一个人哭得最伤心，接一连二的意外事件，使她悲哀特甚！比较知道她历史的记者，大都同情她，王一立在消息上遭受到正义的鞭挞，有一个周刊，把市侩的经理描绘得体无完肤。

几次事件之后，周二枯萎了，她平时最爱做好事讲布施，与之相反，却不断地招致了恶果，于是，陷在窘迫的深渊中去了，住地都成问题，不得不带着她的"熊儿子"打旅店，过着浮萍似的生活。

亏了她还有勇气，东编西弄，在漂流了一年之后，又在皇城后子门的西二道街租下了一个独院，恢复了旧业，一心想找几个钱终老。命运就偏找她开玩笑，捉弄她，践踏她，重庆来的一位海哥叫做曹成武的，在一天夜晚，被人用枪打死在她的台基上了，她同陪死者过夜的妓女李三妹及"熊儿子"一齐被捕下狱，由警局送法院，白白地住了几个月监，当她以无罪开释时，西二巷台基上的一切值钱东西精光了。

亏了她还有勇气，又把一班人马弄齐全了，在成都新南门外通往华西坝新村的西北路口榕村租了一所空地，在极秘密的状态中送往迎来。

空地内仅有四五间房子，两间布置略好，里面有名书家谢无量一副对联："吾道终为天下裂，此心难与俗人言！"

她们开台基的人是不问房价的，她以最重的实物折合租金把房子租过手，榕村是她最近一个台基，因为临近华西坝学校区，于是惹动了华西大学的学校当局，以为有伤风化（？）请求市府警局勒令搬迁，报上也不断登出这段消息，周二在走投无路中想横了："啥子叫风化不风化，我开我的台基，你办你的学堂；我住我的新村，你住你的华西坝，河水不犯井水，桥过桥，路还路，我台子上又没你学校里的大学生进出，那一点点儿把你们犯倒了？出钱住房不得拐，未必新南门外连华西坝算在内，独于不准我在这里开台基，别处也有，他们为什么不开腔？住房子拿房钱，当妓女缴花捐，我们错在哪里？我不管，兔子逼慌了要咬人，我凭这条命拼了。道理在你们那一边，你们喝过墨水念过书，我们不懂，我们就该死。"

说到华西坝，她还有一段最伤心事，就是从前当她的女儿，渐渐由她抚养成人，从小学而中学，最后送到大学。她底生活虽然在无可奈何中堕落下去，可是，对她的女儿，始终保持了伟大的母性之爱，她们两母女，每年只会两次，都是在她女儿开学之前，她把辛劳得来的钱，亲手交给她女儿的时间，才能见一面的母女，她们是陷在极度悲哀的哭泣中了。也许有人知道她确有一个女儿，但不知道在什么地方？

同样，我认识了一个朋友，后来知道他父亲是一个唱小旦的，朋友向我说："我父亲从来不同我一路在街上走，不在公共场合中出现，他老人家替我想得周到，其实我倒无所谓。"——无论哪一种人，只要不降为禽兽，他还是保持着天伦的伟大之爱。虽则她们堕落到无以复加时，对于子女苦心孤诣的去保护，使之向上，这种爱心还是值得尊敬的。

关于榕村，警局最近派员去查问了一吓，看见里面没有什么人，仅仅是年老珠黄的大周二，同两位女佣人，一个黄包车夫。生意清淡，门庭冷落，自然，里面根本就不会发现半个上帝的儿女们。

她的"熊儿子"哩？滥吸吗啡，又被关到法院里。为了念及旧情，她仍然照看他，送伙食钱去。我们往访的记者中一人问："你真算得老大姐资格。""算得什么？他跟我久了，这两天冷，关在里头还是可怜，我不送钱去，哪个照看他个滥烟灰。"

她每天都要进城，有时也去找一些江湖医生，旧年快到，她又忙着布施，打米飞子发钱飞子，忙个不休，租佃问题，又在风雨飘摇中，周二的晚景真如严蕊说的："去也终须去，住又如何住？"

到过成都的，都说华西坝是天堂，谁知道咫尺天涯，就是悲惨的地狱？

大周二，教育，娼妓，上帝，鸨母，学生，风化，欺骗，母爱，禽兽，市侩……在我们眼前转动，搅得人头昏眼花，有勇气要活下去的么？你得清醒脑筋赶快站起来，"敢于直面惨淡的人生，敢于正视淋漓的鲜血。"——阿门！

三七年圣诞节次日脱稿①

选自民国三十八年（1949）《人物杂志》第四卷第二期

---

① 《人物杂志》刊发此文时，文前刊有车辐为大周二所作画像，文后有其致编者一信："××兄：示得。月底有一稿寄来，写成都一著名鸨母'大周二'兼老妓女的传记，弟搜集材料已三年，正找不着人写，一吓子抓着了她，今天去她家画了一像，请速制版，弟此时惊喜欲狂，又得好材料不少，她是人间苦之代表，值得一写！书随信附上，我太兴奋，三日内交卷。《父亲传》不得不停笔，明年再说。专颂 时安 弟辐上 十二月二十三日。"——编者注

乐恕人

| 作者简介 | 乐恕人（1917—2007），四川双流人（今四川成都双流区人），资深新闻工作者。第二次世界大战期间曾赴欧、亚战地采访，出版有《缅甸随军纪实》《反攻缅甸》等。

忆戴安澜将军

万里旌旗耀眼开，王师出境岛夷摧，扬鞭遥指花如许，诸葛前身今又来。

策马奔车走八荒，远征功业迈秦皇，澄清宇宙安黎庶，力挽长弓射夕阳。

——戴将军遗作

戴安澜将军统率着他的一师劲旅，用现代化行军的方法，走上了滇缅公路。他们越过了云南高原的横断山脉，翻过了怒山和高黎贡山的峻岭峡谷，又渡过了澜沧江和怒江的湍流，终于在一九四二年的春天里，英勇地进入了缅甸。

协助盟军入缅远征，那是中国历史上光荣而崭新的一页。戴安澜将军便是描写这一页壮烈史诗的一位重要人物。就先看一看我在文前所引戴将军的两首诗吧，我们能不敬仰着他崇高伟大的抱负？

再从他的诗的另一面来看，雄浑的气魄，文学的素养，使人知其必有"儒将"的风度，更有令人敬畏的风采，从来中国历史上"运筹帷幄""决胜千里"的人，不必一定"猛如虎""狠如狼"，而往往都是"静如处子""动若脱兔"。这正是中华民族优良文化所陶冶出来的性格，唯其具有这种性格的才将，也才会动定合宜，获致成功。

在我看来，戴安澜将军便是具有"儒将"风度的一个武人。中国入缅军去年的远征武功，首先奠定声威，获得重大战果的一位指挥官，便是这位风采可敬爱，而胆气豪壮的戴安澜将军。

我知道戴将军，远在民国二十二年古北口抗日战役；可是我们的相识，却在缅甸东瓜的火线上。回忆古北口之战，他正在二十五师关麟徵将军部下任团长。当时他那一团劲旅，曾经大显身手，立下战功。英勇的战绩，引起了敌人对他的注意。"七七"事变后，他以战功擢升七十三旅旅长，在平汉线上漕河战役，漳河之争夺，太行山之游击，没有一次不使敌军遭受惨重的打击，尤其是血战台儿庄，固守中艾山，反攻昆仑关几次战役，他的声威更加远播，敌寇从此也就闻风而丧胆。昆仑关血战的时候，他早已由八十九师副师长升为第五军第二百师师长。在他负着光荣的创伤，克服了昆仑关以后，敌人的广播竟说昆仑关的"敌"军指挥官，便是中国唯一的机械化师长戴安澜。其实呢，戴将军所统率的，也不过一个步兵师；而敌人却因为他作战的勇猛，已经在疑神疑鬼了。

一九四二年春天，中国为了同盟军在缅甸战场上的共同胜利，积极调兵入缅甸助战。戴将军奉命由广西调驻贵州，旋又调集云南西部。当时，他曾经和友人们促膝纵谈天下事，便慨然地说道："如得远征异域，始尝男儿志愿。"不久，幸运终于降临到他的生命上，他奉到了出国远征的命令。他兴奋到无以复加，便召集了全师官兵，把诸葛武侯从西川渡泸水远征穷蛮的事情，告诉了他们，勉励他们今后要扬威国外。从那时起，他的生活更蒙上了一层做历史上人物的光辉。

三月三日，戴将军率师出国，到达腊戌后，适逢蒋委员长访印公毕，从缅回国，在腊戌召开军事会议。戴将军在当晚奉召陪同共进晚餐，并蒙蒋委员长垂询部队情况，又经指示每日开一团部队到平蛮拉东瓜估领阵地。三号那天，蒋委员长曾经三次召见戴将军，垂询治军治身之道，戴将军详细禀告，均蒙蒋委员长一一首肯，同时，更指示他入缅作战的权宜。戴将军在一天之内，被最高统帅召见三次之多，他自己也认为是"人间异数"。但在旁的人看来，却知道了最高统帅对他是如何的器重。及到戴将军先头部队到达东瓜，后续部队还未到齐，蒋委员长以孤军深入，极为关心，又召见戴将军，问他是否可以坚守？他便坚毅地说道："出国远征，原为扬大汉之声威；只须有一兵一卒，也要坚守到底，绝不负长官的期望。"

及至三月十一日，戴将军全师到达东瓜，英缅军第一师从庇古北撤，敌军五十五师团一部跟踪追击，英缅军形势危急，戴将军奉命掩护盟军撤退，并准备固守东瓜。当时缅甸战局早已失利，仰光陷敌，敌军北犯企图日见积极。南洋一带，新加坡失守，荷印战败，菲律宾巴丹半岛上，美军坚强抗战已成尾声。就整个大战局势看，缅甸战场上盟军的得失成败，关系着远东的全局。更因为中国劲旅的入缅远征，那时全世界的目光，全注视在中国远征军对日寇即将展开的英勇战斗。

戴将军环顾当时情势，越感觉他那一师人的任务重大而不平凡。因此，他便抱定了必死的决心，预先立下遗嘱；并且还命部属："如师长战死，以副师长代之，副师长战死，以参谋长代之；

参谋长战死，以×团长代之。"不但如此，他又命令各级官佐都要预立遗嘱，指定代理人。因之全师上下，咸抱必死决心。士气的炽旺，真足以惊天地，泣鬼神！

三月十九日，敌军从缅南庇古一带沿铁道公路长驱北上，尾追英缅军到了东瓜南面三十五里的皮尤河。皮尤河正是戴将军所部的前哨阵地，中国远征军便跟敌人开展了一场前哨战，经过了三天的恶斗，国军退守警戒阵地，在东瓜西面十五里的丹大宾和奥克旺温又和敌人激战了三天，敌人始终不能越雷池一步。二十四日，敌人避免攻击，继从小道绕到东瓜北部，完成三面包围中国军队的态势。从二十五日起，敌军五十五师团全部，配合飞机数十架，向东瓜城中国守军猛烈攻击。戴将军一师人在无飞机大炮众寡悬殊的条件下，抵抗敌人昼夜不休的攻击。东瓜激烈的战况，传到了瓢背中国远征军司令部，传到了重庆，再传到了全世界每一个角落。

司令部情况紧张到了顶点，英缅印军也焦灼不堪，每个人都想念着西汤河畔背水为阵的中国一师远征劲旅。尤其是为着中国军队的胜败进退而敏捷发布新闻的几位战地记者，更忙更急；忙的是情报不断传来，急的是情报不能发出。这又忙又急的一群当中，有一个美国人，两个英国人，一个澳大利亚，还有一个是我，一个那群中唯一的中国人。

东瓜中国军队的固守，并不是困以待毙，而是在待援夹击敌人。不幸为了交通的困难，援军赶赴不及，戴将军在三月二十九日奉令退出东瓜，当晚中国远征军完成了一师人安全突围的壮举。

三月三十一日的午夜，下缅甸草原上也拂着微微的凉风，温柔的月光吻着荒芜凄寂的田野。我和一位青年的联络参谋李希纲少校，带领一班武装弟兄，坐上了一辆美国陆军用的装甲车，从司令部开赴东瓜北部前线。李参谋要去到戴将军待命的地区传达命令。我也要去访晤固守东瓜血战突围的戴安澜将军，顺道也去看看缅南战场上的国军健影，和敌我厮杀时的血火风光。

四月一日拂晓，我和李参谋到达东瓜城北的叶达西火线上。那时国军接战的部队，已是廖耀湘师长所统率的劲旅。

在那椰林掩映田野荒芜的战场上，我遇到了轻装简从正准备回返回瓢背的戴将军。经过十一天的激战，突围出来的戴将军，在他的装束上，已寻不到一点官阶的表征，使我至今犹能深深地记得他第一次给我的印象。高大的身躯，光头，圆圆的面孔，一双炯炯有神的眼睛，四十左右的年纪，安徽的口音。穿一件草黄色的衬衫，套一件灰色的毛背心，黄哈叽布短裤，黑长袜，青布鞋。除了一只手表，和腰间一支白郎宁手枪外，便什么也没有了。在路上，我耳听他豪迈的笑语，眼看他谦逊的态度，正符合了我从前仰慕戴将军的风采。

黎明的时候，叶达西火线上，双方有激烈的炮战，还有一阵阵重机枪声。在廖耀湘师长的指挥所里，大家会合在一起，我们共进了一顿丰富的早餐。李萄参谋长却忙着到掩蔽壕里去接受前面观察所的报告。敌人的重炮弹，威胁着我们不时走进掩蔽壕。那时，从火线上走下来一位英国联络军官；和一位美国记者白德恩。我们和戴将军在一棵小树旁坐了下来，探问他关于东瓜战斗的经过。戴将军扼要地回答了我们的问题，他又告诉坐在一起的廖师长，把敌人在东瓜的新战法，讲得很详尽，要他注意应付；指挥所的防御工事，还需要加强，不要让敌人再绕道来突袭。

阳光爬上了树林，戴将军要赶回瓢背司令部，我们也同着辞别了廖师长，坐上装甲车离开前线。经过平蛮拉的时候，在余韶师长的司令部里休息，进了午餐。从平蛮拉回瓢背，我，白德恩和戴将军坐在杜聿明军长派来迎接戴将军的小轿车上，驶回司令部。车上的谈话，使我和白德恩更增加了对戴将军的敬佩。他认为盟军合作不够，如果不设法尽量改善，缅战的前途便很难乐观。他更指出盟军命运一致，应该接受失败的教训，加强合作，配合作战，才能致胜。他对于当地民众的妨碍作战计划，英方运输的不能充分供应，以及盟方空军的未能配合作战，都付于遗憾的一笑。

戴将军谈话的态度有时很严肃，有时也很轻松，有时还能够应用幽默的技巧，沉重而不甚流利的英语，使能够操中国国语而熟悉中国军队情况的白德恩也为之感到兴趣了。

回到瓢背司令部，戴将军便像英雄似的受到了全军部官长的包围，每个人都来慰问。当晚杜军长便安排了葡萄美酒，来慰劳戴将军。

不错，东瓜之役，中国远征军在战斗上仍然是胜利的。戴将军以数千之众，抗倭寇二万之师，不但掩护了英缅军第一师的安全撤退，而且还争夺了十一天的时间，消耗了五千以上的敌人。谁说戴将军东瓜一战不为中国远征留下一页最光辉的历史呢？就连敌人自己也承认为"……入缅以来所遭逢之唯一大激战，吾人之最强敌人，即为头顶青天白日徽之支那军队……"。

四月二日的晚上，在瓢背司令部里，我又去戴将军的住房里谈天，在座的还有刚由国内去协助远征军务的焦实斋和余协中两先生。我们谈到东瓜之役没有收到预期战果，最可憾恨。戴将军对我们说，这一战失败的原因，一是上级援军未如期赶到，二是他的态度略欠稳定。可是敌人的战法，则是推陈出新，值得注意。同时，他说已经贡献了意见给上峰，主张选择一有利地势，同敌人决一死战，像目前的情势，很容易给敌人各个击破。

四月四日的清晨，我又同着戴将军从瓢背军赴前方。戴将军在平蛮拉附近的一个树林里，整理从西汤河东岸边回来的军队。我看见他的几千弟兄们，一个个仍然有红润的笑脸，他们都年轻，健壮，午间，戴将军请我吃了一顿午饭，休息的时候，他和他的参谋长周继翰少将，拿出了东瓜战役的战斗日报给我看，并为我详细解释战斗经过。他叫士兵从七八丈高的椰树上，取下几个熟透了的椰子来，我们便痛快的吃了一次。薄暮的时候，他派了一辆装甲车，叫了一位副官，和几个武装士兵护送我回瓢背。在我们握别的当儿，我祝他为国珍重，愿我下次再到沙场为他祝捷。他笑了一个很谦和但又很豪放的笑，我们就在笑声中分别。谁知那一别竟成了永诀，我至今回忆，心里犹觉有无限的悲戚。

及后，敌人在盟军左翼展开更大的攻势，四月二十一日棠吉失守，戴将军跟接就奉命反击棠吉。二十五日棠吉攻克，戴将军的副官孔德宏负伤，卫士樊国祥战死，他的危险也就可以想见了。反攻下棠吉后三天，不幸腊戌遭敌人迂回窜据，缅甸战局从此逆转，盟军在缅大势已去，戴将军也就奉命转进。在转进的战斗中，也许敌人对戴将军衔恨极了，对他那一师苦苦纠缠。戴将军且战且退，五月十七日，到达细摩公路，陷敌重围。十八日郎科之役，与敌激战，身先士卒，指挥突围，不幸中敌机枪扫射，肺腹中弹。戴将军被他的参谋抢救背负突围。途中又风闻滇西龙陵被敌占领，戴将军更加气愤，回国之心更切，他晓喻部属，说应该启程赶回祖国，打击敌人。谁知转战山岳地带，又逢雨季，既不能休息；又不能疗治，延至五月二十六日下午五时四十分，创口大发，到了毛邦村，他的生命已经临危，戴将军自知不免一死，他便悲壮地挣扎高呼着："盟军胜利！""党国万岁！""领袖万岁！"

于此，远征异域扬威国外的戴安澜将军，便光荣地悲壮地结束了他的生命！

综观戴将军的一身，他不但治军严明，并且还能够与士卒同甘苦，共死生，士卒也乐于为他效命。作战的时候，他尤能身先士卒，所以也才常常在艰危中获得胜利。戴将军一生的战功和事迹，真不愧一位革命军人。他的死，我们不惜一掬悼念之泪。但他求仁得仁，死得其所，我们也就不必为他深深悲万戚。

戴将军殉国一年了，缅甸未复，将军在天英灵，想亦焦灼不安。但祝盟军早日反攻缅甸，驱逐倭寇，继将军志，报将军仇，那时，将军英灵当不吝逍遥游伊洛瓦底江上，一享盟国军民仕女祭奠人间之美酒香花！

选自民国三十三年（1944）《风土什志》第一卷第二、三期合刊

黄荣灿

｜作者简介｜　黄荣灿（1920－1952），笔名力军等，四川重庆（今重庆市）人，中国新兴木刻运动版画家、活动家，早期台湾现代绘画运动的先驱者之一。抗战胜利后，到台湾传播新兴木刻艺术，其木刻作品《恐怖的检查》为台湾"二·二八"事件留下珍贵的艺术见证，为被激怒的国民党当局所戕害。

记火烧岛

在台湾东海外，有一座火烧岛。就是一般台湾人惯于传布幻异无比的荒岛；岛上只有"犯罪"的人，终身被监禁待毙。过去日本统治台湾的时代，利用台省同胞对于"放逐火烧岛"这种恐怖的心理，而阻止了所谓台湾顽固的浪人。

这座被哄传一时的幻异小岛，它距台东海岸仅十八海里。天气晴朗时，在台东沙滨瞭望得见岛影。

在春夏之间，台东的沙砾海岸，每当中午时分就聚集一群划渡的人，其中大半为妇女，他们等候从火烧岛来的渔船。明朗天总有一二艘十余吨的小型动力渔船，是时停泊在离海岸四百米外，而无法到达波浪汹涌的海滨。这种划渡，是将一艘木船在退浪的片刻中，由十来个精练的人推下海，当浪头回涌时，他们已飞快地起岸了。船在浪涛中划渡，初次经验不免令人提心吊胆。

火烧岛的渔夫到台东购备材料是当天回程，这个机会又替代了两岸的交通。因为这是一种机会而没有定期时间，乘船的人必须经常注意海岸的情况而准备。我第一次因为消息迟到，当我背着行装赶到海滨，只瞧见船影他去。

第二次我乘上一艘二十余吨的动力渔船，约三小时抵达火烧岛。当船未靠岸时，岛民早群集在海岸上，仿佛是一种迎接的场面。当我上岸后，观察到他们的情绪都很好。对着什么人都是一样，我怀疑起来了，这座被称为恐怖之岛，一忽儿都明了了：这里的岛民皆为性情温和的渔民。这种风俗，由于火烧岛的一艘动力渔船是十余户人家经营的，这样的一艘小型动力渔船的遭遇，就能威胁十余户人家的生活，因此关怀它的安全习惯成俗，只要有船靠岸，岛民都出来迎接。但这绝对是富有感情的表示。

岛上没有旅社及宿店，便向一位热情的乡公所职员借宿，纯粹是碰机缘关系，作为据点的发展，关于这些事、名称我都弄得不错。

这座岛位置在东经 12.5°，北纬 21.5°半。全岛面积约八平方公里，周围约十余公里，岛形外表略像四角多边形，沿岸群植林投树，岛中山峦起伏，土质枯燥，没有雄壮的森林。岛南断崖临海，西北成倾斜数度于海滨，东海岸全是黑色的火熔岩，尖锐得像碎玻璃一样，烈日晒在上面时，火熔岩很快地热得像沸水一般，在这酷热的空气中又带着一种焦炙的气味，使人引起紧张的情绪来。有些地方则是像海绵似的化石，伸展在海边，这些奇异的地方，多给旅行者以一种惊险之感。

当我踏上这岛就横越那四顾荒凉的断崖，爬上陡峭的峻岭后，在东南海岸边，找到了天然的温泉地带。那里草木皆无，沿岸有着巨型的大鱼骨，但这里却有一个神秘之所——海滨自然温泉，由于烈日关系，温度极高。距此不远的峻岭间，住有二户靠捕鱼为生的岛民。他们男女都异常健壮，性情温和，妇女们皆半裸体，这是一种浓厚的热带情调。当他们看见我一个异乡旅客的莅临，他们不但毫无讶异，却以友谊的举动来迎接。因此，我们便很愉快的说到岛上的一切。

火烧岛上有三千余人，散布在南寮、中寮、公馆三村落。岛上无市集也无商店。他们惯于自足，他们信仰神可以保佑他们。每到捕鱼的时期，全岛的村民顿时狂热地举行各种式样的祭；有踏火堆、抬神位等等，这是一种奇异的风俗。

火烧岛有乡公所、派出所、邮政所及小学各一，公教人员以台东、花莲港、福建籍为主。从前有的工场及囚犯的地方已被破坏了。

岛的东北面，在牛头山下有一个观音洞，内部纯为天然的象征着"观音"的岩石佛像，那里的岛民常向往这个求福的观音洞。火烧岛相传在一百七十多年前（永安五年间）有福州商人陈必先等五人，在太平洋上运货，有一次突然遭遇暴风，船便飘泊到火烧岛。当时因风浪数日未止，他们乘机上岸去探险，发现那时岛上仅有极少的耶眉族人居住，他们均以食水芋为生，因此陈等认定该岛适宜久居。风平后归去之次年，陈必先等复领十五人到岛上去，觅得一块平坦的地方，以石块建造房屋，并垦拓荒地种植食粮，及捕鱼为生，百数十年来即为今日之公馆村。岛民的生活年代久了，外面的人也常进出，因之也渐与台东方面交往密切起来，岛上的人口也渐渐多起来了，居屋及生活方式等也起了变化，但一般岛民依然保守原来一切生活主要习惯。

岛上终年风沙无止，耕种方式以花生、芋为主，青菜类及其他植物常遭台风毁伤，因此他们生活甚为清苦。

岛民喜爱养鹿，似乎每户都有三四只，此亦为火烧岛特有的作业，而主要的生活作业仍为捕鱼，全岛的男子皆是渔夫，该岛可称为渔民之岛。

就我所能简单的记忆中，一切情况都与幻异的传说相反。这是显然说明了有闲阶层的错误，要从这方面有计划地叙述，才能揭开社会与社会增加的隔绝。①

原载民国三十八年（1949）七月十五日《旅行杂志》第二十三期

选自黄俭：《海峡两岸的记忆——中国新兴木刻运动先行者黄荣灿》，四川人民出版社，2013 年

红头屿去来

向往神秘之岛

台湾与菲律宾群岛之间，有一座小岛，距离台东约 49 海里，位于东经 121°30′～30′，北纬 21°56′～22°3′之间，岛的面积约 48 平方公里。该岛名叫红头屿，它对外交通隔绝，其上有可怕的毒虫与

---

① 本文文末有《旅行杂志》编者如下按语："提起火烧岛，台湾人的心就要心惊肉跳。因为在日本统治台湾的时代，凡是'犯罪'的囚犯就要送他到火烧岛上去终身监禁，直到老死，永远不能回家团聚了。所以台湾人听到放逐火烧岛，胜如枪毙他一样，恐惧非常。本文作者黄荣灿先生，是位艺术家，曾亲赴这神秘的恐怖的囚犯岛去考察，搜集岛民生活资料和高山族的艺术品。本文就是他的旅行记录，打破了过去人们对火烧岛的恐惧和神秘心理，揭示出这个小岛的一切秘密。"——编者注

疟疾，至今很少有人敢到岛上去。但在春天——太平洋的风浪较静息的时候，在火烧岛与红头屿之间这一片黑潮上，常有渔夫们的踪迹，我即把握这个机会，乘上一艘从火烧岛来的小渔船，离开了台东的海岸。约三小时抵达火烧岛，在该岛并待北风向南起行，其后约十余小时即可抵达这座怪僻奇异的神秘之岛。

从火烧岛出发

在一个晴朗的早晨，我背上了画具，乘上那艘二十余吨的火力小渔船，从火烧岛出发了；船上有十来个饱经风涛骇浪的渔夫，他们在狂风波涛汹涌中驾驶这艘小船进行。隔不了一小时，海滩边澎湃的潮音，和海浪冲击着岩石的涛声也消失了；随后狂风骤止，一片汪洋复归于静。太平洋四周更显得孤寂荒凉，连普通的旅行者也有探险之感，真是一幅扰人心弦的神秘画面。

最初的印象

傍晚时分在暮色苍茫中，浓蓝色的黑潮里，远远地浮现着一座模糊的岛影——那就是我们的目的地红头屿，瞬时我们的船横泊在岛的东海岸外，岛上的表面大部分都蒙蔽在夜雾里了，深灰的色调中只见几条浅绿色的斜坡光线，渐渐与海滨合成一团黑幕，所有岛的形状在不同的变化中，显得格外奇特莫测，稍间又见辉煌的火光在黑障中颤动，原来是红头屿的孩子们举起来火炬，引我们上了岸。我似乎在梦中，这阴暗的火光给我最初的印象是最奇特而令探险者发生一种欣慰的愉快。

上岸的洗礼

啊！岛民都向火光处集中来了，女的半裸体，脚较短，一双马来眼睛。男的仅以布条遮住阴部，颧骨高耸，其中一位长者，以亲切而温和的姿态，用鼻子摩擦我的鼻尖；女娘们的微笑显示出她们奇习的上岸洗礼，这是最高的敬爱。

我们的岛

红头屿原住有一千四百余耶眉族人，他们的祖先是在原始时期从菲律宾与吕宋岛方面迁移过来的。他们的语言接近马来系。他们在此独特地过着自给自足的生活，他们的性情温良……

耶眉族人的轮廓

耶眉族人的生活习惯，和体质与南洋群岛的马来人相同之点很多，该族属马来族，即棕色人种，皮肤黄褐色，发黑而直，髭须甚短，体毛亦少，颧骨高，眉棱骨稍突。有一双马来眼（Malaya eye）即平横的眼孔圆而大，皆为双眼皮，泪阜显露，一般鼻梁不高，头形长圆，手指之二与四指同长，肥瘦适中，筋骨健壮，身长不一，性情温和，没有阶级观念，但亲属关系颇深。在他们日常的生活中我感觉到的印象：一般七八岁的小孩对村长（头目），或成年人之间的一切行为均能自主活动，父母也无偏狭的管制。耶眉族的人群是绝对地自由，因此行动起来比一般社会里被生活迫害的人来或要灵敏得多。耶眉族人有些时候为了孩子们的顽皮，长者最大的威势除了只有睁圆那双眼睛张大口尽力地喊叫外，别无他法。但这种喊叫绝对引不起恐惧来的，孩子们诚然因为这种强大的声音而停止了行动，事实上他们的面貌上或是显出微笑的情调。在成人与成人之间若是双方为了严重的意外而引起是非，双方的亲戚一定集合起来以强烈的争吵辩论来解决，绝对没有动武的行为。这种争吵是亲密之表示，这些都是耶眉族人性格的特征。

奇怪的黑发舞

耶眉族的舞蹈有九种，参加的限于未婚的处女，跳的时刻，大都是择于月明之夜，她们一面跳一面唱，没有伴奏的音乐。

舞手人数不等，普通有二十余人，服装只是缠在胸下的腰布和无袖子的作马甲用似的短上衣，腰布的右边织着三条很粗的绀色纵线，袒露着膝部和肚子。头发用一条丝线巧妙地束成曲形压在头上，丝丝垂在额上，结着种种贝壳做装饰。脚是赤裸的。

舞蹈时恰似小学校的团体游戏，一列做一个漩涡，然后又散开，或做成轮状，互相把手放在肩上，另外一只手交握住，左一跳右一跳，或成二列双方交错而走，在二列的中央双方手握住一条长杆，合声唱，唱一声又右几步或左几步地移动。是和歌调很合拍子优美的集团运动。

九种舞蹈中的黑发舞，是代表该族跳舞的表现。她们跳完八种舞蹈后，汗流浃背，稍一喘息，即解散头发，长长地垂在背上，再作轮状舞。跳舞的歌调也与先前那种轻快不同，既高亦又悲怆。但不仅，手牵手的轮见慢慢地转动着其中一人往前突屈时，邻近的一位则往复深深地倒拆下腰背，这样交互屈伸，轮流的动作或横成两排，相对的屈伸，头部随两手助发而上下起伏突动，黑发在空中拂出籁籁的声音。时而或左或右的屈伸，速度很快，剧烈得可惊。有时激动得昏倒，这种黑发舞在海滩边激动的音节与海涛声混合成一种神秘的声响。整个珍奇的姿态又出现在金色银波背景中，却造成岛上晚间的一种特异的幻想情境来了。在舞蹈的时间中，村落的男女老幼均集中起来，有的在学习，有的在鉴赏，有的却在求爱，这是一个极乐的机会，尤其是女孩们同样学着少女的舞步更显得自然的美丽。

耶眉族的审美观

耶眉族人对于选配对象，皆以双方之脸貌而判断。他们的审美标准与一般的观点特异，有许多原始民族以刺墨、缺齿及涅身、穿耳为美，都市的所谓现代的柳腰、化妆、服装种种新奇的形式美，他们都以为是病弱之美，他们的审美观是一种健康姿势的行动美。女性的美又以外貌棕色的发黑光的皮肤，大红大绿的彩布，圆圆的笑脸，鼻短而鼻孔阔大，一双小小的黑眼球，肩阔，腹部大，指头短，乳房位置较高的为美丽之基本条件。女性找对象却欢喜没有头发的光头，性情简朴勤劳而生活技能较高的男子。

恋爱与结婚

耶眉族人的恋爱多在女娘们歌舞时间中进行，若是男方认为有适宜的对象，即以观赏舞蹈的机会设法接近她，用手微微地触摸她的手背，勾引对方后再看情形以鸟叫的口笛暗示。如果她认为满意了即离群随那鸟声而去，一对情人即开始在月明的海边谈起恋爱来了。以后男方经常上山采集些野果或槟榔果请爱人共食。但是他们也有多角关系，恋爱与贞操观念较散漫，但结婚后，则绝对为一男性占有，不得再继续多角关系，男方也不得束缚女方。耶眉族人是实行不干涉的自主婚姻，也无多妻制，买卖婚姻强迫成婚的事均不存在。他们是母系制的真正小家族的自由婚姻。恋爱成功后，依双方家长出面定婚或由媒妁之言而成婚均有，普通他们十七岁至二十三岁之间均为婚期，如果婚约成立时男方即以中国古时传入的玻璃珠一串为订婚之证据，成婚之日男方以各种装饰物及山羊肉赠与女家，新娘接受礼品招待亲戚。女方即拿出平时准备为情人手织的花布吊（遮蔽阴部的布条），赠予男方后，男方即日迎娶，第二天男家宰羊猪以宴客，并取其一部分赠送女家，结婚即告完成。离婚时女方只要将男方结婚时所赠礼物退还即可。

特异的装饰美

耶眉族的头装以黑色豆类珠与白扣（外来品）一二串或用布带巧妙地将发束成各样的曲形，近乎宋明时代的样式，这种样式我曾在岛上统计有二十余种之多，头装用的珠串又名头环，有时头环上插有大红花。耳饰有银制的双莲圆块（妇女用的）。颈饰以植物豆配合白扣的珠串围上三四圈不等。衣装有方形胸衣，长筒腰围裙及短裙，胸饰有长珠串，有挂至十余串者，珠串中央有银类制成凹圆方形片及"妈妈奥格"的人像。在祭祀或迎接外宾时的礼装，女儿加戴玛瑙珠串及椰皮帽，男的用银制的礼帽或藤帽藤衣及刀矛为盛装。女儿用的衣裙多刺绣，其花样多条形，色彩为浓蓝与土黄色。

分　娩

耶眉族妇女到了临月之时，特地筑一简单之草房让产妇居住，等待临产。他们的脐带是用竹片切断的，产妇及婴儿均用冷水洗澡，丈夫庄严地戴上银帽以椰子壶中之清水祈祷生的意识。若产双胎时，认定其中必有恶魔。普通产妇忌三天荤食，第四日即恢复健康，一如平常外出工作。

土　偶

　　红头屿的各村落各有其制造日常用具技术的特长，如伊拉奴美尔克村善造舟，椰油村善造壶、钵。其中也善造叫做'他他'的充满稚气的土偶，那意象、表情虽极幼稚，但充满纵横奔放的表现美。如抱着孩子的女儿、背着孩子的男人、礼装的男子、工作时的各种人形、舟出的群像、姑娘的跳舞像等，凡是他们日常的生活情形，都以很深的情趣表现出来了，其中以猪、山羊等的习性制作最富独特的美感。

　　土偶的制作，多是在制壶、钵的余暇捏造的，有时女人也参加。做好便放入烧壶类的火间，烧好了就搁在炉上的架上或吊在柱上。

　　这种土偶，有当作祈愿的，有当作咒物的。

耶眉族的土器

　　耶族制作种种精细雅趣的钵或壶，大大小小都有，大壶直径约二尺。

　　每当秋冬之际，太平洋的猛浪涌来，使他们不能下海捕鱼，闲散的男人便登山采取厚土，充分晒干，然后把土放入臼中捣碎，细心拣去粗沙，适度柔软地捏成绳状作成轮形，逐次把轮层积，做成钵或壶的形体，左手拿着恰好合用的扁平石块，放入壶或钵的内侧，右手拿提子拍样的木板敲着，弄得薄薄的。

　　用篦子在那上面雕刻，图样与刻在舟上的相同，例如"妈妈奥格"的神人像、三角形鳞模样的连续等。把制好的土壶，经数日曝晒，充分除去水气，耐心地磨成一层层的突起，而放置着，也有在黑潮迷离的海边，凑合扁平的石块放置着，再在这些壶类上面覆以柴火燃烧。

捕飞鱼的严肃

耶眉族最敬畏飞鱼，但也爱吃飞鱼，迷信吃了它会加强自身的魄力。

捕捉飞鱼是男性的演技，他们那种战斗神态是非常紧张的，他们乘二人乘或十人乘的舟，十人乘的舟约十户的共有物。捕鱼期只限于春三月，此外严禁。代表十户的男子们乘上十人舟，举行奇怪的仪式之后即出发捕鱼。

这种仪式叫做"密那巴奴哇"，先是由村中的长老，穿起叫做"达利利"的上衣，戴上银帽子，手上戴着种种轮，装扮好之后走到舟前，杀鸡或猪，用生血洒在海岸，鸡及猪供在舟上，口中唱起咒文。

"达利利"上衣，是用锅底的煤烟染成的黑色的缟，用材主料是叫做"巴利巴利干"的麻。银帽子也是费了很大苦心搜集银器造成的。

用生血洒在岸边，是相信血的魔力叫鱼聚集起来。

夜间划舟出到海中，点起薄茎做成的火把，引集飞鱼。飞鱼聚集处用圆形手网捞。收获即由十人分配。

十人乘的舟继续出捞一个月余，二人乘的或一人乘的渔舟也同样，不能超过那时间。捕飞鱼期间绝对不能说吃柑橘之类的果物。若那年飞鱼很少，就是过了渔期也禁吃柑橘的果物，往往要禁吃到十月、十一月。又禁止孩子在这期间到海岸投石或喧噪，也禁止在海岸洗涤污物或丢掷肮脏东西。

渔期告终，即举行"马额宁梭卡宁"仪式。二人乘或一人乘的渔舟，大概是昼间出捕，但禁止用大网或钓钩捕；又，从舟中把飞鱼运到小屋途中，若跌落地上，绝不拾起，也无人食它，孩子指指也不许，据说手指会发肿。

飞鱼的吃法及眼球味

飞鱼运到小屋，即放在九舟形的三四尺长方形的刳木中，家长做了某种仪式，其次集合家属烹调，第一着手的地方是眼球，挖了眼球放入叫做"马马担"的木钵，留下后来吃。这是珍稀之宝，飞鱼的眼球比别的鱼稍软，周围附着许多空洞样的东西，生食其味无比。

挖了眼球后，即开腹以备晒干，那长方形的刳木的盖即变成俎，开腹了的飞鱼马上吊在屋外的网上。干了之后则吊在屋内有炉的内室的天花板上，变成美味的熏制物。

他们不把鱼类烧食，说这样吃了身体会发肿。飞鱼更禁忌。又，杀飞鱼时严禁切去鳍和尾。熏制了之后就这样吃，或用淡淡的盐水煮食。

装飞鱼的食器也很特别，这专用的器具叫做"阿姆干"，大人小孩各人专用一个，决不共同使用一个。这器具是长方形，一边有耳，用绳子扣住，平时谨慎地吊起来。

砂糖与猪油

孤岛上的耶眉族人，因为对外隔绝，致使他们停滞在穷乏简朴的原始生活阶段。他们弄不清什么是物质的"文明"？更搞不清什么是"科学"的技术？他们享受的食物也限于天然出产，对于食物的加工品，感觉不解而新奇，不消说现代的化学制造食品对他们更加模糊不清了。耶眉族人迄今不解糖的提炼法，有一次将砂糖给北海岸的依拉多伊村的耶眉族人尝食的时候，他们的面貌表情是庄严地，阴沉的脸上浮着微笑。他们思量的神情非常锐利，目光只注视着我，不肯将糖放入嘴中。在这种情形下，我只好先将砂糖放入自己的嘴里，以示鼓励，他们才勉强地放入嘴唇上，小心地吃着；当他们尝觉比果子的滋味更浓的刺激时，更现出一种莫名其妙的神采来了，从此他们喜欢将砂糖握在手里，怡然自得地去尝食得逐渐于苏醒状态中。因此砂糖这种礼物就代替了货币的性质，很方便地在岛上交换纪念品或标本了。

人类学考据原始民族是无牙齿虫的，根据上述情形是有可能性的，当人类还没有糖食物及加工香食物品前，推想牙齿是健全的，我在岛上确实就未发现耶眉族人生有病牙的现象。

耶眉族人的生活不算寂寞，也不算单调，他们的生活似乎有规律性，他们劳动后即尽量追求舒适的活动，其中除了歌舞及一些玄想的故事外，他们将积藏在土壶中的猪油用来涂身，高兴的时候相互乱涂，猪油的嗅觉对他们是一种独有的享受，他们感触到舒适得以除去疲劳，油的芳香使他们重新有力，此种奇习南洋一带的民族也十分熟悉。

歌唱自由

歌唱在耶眉族是绝对的自由，岛上男女老少皆喜以歌唱来作为某种意识与行为的媒介。其内容有自古相传者，多述祖先之历史功业等，用于祝寿宴会之际，这种内容的歌词称为"赞公歌"，其曲调较深重而有些悲壮。流行之谣曲多描写工作情调及嘲笑意味的内容，较为活泼而普通妇女歌唱的最多。另外或有一种是感物触事冲然而歌唱的，为表现个人心绪的歌唱，这种情形大多在空闲时发生，其情调颇有诗意。

闲时技能

在闲时耶眉族的女性特长歌舞，月明之夜常以歌舞为乐，男性最好雕刻，所用之船桨、勺、盘、鞘、土人、碗、藤帽等物之制作以消遣，小孩喜于游泳，作为日常生活之主要活动。

水田水芋

渔猎时代的耶眉族，农耕是女性之任务，孤岛上满为峦石奇山构成，临海的斜坡上乱石参差，女娘们就在那荒芜的地方，靠着两只手开拓耕作，巨大的乱石也是用手力来搬运，同时并采取大小相等的圆石在土的周围垒成石垣，略像四川的梯田一样，为了灌溉便利，芋田是沿溪水地带开拓的。但因技巧粗陋，石垣容易崩坍，加以地质稀松，问题确很严重；有些沿山脉的水田，或需从遥远的水沟，掘道导入灌溉。耶眉族没有耕牛也没有好的农具，而从事经营这种极杂乱的天地，工作的艰辛由此可见。水芋是耶眉族主要食粮之一，他们每朝到田间采取一日之食量，没有一定的收获期，终年生长。水芋是放在土壶中水煮连皮吃的。

肥料与种子

耶眉族培植水芋与粟、番薯、藤豆、芭蕉、甘蔗等物绝对不施肥，这是一般原始民族的共通性。他们的田地皆是祖先遗传下来的，这些原始田的年代长久了，土壤因终年栽植，又不施肥，自然长的芋也就枯瘦不肥了。这种现象他们认为是恶灵所致，才设法在临海边开拓新地种植。一般的芋田都是烂糟糟的，杂草参差其间亦不拔除，影响生产量自然很大了。

耶眉族人，对于收获食粮的储藏观念了解不深，也没有种子选择及保存的好方法，关于芋的种子，是在采芋的时候即将芋的下部切下，留其叶杆之附根及芋之极小部分，重归原位插下去，使其再生不绝。

水芋因土壤不肥，芋杆枯萎，呈现病态或腐坏，他们说有恶魔妖灵光临。耶眉族人迷信用一枝木杆插入水田中，木杆上端放有夜光贝之壳，再造成一种恐怖的情调来传布诅咒文。彼等认为恶灵见到夜光贝之光即退散，因此证明原始人是有认定光可以战胜妖怪的信仰。所以岛上的耶眉姑娘们在腰装、头装、胸装等上皆有贝壳及银盘等制造发光的装饰品，用来保全身体。

食物法

耶眉族的食物烹食多为煮烧，主要食物为飞鱼、芋、薯等。无盐，则用海水烹食，岛民无烟之嗜好，一般嗜好槟榔果，唇齿皆红污，齿牙尖利，少女在退潮的珊瑚礁上采捉虾贝为零吃。一般进食皆用手指，餐具只有土碗、椰子匙，芋叶。

水 质

绝海的孤岛缺乏水利设备，红头屿有多处水源均在山脉深谷的倾斜险急的岩石中涌出，就无法运用。山脚，海岸边的溪流清澄如镜，据卫生上的化学实验报告，岛上的水质为清凉之饮料水。

岛上的哺乳畜物

在红头屿的山野间听不到虎啸狼嚎，它神秘地耸立于荒凉的大海中，只有烈日的光灿照在土层岩峻石之间。常有山羊出现，那就是耶眉族放饲高山森林繁殖的三花羊，是一种西班牙与菲律宾种的山羊，这些野生山羊从小时即做上各种不同的记号，放饲在山野，若是到了需要的时期即去捕捉。从前的山羊皆畜牧在小红头屿，继因火烧岛的渔夫近来常到此捕鱼，或有偷窃山羊的可能，所以小红头屿残余的山羊就放到本岛来了。据去年的调查，山羊现积饲全岛的最多计有三百余只。

猪是家畜，全岛约有二百余只。

鸡约有二百九十余只，除此便无任何家畜了。

野生的哺乳动物只有鼠、蝙蝠。

红头屿的天然环境优良，岛上山岳纵横、树林丛荫、古木苍生、水草丰富，岛上无毒蛇猛兽，实为一良好之畜牧场所。

野生果物与药产

岛屿上的野生果物有南洋龙眼，比一般龙眼大，味极鲜美，为该岛最佳之果品。红头屿檬果产量较多，此果初吃颇感嗅味，果实较归化之檬果略小一倍，肉质粗而带清味，这是岛上三月间的主要果品。凤梨与芭蕉量均不多，椰子也有出产。耶眉族人亦缺少栽培果树的习惯，仅靠野生，岛上有很多的倾斜地面，水量气候均适宜，具有栽培芭蕉、凤梨等有利的条件。在东清村（伊拉尔美海苦）的几位青年教师试种的西瓜成绩颇佳，证明岛上的土壤不差，耐风的果物均有可能生长。

药材的产量据现况的观察较果物多，森林间有名贵的红头葛藤，据医学上的研究可能提炼成治肺病的良药，这种药藤在岛的中原森林中繁生亦盛。药用的芙蓉、百合等均有生长。普通非药用的植物有苎麻、薯榔、藤等均有实用之价值。

水产与森林

红头屿周围是水产的"处女地"，那里有丰富的水产，如鲔、鲷、虾、章鱼、乌贼、鲤鱼、夜光贝、法螺贝、海藻、海人草、海苔等。但耶眉族人捕捉的主要是飞鱼，每季总计约有六七万斤。夜光贝约有三千斤。其他约十万斤，或有许多鱼类耶眉族人皆不捕捉，原因在他们的工具确实过于粗陋，只有手网与钓竿；射竿是木杆装以铁制钓针，潜入海中见鱼即向射杀，在夜间群队渔船以芦苇秆扎成火把推舟入海后，沿途不断有飞鱼飞跃船边，犹如飞蛾扑火，此时即用手网捞取之，如有十来斤之鲣鱼群，则以叉捕捉或用鱼钩仔钓鱼。空闲则潜巡海底捞取夜光贝。耶眉族人潜水时没有安全保护的设备，他们赤裸而俨然进出"水晶宫"，漫游于青花苔及多彩的海草丛中颇为欢喜。海底常见五光十色之鱼类虾群活珊瑚及各种贝类。海草有碧绿色的光彩，乳白淡红的草花，青紫色的海带形的草及紫丁香色草本植物花。但在美丽的"水晶宫"寻贝壳时要是突然遇到毒鱼的话，那就危险了。因此他们随时也设备与鲨鱼、毒鱼之类战斗。一般因工具不良捕鱼的技巧均劣，实为阻止他们对渔业的发展，所以至今红头屿尚未开采的水产还很多。

岛上的原生林约计有二千余种，主要有黑心石树、里柿树及其他杂树，将来水上交通解决大可开伐。

鸟、 昆虫

岛上的鸟类以黑三光鸟较特殊，此鸟同琉球诸岛与菲律宾北部之黑三光稍有差别，红头屿独特之亚种其羽漆黑，碧青色之眼睛，态度雄壮，常飞于丛林中，为山林里的点缀。

昆虫亦同南洋系统，蝶与蜻蜓、蜥蜴有特异的价值。岛上的昆虫多在 6 月下旬至 9 月中旬为虫类全盛活跃的时季。

矿 藏

第三纪从海底火山喷射大量的土石而构成的红头屿，岛上的石质据调查有蛇纹岩、安山岩及玄武岩等主要的矿质石。大约在岛之东大森山溪流地带的地层中能提炼金 0.001％，银 0.00088％，铜 1.20000％。在渔人村"伊拉泰"岛的西南方的海岸，有三处矿藏，据调查两处有金的痕迹，银各处有 0.00075％在安山岩、硫化铁、石英中；另一处有金银各 0.00025％，在安山岩与石英中，该处以铜硫化铁矿质（黄铜）碳酸铜为主。临近椰油村西南方位之溪流有金银各 0.00025％，此处有安山岩、硫化铁。在岛的东面有东清村（伊拉尔美海苦）之溪流地带有金的痕迹，银未探测，此地有玄武岩、硫化铁、石英等参差于地层中，在东清另一处发现有微量金银，有 0.00050％，可能发掘铜矿来。其他或有可制陶上的凝土。

岛上的矿藏至今无人开掘提炼，原因在于地层表面的调查，所得产量不多，海上交通困难也是主要的因素。

推量红头屿矿质分解能炼出纯金的希望不会很多，银矿的质劣，铜矿较有产量。关于这些问题耶眉族人可不易弄清楚了，只待漫长的将来才会搞明白了。

原始的技能

耶眉族只能用刀斧、手锤，不知用锯等工具，木能造舟、造家屋、饮食器及盔、盾、刀鞘等物。织线工以树皮之纤维线编为背物之网。竹料编盆物。藤工实为他们的能事，饮餐具、筐笼、帽、上衣等皆以藤编成。纺织是用极简单之木器织布，布纹粗而不整齐。锻冶多为外来物，只有普通小刀及他们独特的礼帽同女娘们用的装饰是自制的。陶工前已有叙述，其制造法同他们的一切制成品皆属原始的技能。

换名的怪习惯

出生后约六十日在杀鸡、宰猪庆祝生的意义时，即是孩子命名之日，普通长子称为它累古。父亲被称为"西哪妈虎－它累古"——它累古用意变为父亲了。"西兰－它累古"——它累古又称为母了。祖父母称"西加布虎－它累古"——它累古的用意是祖父母了。他们将同一名字作为家族称呼。耶眉族习惯换名，若是生子之时，子死之时，父母逝世之时均要换掉原名，彼等迷信人死了叫以前之名必有不幸之事。

祭　祀

耶眉族每年有三次盛大的祭祀，农历正月是播种祭，四月飞鱼祭，十月土器祭。当祭之日，岛上的男子习穿全武装礼服，由村中最老者主祭，严肃的气氛非常笨拙，嘴里唱起咒文，以猪、羊、鸡、芋、粟等祭之。

历

最爱闲谈的耶眉族人关于星月等现象，仅能感应到古传的神话，虽然在夜间出海捕鱼，但他们对星月的方位关系知道得也极少，只有一般的印象而已；因为最大的"赤内里克朗"十人乘的舟是不可能随便划驶到较远的海洋中去的，普通均在三四海里内划行，海上的安全绝对可靠。他们就没有注意到天文学或历学的知识，仅知月明之夜适宜跳舞。太阳太阴为一日，一年分十三月，三年为一闰年。

全年温度、 雨量表

	午前 6 时平均（℃）	最高平均（℃）	平均（℃）	雨量合计（毫米）
1 月	20.4	22.2	21.5	299.2
2 月	20.6	22.6	21.6	171.1
3 月	21.0	24.8	22.9	115.8
4 月	23.2	26.5	24.8	511.1
5 月	24.8	29.0	27.4	194.2
6 月	27.5	30.9	29.1	150.6
7 月	27.8	30.7	29.1	460.8
8 月	26.8	30.1	28.5	471.5
9 月	26.6	30.4	28.5	151.9
10 月	25.0	27.6	26.3	101.5
11 月	22.2	23.9	23.1	511.5
12 月	21.9	23.3	23.1	115.5

路、 测候所

红头屿在台湾光复后，岛上不久前新开一条纵逾山岭的小路，由红头屿村经测候所往东清村，步行约一时半，长约三公里，阔约七台尺。新路未开之前由南至东必须经过浪岛村至东清村，沿途道区甚狭颇为不便。

该岛四季雨量丰富，所谓热带岛屿之现象了，一年中温度差别：最低二十度室内三十六度，盛夏野外四十度。雨期每年十月至翌年三月间。夏天南风为主，冬天东北风及西风。七月至十月之间常有暴风来袭，风速四十米，该岛实属台风首先通过之地带，故此在气象观测上占有极重要之位置。战时日人称为不沉之母舰，当欧战爆发时岛上设备焕然一新，在山岭间除加强了测候所设备外，并建立了军事用的邮电局及海上观测器等机构，对日军南进帮助颇大，实为日军侵略菲律宾、马来亚之"好望角"。侵略者失败后岛上除仅留存测候所外，其余都破坏了，在荒岛的山峦上，只残余一部分石壁，仍然侧视着凄息的太平洋。（未完）[①]

原载民国三十八年（1949）《台旅月刊》第一卷一至三期

选自黄俭：《海峡两岸的记忆——中国新兴木刻运动先行者黄荣灿》，四川人民出版社，2013 年

---

① 原件到此为止。——编者注

琉球屿写画记

在琉球屿写画，我一个人去也不觉得孤寂与难过。每一次似乎都是紧张而急忙地写画，好像命运的决定：无论遇着什么样的情景，或是荒岛与险峡，我能愉快地写画它，我写画它生长的一切，全都有我所爱着的，尤其我怎能忘却写画都会有过流汗的故事。

在8月里从台北南下，过屏东至社边转向东港的方位去，沿途有火车代步。到了东港搭渔船驶行八海里（一小时半）即抵达琉球屿。路虽足够方便，但要相当的条件啊！

这座岛屿较火烧岛小，但是岛上的建设比红头屿、火烧岛都完备。计全岛有乡公所、派出所、小学、旅店、小食店、理发店各一。全岛交通工具有牛车四部，脚踏车也有九部之多。这里的岛民有八千余，散步在中福、渔福、木福、杉福、上福、六福、南福、田福八个福村。中福村在白沙尾一个颇有画意的小鱼港上，这里是与外来往的港口，我首先着手写画的地方。

白沙尾的灯塔、渔船、海鹰与鸥，那起帆出海，那日出与晚彩，那起伏奇形的岩石，倾斜于海边的珊瑚礁，那汹涌的海潮，那海滩的砂碛，从风波里生长的渔户……那风波之民，渔夫之子，和那渔市，鱼的彩色，……与那海石花……各色各样的，值得写画的太多了。我从早写画到晚，没有休息也不觉疲劳。（中略）他们要战胜海和风，渔夫们是要健壮而有忍受性的体格。他们一切的生活形态，我要尽量地去写画，可是我就被时间与生活的条件阻止了，使我不能充分地写画岛屿的一切新鲜活泼而有生存意义的现象，那么应该在何时才能够充实我写画的自由呢？

这次在岛上除开白沙尾，只到过衫福海岸去写画，那里有原始的竹筏渔船，渔夫们很温和，到衫福的海岸要爬山，步行在半途，有座新建的大庙，看样子花费颇巨，这是他们生命的奉献，此间的岛民也相信神才能保佑他们。我想，较严重的新技术与设备、资金等问题，神也能够替他们解决的话，我一定也要写画神的伟大了。

从杉福归来，在晚间闲谈岛上那天台地方（天福……区）有名的黑鬼洞，传说琉球屿原住民族在荷兰统治时代，被红毛人用火杀害于该洞，现今或发现许多黑骨。这黑鬼洞穿过海底或说能通达高雄港呢？

天方未明，海是深绿色的，天空一团黑，渐渐地只有一丝碧绿色的光，划出海与天，静静地……看，那辛勤的渔夫在准备出海了，这一早我就写画他们从黑暗到光明的情景，我仿佛自己也就在这样的一天早上同渔夫们搭上了船，告别了岛上的朋友和岛上的一切。

原载民国三十八年（1949）九月十七日《新生报》副刊《艺术生活》

选自黄俭：《海峡两岸的记忆——中国新兴木刻运动先行者黄荣灿》，四川人民出版社，2013 年

田家英

|作者简介｜　田家英（1922—1966），原名曾正昌，笔名田家英，四川双流（今四川成都双流区）人，作家、学者，曾任毛泽东秘书。

奴才见解

读史记《秦始皇本纪》，觉得奴才的见解常有其独特的地方。

秦并宇内，吞二周而亡诸侯，天下是咱家的了，于是忙煞了一批帮闲、帮凶、走狗之类，浩浩荡荡。除了三呼"陛下神灵圣明"，扬着鞭子，监督奴隶刻石歌颂功德，这些唯唯诺诺或者喊喊喳喳的奴才，便忙着"使天下无异议"，策划"安宁之术"，改官制，严刑罚，强化特务基层活动，运用喽罗监察网。这里，最有名的自然是"焚书"与"坑儒"。

焚书，这在中国"书缺有简"算是最早了吧，非秦书，皆烧之，诗书百家语钦定不准读，准读的是医药卜筮种树之书，滔滔者天下皆是也，这是要把天下士子都造成"博士"，"方士"。等因奉此，大家都读核准的书，又是要大家都做奴才。不过，虽然用意如此，滔滔者天下皆是也，又岂非显出奴才身份并不高贵了么？所以站在奴才立场最好的不是奴化诸生思想，倒是直接了当掘一个大坑，推他下去。

于是便有异议了，秦时当有言论，可惜不及详考，好在目前就有近似主张，那宏文是：

……始皇何曾坑儒……所坑诸生不是所谓"真儒"，而是当时干犯禁令的人，所谓禁令现在虽无当时什么《出版法》或《检察条例》可资考证；但"或为妖言以乱黔首"，必然是"乱党和反动分子"，乱党和反动分子不坑，那还有国家纲纪吗？

进一步来讲，所谓"儒"……应该是明大势，识大体——了解始皇从分割中求统一之心，最少是洁身自爱，奉公守法，不进谣言攻势，宣传反动思想……（《民意》一六八期）

这篇话，给我们活画出横眉怒目，一张吃人血口，这些"乱党和反动分子"为什么不"明大势，识大体"呢？我们看到一种基本的精神，那就是他们仰视光明，要挣扎，不安于眼看沦为奴隶。

这种奴才在秦始皇当时是很多的。单看秦的刑名就有榜掠、鬼薪、镝、弃市、戮车裂、抽胁、磔等等二十余种，应有尽有，污蔑人类的刑罚，兽性与淫虐，不是完全打失人类天性了吗？其实这是不足怪的，古今中外均同一例，鸣鞭自傲的奴才，他会觉得残酷就是道德，谄媚就是学问，屠杀是他的本能，没有人供他们杀戮，他们会失业的。这些人就是伏在主子胯下，舐着他人血迹，使自己发肥的总管。

然而站在主子立场又不尽是这样。杀一人而安天下，统治者自然要为，但是屠戮净尽谁又来作奴隶呢？所以主要的办法还需别来一套。这样，另一种奴才就大摇大摆地走出来了。

李斯就是一个。"斯逆探始皇二世之心，非是不足中侈君而张吾之宠，是以尽舍其师荀卿之学，而为商鞅之学"，这是一种只知助虐固宠、毫无原则的人，他的办法不同的，"分天下以为三十六郡"，"收天下之兵聚之咸阳，销以为钟镰、金人十二"，对于诸生不是以"坑"，而是以"制"，用现代话说是"整饬学风"，方法是：统制教授"有学法令，以吏为师"，特务横行，暗探林立，有言诗书百家语者"随时报请撤惩"，"士学习法令辟禁"，是要做到"永除学生干涉行政之风"。总之一切设施不过为着使诸生与真理相远，与现实相离，将来，理想社会自然是不准想，就是"不师今而学古"，恋着过去也为法令不容，"今陛下创大业，建万世之功，非愚懦所知"，如果诸生为要多少"知"一点去想呢？当然不准。同时还准备着一套万一要想，也得依着自己的逻辑，避免想出毛病来。

自然也有一味瞎想，这就用着第一种奴才作为补充，开除，思想测验，失踪，偶语弃市，"以古非今者，族"。……

始皇用着这两种奴才，是成功了的，诸生在欺骗、压制之下，触不到新的现实，听不到新的声音，"由聋而哑"，缄口结舌，最多也不过偷偷在石上刻一句"始皇帝死而地分"，天下文人士子的心是被皇帝丞相之类征服下来了。

但是李斯之流却没有看到另外还有力量。

这决不是国治天下不平了。事实的功德圆满却是与原意相反，统制是为了"二世三世至于万世，传之无穷"，可是还来不及"把'诸生'改为新的名词"，偏偏二世即亡。"收天下之兵聚之咸阳"，焚书，坑儒是做得有魄力的，偏偏起事的却并不是儒——亭长，走卒，瓮牖绳枢之子，甿隶之徒，根本不读诗书的人。没有武器，他们会斩木为兵，揭竿为旗。

若问秦并海内，兼诸候，南面称帝，武功之盛是空前的，为什么被一批乌合之众，一群死囚，几根木竿，乱者四应，秦的政权摧枯拉朽，统治立摧？

贾谊说是"仁义不施，攻守之势异也"！

"仁义不施"，防制异己，压迫文化，束缚思想，箝制舆论，以刑杀为威，以收括为务，践踏，奴役，纳贿，贪婪……

天下大乱，更加甚的常常是这些谋筹划策，唯唯诺诺，或者喊喊喳喳的奴才。

原载民国三十年（1941）十二月八日《解放日报》

选自田家英：《田家英文集》，湖南人民出版社，1987 年

从侯方域说起

两年前读过《侯方域文集》，留下的印象是：太悲凉了。至今未忘的句子"烟雨南陵独回首，愁绝烽火搔二毛"，就是清晰地刻画出书生遭变，恣睢辛苦，那种愤懑抑郁，对故国哀思的心情。

一个人，身经巨变，感慨自然会多的，不过也要这人还有血性、热情、不作"摇身一变"才行，不然，便会三翻四覆，前后矛盾。比如侯方域吧，"烟雨南陵独回首"，真有点"侧身回顾不忘故国者能有几人"的口气。然而曾几何时，这位复社台柱，前明公子，已经出来应大清的顺天乡试，投身新朝廷了。这里自然我们不能苛责他的，"普天之下"此时已是"莫非"大清的"王土"，这种人也就不能指为汗奸。况且过去束奴的奴才已经成为奴隶，向上爬去原系此辈常性，也就不免会企望龙门一跳，跃为新主子的奴才。"后之视今，亦犹今之视昔"。近几年来我们不是看得很多：写过斗争，颂过光明，而现也正在领饷作事，倒置是非的作家们的嘴脸。

不过侯方域究竟是一个生长在离乱年间的书生，晚年写作虽处处在避免触着新主的隐痛，言文早已含蓄婉转，但也还有一二精辟的意见，比如《与李其书》，论到统制言论的问题：

当天下分裂之际，倘朝野清议尤存，则其乱也暂；若夫骨鲠在喉不能吐，直言苦口不得陈，则国尚何可为！

　　这意见是大致不错的。古今中外的史实都在证明，临到国破世乱，民族在生死挣扎时，我们常见的倒不仅清议不存，且正是混淆黑白的言论充斥不堪。明末如此，三百多年后的今天也何尝不是这样。近一二年来，国内言论的道路不正是愈来愈为险窄，也愈来愈为魑魅吗？不准写、不准看的明法暗规很多很多，坚持抗战进步的文字被删削到不知所云，人民的喉舌在重压下面，萎缩干枯以致于死。收买、威迫，……一切昏聩无耻法宝的使用，就正在"方兴未艾"！

　　而这，还有"以宣传对宣传"的一面——其实不稳当的官论早已或是逼死，或是困难发行，那里还有"宣传"可"对"，应当叫做独家专卖了吧。就以近两月的来看：有的在"抗战胜利后的中国"题目之下，大家谈梦说幻，写出的理想不外坐汽车兜风于绿荫蔽行的大路之上，卧躺椅喝冰淇淋于斗室之中等等之类。有的正在研讨中国作家中那些属于"技巧派"，这回连"汪政权"下的文化小狗穆时英的大文也捧出来"示范"。除开"艳史"，"秘闻"，身边琐事，那"经国大业"是：有的写作"中共党史"，结论自然是共产党历史太不清白。激进的主张，"先瓦解八路军，以后扫荡边区"。稳重的在"从历史的叙述，政策的检讨，以及革命性质的分析中"，"证明中共参加国民革命而又破坏国民革命是必然的"，"除了最后解决外，没有其他办法"。喊喊喳喳，说是在说"良心话"了，其实，真使人分不出人言还是鬼语。翘起一条尾巴，算做一面大旗，萃聚几名同类，便有书报期刊，冲杀上阵，浩浩荡荡。……

　　这样清议不存，鬼论塞道的原因，侯方域是不了解，或者了解了却未便明言。他只客客气气地带过一笔："夫门户日深，水火日急也。"他自己参加过明末的"门户""水火",这里自然有点"忏悔"的意思。其实真相不在"日深""日急",而是有人恋着自己的权势,防制蚁民翻身,需要设备格杀异端的绞架,维持秩序的监狱,也需要颠倒是非的言论,对付"纷歧错综思想"的方法,是与防制异己的政治同时存在的。

结果是弄到青年学生无书可读。侯方域在同文另一段说,"青笈之悬,士论诋之"。这说的是阮大铖得势之日,禁止复社文字流布,自己却"付梓"了许多文存,但当时士林都以案置这类文籍为耻。若干年来中国人在欺骗愚弄之下,从别人说谎、自己受欺中间,已经生长成了智慧和聪明,已经具备了生存的起码常识,凡他们恨的、骂的、禁的就是好的;凡要知道事实的真象,就要首先不相信他们的谠论与正言。

深夜烛光摇曳中,偷读禁书的青年很多,到官办书坊购买几册的却是太少。尽管编辑先生一再捏言"本刊近来接到香港以及国内各地来信很多,读者爱护之深,使我们感愧",订费一再跌价,"减轻读者负担";其实那怕贬价到零,派订还附送画报,也难博得阅者正眼相视。表面在故装热闹,骨子里的空虚和荒凉是显然的。

原载民国三十一年(1942)一月八日《解放日报》

选自田家英:《田家英文集》,湖南人民出版社,1987 年